L'ARBRE OU LA MAISON

DU MÊME AUTEUR

Le Gone du Chaâba, collection « Points Virgule », Seuil, 1986
Béni ou le Paradis privé, collection « Points Virgule », Seuil, 1989
L'Îlet-aux-Vents, collection « Points Virgule », Seuil, 1992
Quand on est mort, c'est pour toute la vie, Gallimard Jeunesse, 1994
Les Chiens aussi, collection « Points Virgule », Seuil, 1996
Dis Oualla !, collection « Libres », Fayard, 1997
Zenzela, Seuil, 1997
Le Passeport, Seuil, 2000
Ahmed de Bourgogne, (avec Ahmed Beneddif), Seuil, 2001
Un train pour chez nous, Magnier, 2001
Le Marteau pique-cœur, Seuil, 2004
Un mouton dans la baignoire, Fayard, 2007
La Guerre des moutons, Fayard, 2008
Dites-moi bonjour, Fayard, 2009
Le Copiste de Beaumarchais, Naïve, 2010
Salam Ouessant, Albin Michel, 2012
Leçons coloniales, Delcourt, 2012
La Voix de son maître, La Joie de lire, 2017
Mémoires au soleil, Seuil, 2018
One, two, free, viva l'Algérie, Érick Bonnier, 2019

AZOUZ BEGAG

L'ARBRE OU LA MAISON

roman

Julliard

ISBN : 978-2-260-05488-7
Éditions Julliard – 92, avenue de France 75013 Paris

J'étais au chevet de son lit médicalisé. Elle vivait ses derniers instants. L'eau avait tout inondé autour de nous. La marée montait. Il fallait faire vite. Une barque était à quai, l'équipage au taquet, les nœuds des cordes d'amarrage défaits, la grand-voile se hissait. Je m'agrippais à ses mains pour la retenir, mais elle était à bout, si décharnée, et murmurait : « N'aie pas peur de la mort, mon fils, n'aie pas peur d'elle. » Elle m'exhortait à la laisser s'en aller, alors que l'inondation gagnait. Impossible de m'y résoudre. Elle avait besoin de moi. J'étais son enfant, elle m'avait fait, je ne pouvais pas la défaire. Puis elle voulut que je me penche vers elle. « Les gaufrettes, derrière toi… » murmura-t-elle. Elle délirait, depuis des jours elle ne pouvait plus rien avaler. Je me suis quand même retourné. Un paquet de biscuits était posé sur une chaise. Je lâchai une seconde ses mains pour aller le chercher. Quand je l'eus rapporté, une écume blanchâtre fuyait de ses lèvres desséchées. Elle était partie. Un long moment, je guettai une braise à raviver sur sa poitrine. En vain. La barque avait pris le large et je ne pouvais rien faire d'autre que la regarder s'éloigner comme un enfant trahi. Les eaux se refermèrent derrière elle telle une fermeture à glissière. Et puis plus rien.

Une solitude et le silence.
Un étau.
L'absence.

Les eaux s'étaient refermées derrière moi. Des déménageurs invisibles entrèrent et m'écartèrent de leur passage. La place devait être aseptisée sur-le-champ. « Désolé, après la mort, le vivant ne traîne pas », s'est excusé l'un d'eux. Alors, je les regardai faire leur travail, cloué sur le quai, dans ce silence si singulier. Une bougie inclina sa flamme vers moi en signe d'adieu, avant l'extinction des feux. La marée était basse. Sur un banc vide, je posai le paquet de gaufrettes. Après mon père, elle aussi m'avait laissé. Mon frère Samy était ma dernière famille. Le temps était venu de nous réconcilier. De redevenir frères. Sur l'ardoise du passé, les eaux avaient tout effacé.

Cette nuit, à trois heures et quart, ma mère était morte.

Pour la seconde fois.

Quand j'arrivai chez lui, rue du Repos à Vienne, au sud de Lyon, perché sur son chêne, Samy guettait la maison des voisins en contrebas où une voix houspillait un chien.

« Les ritals sont en train de creuser une piscine ! Sous mes fenêtres. Tu te rends compte ! Ça va être le souk tout l'été ! »

Il maudissait ces « soi-disant Français », ces SDF comme il les nommait, les Mazarini, qui se revendiquaient « de souche » alors qu'ils n'étaient que des pièces rapportées. Leur arbre généalogique avait poussé en Italie, à Frosinone, ils lui avaient assez cassé les oreilles avec leurs souvenirs de là-bas, leur chianti et leurs pizzas. Mais le pire, c'était lors de matchs de foot entre la France et l'Italie. Ça hurlait sur leur terrasse *Forza Italia* ! poings de tifosi en l'air.

Et ça se prétendait Français !

Au pied de sa vigie, il plia méticuleusement son échelle, la remisa sous le hangar à l'abri des intempéries, puis vint m'embrasser. Plus d'un an était passé depuis notre dernière rencontre. Nous nous étions seulement appelés quelques fois.

Ses pommettes osseuses heurtèrent les miennes. Elles me semblèrent plus anguleuses qu'avant, comme si sa peau se repliait inexorablement. Ses cheveux sel et poivre à la George Clooney ombrageaient ses yeux ronds et noirs. Ses traits s'étaient creusés, mais il gardait toujours sur ses lèvres un sourire d'enfant prêt à reprendre du service. C'était pour moi ce qui le caractérisait le mieux, ce sourire.

— J'ai vu que tu as repeint ton mur d'enceinte…

— M'en parle pas…

Récemment, il avait trouvé des mots tagués en rouge sur toute sa largeur : « Les bicots dégagez ! » En lettres majuscules. Sans fautes d'orthographe. Révolté, il était allé déposer une main courante au commissariat, mais l'inspecteur avait refusé de l'enregistrer sous prétexte que la police avait d'autres chats à fouetter en cette période de plan Vigipirate.

— Dans quel pays on vit ? maugréa-t-il, dégoûté, tout en cueillant sous son cerisier des pendants d'oreilles écarlates. (Il m'en tendit deux.) Elles sont délicieuses… des Burlat… Il cracha un noyau.

Sa voix se tapissa de mélancolie :

— *La* maman les adorait… Alors, c'est quoi, ce rêve affreux avec elle que tu étais si pressé de me raconter ?

Son vieux français paysan… *le* papa, *la* maman… m'amusait toujours. Depuis tout petit, il calait un article devant les prénoms, un *y* devant les verbes… il devait *y* ranger, *y* manger… il allait *au* coiffeur, *au* dentiste et *au* docteur. Un vrai Lyonnais du terroir. Dire que les Mazarini le considéraient comme un étranger avec des symptômes d'assimilation aussi flagrants !

Il m'écouta lui dérouler mon cauchemar, le corps de travers, les yeux rivés sur le cerisier majestueux.

— On doit rentrer à Sétif. Notre maison prend l'eau de partout...

— J'avais oublié que tu étais médium...

— C'est pas une blague, j'ai vu les vagues. Elles l'engloutissaient...

Déçu, il cracha un autre noyau dans sa main et le fixa comme une boule de cristal.

— Tu aurais dû me le dire au téléphone, je t'aurais évité le déplacement... Cette maison, ce n'est plus mon problème, tu le sais... elle a pourri la vie *du* papa, elle n'empoisonnera pas la mienne.

— Ne dis pas « fontaine, je ne boirai pas de ton eau ». Un jour, tu seras bien content de la retrouver quand tu en auras marre d'habiter là, comme un ermite, et de faire la guerre aux voisins...

— C'est eux qui me font la guerre, pas moi. Nuance.

— Y a vraiment plus que les arbres qui t'intéressent ?

Il se tourna vers eux.

— Exact. Regarde-les ! Ils sont beaux, silencieux, utiles, autonomes, apaisants, rafraîchissants... Ils ne construisent pas de piscine et ne font pas de tapage nocturne !

Les arbres, c'était toute une enfance à laquelle il se raccrochait encore du bout des ongles. Nous avions grandi avec eux, en même temps, dans les baraquements des bords du Rhône. Il avait construit dans leurs entrelacs des cabanes de trappeurs, sur le modèle de celles de *Blek le Roc* et de *Zembla*, chassé les rapaces à la fronde, fumé des lianes aussi aromatiques que des cigares cubains. Il avait étudié les ramifications de leurs racines et appris leur langue de bois. Grâce à eux, il s'était élevé. Chêne, cèdre, saule pleureur, hêtre, acacia, peuplier... il en connaissait les espèces beaucoup mieux que les chefs-lieux de départements français, les affluents de la Seine, l'histoire des rois Louis ou les récitations de Paul Verlaine.

Au cours de sa scolarité, il avait désorienté plus d'un conseiller d'orientation et, finalement, aucun n'avait jamais détecté ses dons pour le végétal et sa secrète ambition : être embauché dans l'arboretum du parc de la Tête d'Or jouxtant notre bidonville. À quatorze ans, quand il avait fallu lui trouver une vocation, on lui avait demandé de choisir une branche pour son futur métier. Il avait déclaré sans hésiter : « Celle d'un arbre ! » On lui avait collé un blâme pour insolence, alors qu'il ne plaisantait pas du tout. Son sourire coutumier, en biseau sur les lèvres, lui avait coûté une carrière. On lui avait froidement soumis le choix entre un CAP de chaudronnier et un CAP de fraiseur-ajusteur. Allergique aux fraises, il s'était lancé dans le chaudron. Ce fut un beau gâchis. Personne, à part moi, ne l'avait jamais entendu réciter le Lyonnais Antoine de Saint-Exupéry : « Planté dans la terre par ses racines, planté dans les astres par ses branchages, l'arbre est le chemin de l'échange entre les étoiles et nous. » C'est une phrase époustouflante qu'il connaissait par cœur et qu'il me déclamait sans respirer, en serrant le ciel entre ses yeux, d'un seul tenant. Parfois même, il en intervertissait le mot « branchages » par « cimes » pour corriger Saint-Ex en faisant la rime.

Il m'offrit d'autres cerises. Au bout de ses mains faites pour les arbres, ses doigts longs et torsadés pendaient comme de vieilles branches.

« À sa mort, tu as juré *au* papa de t'occuper de sa maison, lui rappelai-je. Après tout, les bicots devraient rentrer chez eux, non ? »

Nous nous dirigeâmes vers sa véranda. « Chez nous, c'est où ? » questionna-t-il en donnant un coup de pied dans un bout de ferraille à terre. Il réitéra que les élucubrations et autres adages sur le mal du pays n'étaient plus de son âge. Le dernier voyage, cinq ans auparavant, lui avait amplement suffi. Il avait mis les clefs sous la porte de ses illusions.

C'était lors de l'expédition avec Annette Smith, notre amie californienne qui voulait une dernière fois revoir l'Algérie de son enfance. Ce séjour avait été si éprouvant pour lui qu'il avait rayé son pays natal de sa géographie mentale. Si la vaillante dame avait, sur son fauteuil roulant, réalisé son rêve de retour à Dellys, en Kabylie, depuis Malibu, Californie, lui ne souffrait plus le mot « nostalgie ». Il en avait fini avec lui. Et tant pis si là-bas notre maison tombait en ruine, si les sépultures de nos parents étaient colonisées par les ronces et si les locataires ne versaient plus le moindre centime pour le loyer.

À l'entrée de son bunker, il s'arrêta devant une vieille photo de notre père, punaisée au mur, où il était en veston, son sac ouvrier en bandoulière, face au Grand Bazar. On ne pouvait pas lui donner d'âge. Il avait toujours fait vieux, de toute façon. À cause de sa vie pleine de bosses. Elle n'avait été qu'un chapelet d'épreuves et de douleurs à égrener en serrant les dents. D'ailleurs, plongé dans l'atmosphère de cette photographie, je me souvins d'un détail : je ne l'avais jamais vu pris d'un fou rire. Pas une seule fois. Il ne se laissait jamais aller aux effusions, comme si une bouche trop grande ouverte risquait de laisser entrer les démons.

Sur la photo, on devinait qu'il se forçait à sourire devant l'appareil.

Assis sur son canapé en cuir rouge style Bristol, je respirais l'air poussiéreux de la maison inanimée de Samy. La vie et l'enfance l'avaient désertée. Les murs n'avaient plus de conte à raconter depuis que ses trois enfants et sa femme étaient partis pour vivre leur vie. De la famille, il avait fait le deuil et se consacrait à l'économie de la solitude.

Il prépara du café, m'avertissant qu'actuellement c'était la pagaille au bled, vraiment pas le bon moment pour y aller.

— La pagaille, ah non ! le contredis-je. C'est une révolution... Des millions de personnes sont dans les rues pour réclamer la liberté...

— La liberté ! Ah, épargne-moi tes mots bidon.

— Le monde change, Samy, et toi tu me parles encore de la piscine de tes voisins... tu devrais te libérer toi aussi... Tu as toujours besoin de te bagarrer contre quelqu'un pour exister... c'est pas vrai ?

Offusqué, il voulut savoir si je faisais allusion aux chicanes qu'il avait toujours eues avec notre père.

— Non, pas spécialement...

— Alors pourquoi tu souris ?

Je dis que je repensais à notre enfance où nous étions libres à la folie, quand nous montions dans des avions de bois, nous prenions la mer sur des chambres à air de camion Berliet pour aller dans la baie d'Hudson, le lac Ontario et le désert de Libye cher à Saint-Exupéry.

Le café bouillant projeta ses dernières gouttes sur la paroi de la machine italienne. Il éteignit le feu. Posa deux tasses sur la table.

— Je ne veux plus aller dans ton pays de fous... D'ailleurs, je me demande bien pourquoi il te manque autant tout à coup...

— La révolution, Samy ! La Révolution ! T'as pas envie de te soulever toi aussi ?

— Me soulever ? Pour ça, je monte dans mon chêne...

— Non, je te parle sérieusement...

— Leur excitation fera pschitt, crois-moi, ils rentreront chez eux et tout continuera comme avant. En pire, bien sûr, comme toujours. C'est ce qui s'est passé en 1789 à Paris aux ronds-points, et en 2019 on a encore les Gilets jaunes aux mêmes ronds-points, alors tu vois à quoi mènent tes soulèvements... L'histoire, c'est comme la Terre, elle tourne toujours autour du même axe, du même Soleil et des mêmes rengaines de ses habitants impossibles à consoler, répondit-il en servant le café.

— Cette semaine, y a des super promotions sur Aigle Azur...

— En plus, si tu te fais prendre par les militaires dans une de leurs manifestations du vendredi, toi, en tant qu'ancien politique français, binational, tu vas le payer cher... Je te le dis. Ils te balanceront en prison et te dénonceront à l'opinion comme espion... ils crieront à l'ingérence française dans leur pays souverain...

— Tu te fais des films...

— Du lait dans ton café ?

— Cent cinquante euros Lyon-Sétif...

— Du sucre ? poursuivit-il avant de demander si ce tarif-là était valable pour l'aller-retour.

Après confirmation, il ouvrit son ordinateur et découvrit les promotions de la compagnie.

— OK, on y va. Mais je te préviens : à la moindre insulte, à la moindre contrariété, je plaque tout et je mets les voiles… Je n'ai pas oublié comment tu m'as chauffé les nerfs avec *la* Annette Smith…

Heureux de mon succès, je sortis de la maison et remontai dans ma voiture.

— T'as même pas bu ton café.

— Je me suis mis au thé depuis des années.

— T'aurais pu le dire avant. J'aime pas le gaspillage, tu le sais, pourtant !

Samedi.

Quatre jours plus tard et mille soixante-deux kilomètres plus loin, l'avion d'Aigle Azur posait son train sur la piste de l'aéroport de Sétif. Il inclina en douceur son nez sur le tarmac et frotta la terre de nos racines algériennes. Après l'immobilisation complète de l'appareil, Samy détacha sa ceinture et décompressa en un long souffle libérateur. L'angoisse avait comprimé sa poitrine durant le survol de la Méditerranée. N'avoir que de l'eau à perte de vue au-dessous de lui l'avait stressé, comme chaque fois que nous avions fait cette traversée entre les deux rives de notre identité.

— Je parie que tu penses à la même chose que moi, devina-t-il.

— Notre avion à réaction expérimental. Ben oui, ce genre de souvenir ne s'oublie jamais. J'en ai encore des cicatrices partout.

— Déjà tout petit, je craignais les avions…

— Et tu m'envoyais au casse-pipe…

Nul besoin de fermer les yeux pour revoir ce vol supersonique comme si nous étions encore à bord.

Pas d'école. Autour de notre bidonville, tout est en fleur. Depuis plusieurs semaines, le printemps, puis l'été, ont maquillé notre taudis en paradis. La végétation est luxuriante. Il fait très chaud, mais nous avons tout de même enfilé plusieurs couches de vêtements et des manteaux d'hiver parce que nous allons dépasser le mur du son et que, dans la stratosphère, la température extérieure atteindra moins soixante-dix degrés Celsius, selon les calculs de Samy. Nous sommes concentrés. La veille, les Américains ont marché sur la Lune. Pour imiter Neil Armstrong, Samy a fabriqué un avion révolutionnaire à l'aide de planches de récupération. Il l'a équipé d'un moteur Solex, six cylindres en V, d'un balai-brosse en inox pour le manche et de roulements à billes pour le roulage. Avec des cordes, on réussit tant bien que mal à le hisser dans les branches d'un châtaignier pour le faire décoller, mais alors que nous sommes parvenus à la cime, un problème surgit : il faut trouver un pilote chevronné. Le vol est périlleux. Samy cherche une solution autour de lui, les mains sur les hanches. Il réfléchit, puis, en dernier ressort, finit par se tourner vers moi. En tant que plus petit, je suis désigné volontaire commis d'office par l'assemblée générale du syndicat des pilotes. Le tout-petit-mais-pas-si-bête refuse net. Alors, on déguille. Je fais les ciseaux, lui la feuille, croyant qu'elle lui portera chance, vu son amour des arbres. Il perd : les ciseaux coupent la feuille. Malgré ça, il me contraint à prendre les commandes de l'engin au nom du respect de l'aîné. Son joker. C'est ainsi chez nous, le cadet exécute ce que son supérieur a décidé. Je m'incline devant la loi pour éviter les représailles, il a menacé de ne plus jouer avec moi. Harnaché avec du scotch sur la selle de vélo, je saisis le manche à deux mains. À la une, à la deux, à la trois ! Il crie « Rotation ! » et pousse le prototype du bout des pieds. Crash au pied du châtaignier. Et de son héroïque petit pilote, il ne reste qu'écorchures et lamentations. Le manche à balai s'est fourré dans ma poitrine, causant de sérieux dommages à mon fuselage. Les clous rouillés et tordus qui assemblaient les planches ont zébré la peau de mes fesses. Les dégâts sont considérables.

Quelques jours après, je contractai le tétanos, une grave maladie d'astronaute qui attaque leurs muscles et leurs os. Ce jour-là, je compris que mon aîné me bernerait toujours au nom de son antériorité et qu'il me faudrait être vigilant si je voulais exister librement et prendre mes responsabilités.

— Tu m'en veux toujours ? rigola Samy, impatient de s'extraire de la carlingue.

— Bien sûr. Tant que mes cicatrices n'auront pas disparu.

— Bon, allez, sortons d'ici. Rotation !

Je lui pris le bras pour l'aider à se lever de son siège, mais il se dégagea brusquement. Presque brutalement.

— Hé ! Tu me prends pour un vieillard ? Bas les pattes !

La jeune hôtesse en uniforme vert clair qui nous regardait aurait pu croire qu'il était handicapé.

— Au revoir, demoiselle !

— Au plaisir de vous retrouver sur nos lignes, monsieur.

— Aigle Azur, yz assurent ! lui fit-il avec un clin d'œil signé George Clooney. Je prendrai toujours votre compagnie. Comptez sur ma fidélité.

— Merci. C'est gentil… Vous venez voir la famille ?

— Oui. Au cimetière. Sinon, je ne reviendrais pas dans ce pays de… Enfin, pas moi, mais mon frère cadet, sûrement. Il se cherche encore, lui.

Samy progressait vers le hall d'arrivée, les mains aplaties sur sa sacoche de cuir en bandoulière qui contenait ses deux passeports de binational. Le stress le gagnait comme une marée noire. Il avait prévu cet état et, avant de partir, avait avalé un Temesta. Il en avait apporté une quantité suffisante pour tenir un siège, bien rangé dans sa trousse de toilette. À l'intérieur de sa tête et de son bagage, tout était en ordre. Comme dans son garage. Je l'observais en douce. Le clone de mon père. Il se raidissait à l'approche du bâtiment de débarquement, une sorte d'écluse qui nous permettait de passer d'une identité à l'autre et où, quelques secondes plus tard, il lui faudrait affronter les formalités douanières et policières. Une épreuve depuis un demi-siècle. Du fait de la corruption. Ce fléau nous gâchait toujours la joie du retour au pays de notre maison. À chaque passage de frontière, en bateau ou en avion, nous étions soumis au harcèlement des douaniers qui réclamaient des cadeaux de Noël, whisky et Marlboro, sous peine de tracas. Je n'avais jamais oublié ces moments qui marquent une enfance, où l'on observe les réactions de ses parents dans des situations critiques. Où l'on perçoit intimement leurs pulsations cardiaques et la montée de l'adrénaline. Chaque fois, dans la file, je détestais voir mon père désemparé qui refilait aux douaniers en douce le whisky payé une fortune, du Johnny Walker, une marque savourée par ces fonctionnaires musulmans qui savaient préciser « Red Label », en fins connaisseurs. Un crève-cœur pour l'homme pieux qu'il était : soudoyer des coreligionnaires avec de l'eau-de-feu des Highlands ! C'est là que Samy a commencé à se braquer contre ces « musulmans du dimanche » et moi contre ces voleurs qui pouvaient saper mes vacances d'été, tant espérées pendant toute l'année dans le brouillard de la vallée du Rhône. J'étais en colère. J'aurais aimé que notre père se rebiffe, mais ses parents lui avaient enseigné à ne jamais contrevenir à l'autorité et à se soumettre aux puissants ainsi qu'à l'ordre qu'ils avaient établi pour nous autres, nés inférieurs.

Samy colportait cette angoisse génétique. En avançant sur le tarmac, il la sentait remonter en lui, charriant les mots fatidiques à ne jamais perdre de vue : contrevenant, contravention, amende, dépassement des limites, rebelle, fellaga, ligne blanche, punition, prison, expulsion… si bien qu'il allait forcément se trouver un reproche à se faire. Le protocole d'autoflagellation était engagé.

Cependant, à notre grande surprise, un miracle se produisit. Les contrôles se déroulèrent dans une normalité saisissante. Zéro corruption. Zéro grain de sable. Tourneboulé, Samy était tellement habitué aux aléas qu'il cherchait encore des yeux d'où ils pourraient bien surgir autour de lui et sous quels déguisements. En vain. Il se rendit à l'évidence. Jamais notre passage de l'écluse n'avait été aussi fluide. La frénésie de la transhumance estivale des *bi* n'avait pas encore commencé et les visages des policiers arboraient même des fibres humaines. Devant moi, Samy passa au contrôle comme une lettre à la poste. Il en était tout émoustillé en me regardant fièrement attendre dans la file, l'air de dire qu'il avait passé le gué, lui. Lorsque mon tour arriva, je déposai sereinement mon passeport dans la main de l'agent assis dans la cabine de plastique. Il pianota sur son clavier, inspecta son écran et me radiographia curieusement. Le système lui avait livré des informations suspectes sur ma personne. Ses doigts se déchaînèrent de nouveau sur les touches, après quoi il fit une pause et revint à moi. Il tendit sa main et réclama ma carte nationale d'identité. Sans me regarder.

— Je n'en ai pas. Le passeport suffit, non ?

Il leva alors les yeux vers moi pour la première fois. Son regard à rayon laser resta bloqué sur moi quelques secondes, le temps de me laisser deviner qu'un aléa avait enrayé la fluidité de mon passage.

— Qui t'a dit ça ?

De nouveau, son regard prit mes yeux en otage. Devant mon silence penaud, il referma mon passeport en le claquant et le déposa sur son guichet. Toujours en le claquant, telle une pièce d'un jeu de dominos. Puis il me souhaita sans emphase la bienvenue dans mon pays avant de héler un voyageur dans la file derrière moi.

Bienvenue ? J'eus un moment d'hésitation. Tout était donc si simple et limpide ? Il y avait un ordre trop rassurant dans la banalité de ces enchaînements. Ce fut en effet de courte durée car à peine avais-je fait quelques pas qu'il m'interpella à la manière de l'inspecteur Colombo. Hé ! Son index m'invita à revenir au point de départ.

Inquiet, je me représentai devant sa cage.

— Depuis tout à l'heure, je me dis que ton visage ne m'est pas inconnu…

— Ah bon ?

— Oui, tu ressembles à quelqu'un…

— Tout le monde ressemble à quelqu'un…

— On se connaît d'où ?

— Je ne crois pas qu'on se connaisse.

— J'ai dû déjà te voir passer par cette douane. Tu reviens souvent au pays ?

— Rarement

— Tu n'es pas un entraîneur de football, de l'équipe de Toulon, je dirais… ou quelque chose comme ça ? Un sportif connu ?

— Non, je regrette… Je suis écrivain.

Il lâcha prise.

— C'est bien. Il en faut, des écrivains. OK, alors excuse-moi, j'avais vraiment l'impression de t'avoir déjà vu à la télévision…

— Dans une autre vie, sûrement…

— Oui, ça doit être ça, une autre vie… Sois le bienvenu dans ton pays.

C'était fait, les portes de mes racines m'étaient grandes ouvertes.

Quand je le rejoignis, Samy me demanda si le policier m'avait reconnu. Je dis : « D'un côté, oui. » Perplexe, il me conseilla néanmoins de ne pas m'étaler sur mes activités politiques en France, cela nous éviterait de nous faire perdre du temps, puis, l'allure altière, avança vers le tapis de livraison pour récupérer sa valise. Il en avait pour un moment, le vol était complet et chaque voyageur arrivait chargé de montagnes de sacs.

Je l'attendrais dehors.

Quelques minutes plus tard, je débouchai le premier dans le hall d'attente. Une petite foule guettait les arrivées. Les regards se portèrent sur ma personne, puis sur ma petite valise. Les gens se demandaient quel genre de voyageur j'étais, pour rentrer au pays avec un si petit bagage. Un affairiste, probablement, un de ces businessmen qui font du commerce avec des containers chargés sur de vastes bateaux. Des gros poissons qui voyagent léger et font du sport pour entretenir leur ligne.

Ou bien un de ces écrivains rêveurs. Oui, j'en avais la dégaine. Ces gens-là, un carnet et un simple stylo leur suffisaient pour être chez eux partout où ils allaient.

Je sortis à l'air libre. Dans une puissante accolade, je pris le grand ciel bleu en pleine figure. Ce fut un frisson incroyable. On aurait dit que je déboulais dans un espace sans limites, entièrement à moi, avec des gens bienveillants qui me souhaitaient la bienvenue. Ici, je pouvais « poser mes valises », comme on dit. Du coup, je m'arrêtai et lâchai la mienne. Tout de suite, des émotions d'enfant me rattrapèrent, puis me doublèrent et firent volte-face. Je me revis. Là. En short, dans ma chemise blanche à jabot...

J'ai dix ans... Nous rentrons en vacances au pays avec ma petite tribu... J'attends ce moment depuis un an. J'ai des bateaux plein le cœur, le *Ville de Marseille*, le *Ville d'Oran*… tous les mois d'août, ils nous ramènent chez nous, ici, dans ce pays où tous les gens ont la même tête que moi, où les villes sont noires de monde, poussiéreuses, odorantes et tellement vivantes, encombrées de voitures pétaradantes, avec leurs chauffeurs qui klaxonnent pour un oui ou un non, agrippés à leur volant, des charrettes de paysans tractées par des ânes ou des mules, des cris d'enfants qui jouent au foot sur la chaussée, des vieillards mécontents, des vendeurs ambulants, des policiers vidant leurs poumons dans leur sifflet, des handicapés qui tentent d'exister au milieu de cette humanité en crue… Dans l'agitation, je vais me replonger le temps des vacances. C'est le grand retour. Le film est gravé dans ma tête. À vie. Les lumières s'allument. Elles illuminent le visage de mon père, de ma mère et de Samy… Au port de Marseille, nous voilà, c'est nous, là, à la Joliette, près de la Canebière, en train de camper comme des gitans. Nous sommes arrivés vingt-quatre heures avant le départ du bateau, parce que mon père, toujours angoissé, préfère se présenter à l'embarquement un jour avant plutôt qu'une heure en retard. Vingt-quatre heures ! Sous le soleil cuisant de la Canebière en plein été, avachis, suant sous le poids des valises bourrées de cadeaux apportés à la famille. Et mon père qui rouspète parce qu'il y a toujours un grain de sable qui dérange ses plans, il a peur que le ciel ne nous tombe sur la tête. À ses côtés, ma mère fait la sourde oreille, elle a décidé qu'elle était déjà là-bas, dans son pays, dans son village, alors elle se détend intérieurement, elle hume les odeurs de pain chaud, de cumin, de safran, de viande grillée et des fameux navets de son village, Amoucha, qui me fait rêver…

Maintenant, nous voilà embarqués à bord du *Ville de Marseille*. Mon frère Samy ne tient pas en place, malgré les recommandations de notre père, il court sur le pont du bateau s'emplir de la Méditerranée, il se penche sur le bastingage pour apercevoir les requins, les baleines et les dauphins. J'ai peur qu'il ne bascule. La nuit est tombée. J'observe les milliards d'étoiles qui éclairent notre traversée de cette mer que j'aime tellement, parce qu'elle coule en moi depuis que je suis né. Allongé sur un transat, je cherche dans la voûte céleste des messages que quelqu'un aurait envoyés juste pour moi, et parfois j'en découvre un dans la Grande Ourse, alors je fais un vœu, puis un autre, je souhaite que ma famille et moi soyons toujours heureux, c'est tout ce que je désire. Aujourd'hui, nous rentrons chez nous. Mes parents sont joyeux, alors moi aussi. J'aime voir mon père et ma mère savourer la vie côte à côte sur le même bateau. C'est pas tous les jours dimanche... Sur le pont, mon père a déposé nos valises en cercle pour garder un œil sur nos richesses. Il a si peur de se faire détrousser. Avec mon frère, allongés sur les transats, la tête dans la Voie lactée, nous jouons à celui qui voit une étoile filante en premier... Un peu plus tard, Samy me raconte l'histoire des hommes des sables qui vivent sous des tentes et dont les enfants ont la chance de ne jamais aller à l'école, j'écoute attentivement le début, puis petit à petit je ne perçois plus qu'un mot sur deux, et enfin plus rien, le son est coupé, je suis endormi, je rêve sur un vaste bateau qui trace son sillage dans une mer noire, avec la lune comme unique phare, et qui me ramène chez nous. L'air est salé. Une agitation me réveille quelques heures plus tard. Dès les premières lueurs de l'aube, les voyageurs sont sur le pont. Les yeux écarquillés. L'arrivée est proche. Les côtes de notre pays commencent à se dessiner dans la brume. L'horizon nous fraie un passage. Les voix sont plus fortes. Mon père n'a pas fermé les yeux de la nuit à cause des valises à surveiller. Le pauvre ne peut s'empêcher de se prendre pour le commandant en chef de la famille, comme si nous risquions un naufrage à toute heure, embarqués sur un fragile canot de sauvetage. La brise s'est levée et caresse mon visage. Je suis accoudé au bastingage. C'est doux. Mon père nous a acheté des pains au chocolat au snack du bateau. Un vrai cadeau de Noël. Ils ne sont pas très bons, mais ils sont bons parce que nous sommes en vacances et qu'il nous a tout de même offert un extra, une fois n'est pas coutume. Au moment où je referme les dents sur le mien, quelqu'un crie : « Ça y est ! La terre ! » Le commandant du bateau fait hurler sa sirène pour nous informer officiellement de notre arrivée prochaine à bon port. Je cours admirer le paysage, les collines au loin, ocre, avec du bleu et du blanc partout. La douceur du décor donne la chair de poule. Le bateau pénètre dans la baie d'Alger. Le spectacle me tient bouche bée. Plus nous approchons de la ville, plus le bleu et le blanc accentuent leur contraste. Maintenant, j'aperçois nettement les bâtiments en forme d'arcades et une longue promenade qui ceinture la mer, sur laquelle s'agitent des milliers de personnes saluant notre entrée au port... Tous les bagages sont là. Mon père a fait le compte minutieusement. Ses enfants sont là aussi. Les deux. Nous pouvons donc débarquer. Je pose le premier pas à terre ; sur ma terre, je frétille comme un astronaute américain qui touche la Lune de sa babouche pour la première fois. Fou de joie, je demande à ma mère si c'est bien notre pays, elle dit oui, avec un sourire qui fait le tour de son visage. Je suis léger, je vole parmi les mouettes algériennes qui nous souhaitent la bienvenue dans leur langue. Quelle belle sensation ! À peine avons-nous débarqué que soudain, des porteurs se jettent sur nous pour que l'on dépose nos valises sur leur chariot, se chamaillent parce que la concurrence est rude, mais mon père ne tient pas du tout à ce que l'on touche nos biens, il a deux porteurs gratuits à sa disposition, dit-il en nous regardant. Et d'ailleurs, interdiction absolue de poser les valises sur le sol, ça les abîme, nous ordonne-t-il. Compris ? Oui, commandant ! Bien reçu. Les porteurs professionnels font grise mine, ils croyaient que nous étions des Américains cousus de dollars et qu'ils allaient profiter du ruissellement de notre fortune. Je transpire à grosses gouttes. Mes parents encore plus que moi… Du port de débarquement jusqu'à la gare de chemin de fer, il faut marcher quelques centaines de mètres. Il y a bien sûr des taxis qui proposent leur service, mais ce n'est pas gratuit, alors, comme avec les porteurs, mon père dit aux chauffeurs que ses deux garçons ne sont pas des infirmes et il nous montre du doigt comme si nous étions ses mules. Nous rions en marchant vaillamment vers la gare tout en repoussant les attaques des porteurs qui veulent à tout prix charger nos trésors sur leur échine. C'est fou, ça ! Finalement, nous arrivons à destination. Exténués. J'ai une soif de chameau, mais mon père n'entend même pas quand je lui demande à boire, tant il est sens dessus dessous. Il ne cesse de nous ordonner de rester groupés sinon nous allons nous perdre dans cette foule qui court dans tous les sens, valise à la main, à la recherche d'un train à prendre, d'un bagage disparu, d'un contrôleur, d'un enfant perdu, d'une information, d'un sandwich ou d'une bouteille d'eau. Mon père est obsédé par nos valises. Il craint qu'un malin ne profite de la pagaille pour nous délester de l'une d'elles, prévient Samy qu'il le tient personnellement pour responsable de leur sécurité ! Bien, commandant ! Puis tout finit par se calmer. Tassés dans un coin de la gare comme des cow-boys assiégés par les Apaches, nous attendons le train qui nous conduira vers la ville de Sétif, le terme de notre grand voyage. L'attente est longue. Ici, il n'y a pas d'horaires. Le train arrivera quand il arrivera, c'est ce que le contrôleur a répondu à mon père. On est chez nous. Il n'y a plus de montre, plus d'aiguilles. Le temps tourne à vide. De toute façon, on doit prendre notre mal en patience, car il faut dix heures pour parcourir les trois cents kilomètres. Mais qu'importe, le train peut mettre trois jours s'il le veut. Autour de nous, les voyageurs se parlent, se sourient, on dirait qu'ils sont tous de la même famille… Une fois le train annoncé et prêt au départ, il faut encore transpirer beaucoup, courir avec les bagages au bout des bras en nous blessant les jambes, supporter les hurlements de notre père, mais finalement la chance nous sourit, nous trouvons quatre places côte à côte, grâce au contrôleur qui a été gentil avec nous et qui se plaisait à nous appeler « les Zimigris » en riant fort. Son train est parti avec deux heures de retard. Plus ou moins confortablement installé sur mon siège, libéré de tout souci, je contemple le crépuscule d'été qui, à pas de loup, enveloppe doucement le pays. Un peu plus tard, le train atteint les Hauts Plateaux, alors il se met à peiner comme une tortue ivre, il perd de sa vitesse, si bien que l'on peut facilement en descendre, courir à ses côtés et remonter à bord sans risque. Comme beaucoup d'enfants, j'en profite pour m'asseoir sur les marches, car les portes du train restent ouvertes, et admirer les paysages enchanteurs qui défilent au ralenti pour que l'on prenne le temps de les apprécier. Quand nous traversons des villages nichés sur les collines à l'abri du monde, je vois au loin des nuées d'enfants s'agiter comme des étourneaux aux alentours des baraques, car le passage du train déclenche chez eux un branle-bas de combat : ils abandonnent tout sur place pour se ruer sur lui et le prendre d'assaut tels des petits bandits de grand chemin, vêtus d'un simple short ou quéquette à l'air pour les plus pauvres, tous pieds nus, les bras écartant le ciel pour se frayer un passage. Je ris de les voir se risquer à une telle course-poursuite contre le monstre de fer. Ici, bien sûr, il n'y a pas de barrière de sécurité, et les enfants des baraques posent sur les rails des noix de cajou pour les casser ou des clous pour les redresser.

Parvenus à hauteur du train qui tousse, certains prennent juste plaisir à courir au flanc des wagons, comme les dauphins de la Méditerranée nagent le long des paquebots, d'autres, plus intéressés, tendent leurs mains pour recevoir des pièces que les passagers leur lancent, d'autres encore tentent de refourguer leurs marchandises, un casse-croûte enveloppé dans du papier journal, des bouteilles de Coca-Cola, de Fanta ou de Selecto pleines de sucre, des pistaches, cacahuètes, cigarettes au détail, chewing-gums, figues de Barbarie… Au milieu court le vendeur d'eau fraîche, surprenant par son agilité à éviter les pierres saillantes qui rendent le sol dangereux. Tout en s'activant à grandes enjambées, le pauvre doit emplir un verre avec sa grosse gourde, le servir au client assis sur les marches du train ou penché à la fenêtre, attendre qu'il boive, reprendre le verre une fois vidé, et encaisser son salaire. Sur le visage des enfants, les sourires s'étirent. Leur façon de jouer au train les ravit... Puis, au fur et à mesure que le train recommence à prendre de la vitesse, les petits coureurs aux pieds nus sont happés par l'arrière-décor, le sol se dérobe sous leurs téméraires foulées, ceux qui attendent toujours qu'on leur lance leurs pièces restent en course jusqu'à épuisement, la langue prise en tenaille entre les dents, tandis que les voyageurs leur envoient les derniers verres vides, les bouteilles consignées et l'argent. J'en vois qui se roulent dans la poussière à l'endroit où sont tombées les pièces et se battent à mort pour les récupérer les premiers... La vie suit son cours et, progressivement, les piaillements des enfants du crépuscule se fondent dans le paysage qui se retire. Le train reprend sa respiration de croisière une fois la pente vaincue. Le silence est de retour. Depuis les marches, les yeux et le cœur grands ouverts, je me laisse bercer par les sensations de ce magnifique décor, les senteurs, la quiétude des villages. Un soleil rougeoyant lance ses filets aux mailles vert et orangé entre les collines et les champs de blé. Hypnotisé, sans ciller pour ne rien perdre de la magie, je contemple la glissade de cette immense cornaline derrière l'horizon, tandis que dans le ciel, pour accompagner le bouquet final, des touches de violet et de rose viennent ajouter leurs tresses luisantes et ensorceleuses... Dans le compartiment du train où les lumières s'allument, les voyageurs sortent des victuailles, melons, pastèques, sardines, galettes, dattes, et partagent naturellement leur pique-nique avec nous. C'est tellement gentil que je n'ose pas accepter, alors que j'en meurs d'envie. Mon père m'encourage : « Vas-y, prends ! » Lui n'a pas faim, c'est ce qu'il prétend. Ma mère accepte l'offrande. Et puis arrive le moment où, rassasié, je m'assoupis sur un bout de banquette, la tête sur ses genoux. Samy et des conteurs de rêves viennent me murmurer leurs aventures, je pars avec eux, chevauchant des étalons aux ailes d'or dans le Sahara où les enfants n'ont jamais école... Au milieu du rêve, le train atteint la ville de Sétif. Le voyage est terminé. Nous arrivons sur la terre de nos gènes, le berceau des parents, l'endroit où mon arbre a ses racines et mes ancêtres me consolent, ça me pique le cœur de savoir que mon père et ma mère ont été enfants avant moi, j'ai du mal à le concevoir, c'est là qu'ils se sont rencontrés, près de ce bourg de grande humilité où, dans les rues et aux terrasses des cafés, sur les bancs publics et sous les oliviers, mon papa va revoir des vieux qu'il connaît depuis toujours, et où je suis fier d'être son fils, de venir de lui, parce qu'en France il n'est personne, juste un numéro de Sécurité sociale et une carte de travail. Mais ici, chez lui, il est quelqu'un, avec une histoire, une terre et des amis, il n'a pas besoin de papiers pour prouver son identité. Ici, il ne craint plus la nuit. À notre arrivée à la gare, dans le noir, un porteur accourt vers nos bagages et commence à les trimbaler sans se gêner le moins du monde. Je l'arrête : « Hé, que fais-tu là, toi, laisse ça, on va les porter nous-mêmes », ça doit être un voleur à l'arraché, mais mon père caresse mon épaule et me dit : « Laisse-le faire, fils, maintenant je sais où je suis, je connais cet homme et il me connaît », alors d'un coup, la peur s'en va, toutes mes craintes se retirent, le porteur de la pénombre me défie : « Tu as vu, je connais ton papa mieux que toi », il rit, « Comment ça va, la France et de Gaulle ? », il nous souhaite la bienvenue dans notre pays, je regarde mon père, il fait nuit, mais je vois malgré tout briller des gouttes sur son visage, elles ramènent à la surface des morceaux de vie d'ici et de là-bas, et soudain, dans mes petits yeux aussi, des gouttes veulent se former alors comme je n'ai plus de valise à porter, je saisis la main de mon père et nous commençons à marcher, ensemble, silencieux.

Devant l'aéroport, face aux monts des Aurès dont les silhouettes ondulaient dans la brume et semblaient me faire signe d'approcher, mon regard s'enfuit vers le cimetière de mes parents. Je me remis à penser à Ryme, mon secret de Beaumarchais. Elle devait guetter mon arrivée sur la terrasse de notre maison. À la fin de mon dernier séjour, lors de l'expédition Annette Smith, je lui avais promis de l'emmener chez moi en France, mais une fois rentré à Lyon, j'avais coupé les ponts. Cette fois, c'était pour elle que je revenais, dans l'espoir de réparer cette liaison que j'avais brisée sans raison ni préméditation. Je n'en avais pas parlé à Samy, sinon il ne serait jamais venu. Elle l'insupportait. En outre, je lui avais caché un détail d'importance. Dans le rêve traboulant avec ma mère mourante, une ombre était assise devant le lit médicalisé, drapée dans une belle robe de couleur vive qui semblait avoir été cousue pour un mariage, alors que nous étions en deuil. Avant d'expirer, Mima m'avait demandé de lui apporter les gaufrettes posées sur la chaise, non pas pour les manger mais pour que je la découvre, sa protégée, et que je ne la laisse jamais tomber. Ryme. « La gazelle blanche », c'était la signification de son prénom. Elle me tendait le paquet et disait : « Prends ma main. » Elle tenait une valise près d'elle, comme si nous allions partir ensemble pour un voyage. À l'intérieur se trouvait son trousseau de mariage.

Sur le parking de l'aéroport, l'air chaud et velouté invitait à passer les doigts au travers. Mes yeux papillonnaient autour de moi comme ceux de l'enfant que je redevenais toujours quand j'étais de retour sur cette terre. Deux cigognes dans le ciel indécis planaient tel un linge blanc dans le craquement des silences. Elles tournoyaient au ralenti au-dessus de leurs nids flanqués sur les pylônes électriques géants aux larges épaules qui couraient, immobiles, vers la ville. Ces vastes oiseaux immuables n'avaient jamais changé. Leur espèce échappait au temps, autant que celle des migrants que l'on reconnaissait depuis toujours à leurs gueules cassées, leurs corps usés, leurs vêtements fripés, en majorité des vieux, croulant sous des bagages, des coffres, des cabas rafistolés, d'encombrants vélos empaquetés dans du film plastique, de pittoresques machines… autant de cadeaux et de gadgets, le mois de jeûne touchant à sa fin, qu'ils apportaient à leur famille. Dos voûté, ils poussaient leurs chariots bancals, les renversaient, trébuchaient à leur tour.

À côté,
étranger délesté,
libre,
mon exil me paraissait
si léger.

Le silence laissait la brise du soir danser sur les lauriers et les bougainvilliers fleuris, comme pour souffler les derniers lampions avant la tombée de la nuit. Les chauffeurs de taxi avaient tous quitté le parking, sauf un. Assoupi sur son volant, le front affalé sur ses mains, les cheveux en vrac, il ronflait. Le soleil déclinait lentement, rodé depuis la nuit des temps au même mouvement, comme les marées. La foule avait maintenant déserté l'aéroport. Je me retrouvais seul, entre silences et ronflements. Les pylônes électriques n'avaient toujours pas bougé dans leur foulée. Les cigognes s'étaient posées. Mon regard était pointé vers le hall d'arrivée où deux policiers de l'Air et des Frontières bavardaient. Samy tardait à venir, mais peu m'importait, le temps ne jouait plus contre la montre. Une heure plus tard, il déboula vers moi, interdit.

« Ma valise est restée à Lyon ! »

Un propriétaire hagard devant sa maison cambriolée et mise à sac n'aurait pas eu une mine plus accablée. Samy laissa choir les bras le long de son corps. Pourquoi cette tuile tombait-elle sur lui, pleurnicha-t-il, le hasard aurait pu dévaliser une autre victime parmi les passagers du vol. Il avait exigé des explications au comptoir d'Aigle Azur, on l'avait informé qu'à Lyon l'avion avait dû embarquer à la dernière minute un cercueil et, se trouvant en surcharge, des bagages avaient été débarqués à l'aéroport Saint-Exupéry. Dont le sien.

« Ils m'ont dit que c'était la valise ou le cercueil. »

Sans vouloir offenser les défunts, il était offusqué de cette priorité accordée à un mort. Un macchabée avait tout le temps de se retourner quand il lui arrivait un contretemps, non ? Toutefois, des assurances lui avaient été données, il récupérerait son bagage le lendemain, dimanche. « Avec l'aide de Dieu », avait nuancé l'agent Elias, un géant aux yeux bleu-vert dont le visage respirait la confiance en l'humain. Il l'appellerait pour le prévenir. Promis. Heureusement, car Samy avait des cerises dans un Tupperware. Il les destinait à être plantées sur la tombe de la maman, qui manquait d'ombre. Grâce aux poignées de terre de Vienne qu'il avait apportées pour que la greffe opère dans le nouveau terroir, un beau cerisier naîtrait.

Je le regardai, étonné par cette drôle d'idée.

— Qu'est-ce qu'il y a ? dit-il. Tu me trouves encore débile ?

— Non, au contraire, bravo pour ces attentions.

À la station de taxis désertée, le chauffeur était toujours affalé sur son volant, en plein ronflement, quand Samy le secoua comme un prunier. « Hé, réveille-toi, tu es le dernier ! » L'étourdi sursauta, klaxonna, se prit les pattes dans son tapis en s'extrayant de son siège, réajusta sa chemise et s'empressa de réclamer nos bagages pour les charger dans son coffre. Il les chercha furtivement autour de nous, rien, nous lorgna du coin de l'œil.

Dans sa bouche, son incisive en or luisait au soleil couchant.

Il démarra son char. Une vieille Renault.

— Bonjour. Je m'appelle Miloud, mais ici tout le monde m'appelle le Francis (il roulait le *r*) ou Francis tout court, à cause de mes yeux clairs et ma peau blanche… Je ressemble à un Français…

Il parvint à passer la seconde vitesse, qui rechignait.

— Je vous emmène où ?

— À Beaumarchais. Tu sais où c'est ?

— Bien sûr ! Je connais ma ville par cœur. J'y suis né.

— OK, alors près du salon de coiffure Le Barbier de Séville…

— Je vois très bien. C'est mon coiffeur. Le meilleur. Lui, au moins, il balaie les cheveux après chaque client, pas comme d'autres qui les laissent s'amonceler…

Il passa la troisième vitesse.

Dans la voiture où la chaleur était visqueuse, Samy chercha le bouton de la climatisation.

— Elle est cassée, déplora Francis. Désolé.

Samy grinça des dents et ouvrit grand sa vitre.

— Doucement, la poignée, avertit Francis, elle ne…

— Tu as des freins, au moins ? tonna Samy.

Ses mots jetèrent un grand froid. Plus besoin de climatisation.

L'homme passa la quatrième vitesse, furieux d'être rudoyé de la sorte par ce râleur qui ne l'avait même pas salué et lui avait tout de suite déplu. Il avait le visage plaisant d'une bonne personne, harmonieux, et une sensibilité à fleur de peau. Mon sourire imperturbable l'invita à me considérer au travers du rétroviseur pour tenter de retisser le lien, mais mes yeux étaient partis dans les paysages arides que nous traversions et les nombreux chantiers de construction hérissés de grues. Nerveux, il reluqua son portable. Il aurait apprécié recevoir un appel maintenant pour montrer qu'il était un Sapiens – n'en déplaise à certains, il y en avait encore dans son pays ! – qui aimait communiquer avec ses semblables, lui, car visiblement ces deux énergumènes étaient plutôt de l'ère glaciaire, il en avait rencontré pléthore dans son métier, des exilés qui vivaient toute l'année dans des trous à rat et débarquaient le temps des vacances, boursouflés d'arrogance. Il nous trouvait imbuvables. Depuis des années, les gens d'ici qui se débattaient dans les griffes des politiciens véreux et leurs systèmes mafieux étouffaient sous leur sentiment de supériorité. Ils se sentaient laminés entre deux oppressions minables. Tiens, s'il avait eu de l'audace, il aurait serré brutalement le frein à main, serait allé retirer leur misérable valise du coffre et l'aurait plantée sur la chaussée : Ouste ! Pour qui vous prenez-vous ? Vous n'êtes rien ! Ni là-bas ni ici ! S'il avait eu de l'audace, ah oui, il les aurait laissés en plan au bord du fossé. Mais voilà, trop bon trop mou, c'était sa faiblesse.

Et son frein à main était de toute façon défectueux.

En outre, il contenait ses pulsions durant le ramadan.

Alors il laissa couler et autant en emporte le vent.

Lorsqu'il entendit Samy geindre encore sur sa valise, Francis tenta un retour en grâce. Alors que nous passions devant un pont en construction, il nous demanda si nous aimions les blagues, mais n'obtint aucune réaction des ours de la banquise que le destin avait placés sur son chemin. Il n'osa plus nous regarder de crainte de croiser nos pensées. Être avec des clients et se taire n'était pas dans sa culture. Dieu lui avait fait une bouche, ce n'était pas pour la maintenir fermée, surtout en cette période mouvementée que traversait le pays et qui méritait des échanges entre citoyens concernés.

— Je vous préviens, insista-t-il, il y aura beaucoup de circulation en ville, alors maîtrisez votre tension, hein, parce que, pendant le mois sacré, des gens sont à vif… (Il nous toisa un instant avant de poursuivre.) Ceux qui restent calmes, je les repère vite. Ce sont ceux qui se réveillent à trois heures de l'après-midi et jeûnent seulement cinq heures par jour. Leur jeûne vaudra zéro plus zéro. Ils trichent avec Dieu, ces idiots…

J'écoutais vaguement Samy, que le propos avait stimulé, et qui racontait que les Saoudiens de La Mecque, avec l'aide des Américains, étaient en train d'inventer un scanner de détection des musulmans du dimanche, les tricheurs qui mangent en cachette durant le ramadan. Il en avait connu beaucoup dans sa vie qui s'évertuaient à donner des leçons aux autres… Avec la technologie moderne, la pureté de la foi allait être rétablie partout, aucune zone d'ombre ne subsisterait. Le contrôle technique serait automatique. Chaque contrevenant recevrait chez lui une convocation à la pénitence. Curieux de savoir si c'était du lard ou du cochon, Francis posa encore quelques questions mais, devant notre encéphalogramme plat, se replongea dans son vieux portable, désolé qu'il n'y ait rien à tirer de ces taiseux. La vie en France devait être si harassante que les pauvres en avaient perdu le goût de parler.

Il devait régner un sacré silence dans ce Groenland.

Un peu plus loin, force était de constater qu'il avait eu raison de nous prévenir car, à l'approche du centre-ville, la circulation vira au cauchemar. Des véhicules de tous âges et dans tous les états asphyxiaient l'environnement et projetaient un nuage de fumées et de poussières capable de tuer le moindre oiseau et de calciner le moindre papillon dans le ciel. Devant la préfecture, notre taxi se retrouva paralysé dans un embrouillamini où tous les chauffeurs s'accordaient sur un modus vivendi pour coexister sans sortir les sabres. Les règles de conduite étaient laissées à leur discrétion, et les nombreux conducteurs à ce croisement échangeaient des regards pour évaluer le degré d'empressement de chacun, l'état de sa voiture et la détermination à s'enquiller avant les autres. La circulation se jouait au papier de cigarette. Parfois, un signe anodin de la main venait en renfort de la prunelle du chauffeur pour imposer le passage. Chaque cillement contenait une énergie atomique. Cependant l'harmonie générale était incontestable : aucun accrochage ne se produisait. Au fond, ce système millimétré confirmait une loi en filigrane : pas besoin de policiers pour régler le trafic.

Francis se crispa en désignant un tramway flambant neuf qui rampait silencieusement devant nous sur des rails invisibles. « À cause de lui, depuis un an, c'est le grand bazar… » Il avait chambardé les habitudes des automobilistes avec les sémaphores, les sens uniques et les interdits. Résultat, leurs hésitations provoquaient des embouteillages et des colères nucléaires en cette période de privation.

— Les Français l'ont construit, sermonna-t-il pour nous forcer à réagir.

Et tester notre nationalisme. De quel côté nos cœurs congelés balançaient-ils ?

Il avait déjà une intuition.

Il écrasa l'accélérateur, grilla trois feux rouges d'affilée et insulta au passage les panneaux stop en dialecte local. Face au danger, Samy empoigna sa ceinture de sécurité et s'échina à la boucler.

— Désolé, je dois la changer… s'excusa Francis, constatant que Samy la maintenait mordicus contre son ventre. Il s'étonna :

— Pourquoi tu fais ça ?

— Pour la police.

— La police ? Mais y en a plus, tonton !

Il pouffa. Heureusement, ses postillons arrosèrent seulement le pare-brise.

— Comment ça, y en a plus ?

— C'est Lirac[1], tu ne savais pas, tonton ?

On le sentait fier de nous informer que le pays avait été rendu au peuple, les gens avaient déchu le président et déchiqueté son portrait aux ronds-points. Il me zieuta pour vérifier mes connaissances sur la révolution en cours. « Moi, je sais, dis-je, mais pas mon frère. Il est *arborigène.* » Ses yeux firent un bond en avant. « Il a des gènes d'arbres », poursuivis-je gravement. Francis dévisagea l'énergumène, examina son écorce, son tronc épais, ses doigts torsadés et poilus avant de se faire une raison. La France avait bien fracassé ces pauvres immigrés qui l'avaient prise pour un eldorado ; heureusement qu'il était resté chez lui. Il s'engouffra dans la ville en coupant les rails du tram sans le moindre regard à droite et à gauche… « Eh oui, on est libres, maintenant, soupira-t-il, histoire de recréer une ambiance. L'information n'était donc pas parvenue au Groenland.

Il conduisait au nez, tandis que ses oreilles tenaient en respect les scooters qui défilaient sur les côtés.

Il demanda à Samy depuis quand nous n'étions pas rentrés au pays. Je répondis à sa place pour aller plus vite.

— Cinq ans ? s'exclama-t-il. C'est beaucoup. Mon fils a cinq ans et je ne le reconnais déjà plus… Il veut s'acheter un scooter et un iPhone. Avec mon argent !

Son portable sonna. Frimeur, d'une main, il le colla à son oreille, tandis que l'autre s'intéressait vaguement à la conduite

---

1. Normalement, la révolution se dit le « Hirak », mais la prononciation du *h* étant difficile en français, j'ai décidé d'écrire « Lirac ». En France, Lirac est une commune du Gard, en Occitanie, célèbre pour son vin, mais tout rapprochement avec le « Hirak » serait purement fortuit…

de son véhicule, sous le regard torve de Samy. La connexion était défaillante. Il raccrocha et ne put empêcher ses yeux de loucher encore sur le transgenre cramponné à sa ceinture.

— La communication, c'était mieux de ton temps, hein ? On ne parlait pas pour ne rien dire comme maintenant...

Samy me lorgna, il allait terminer ce voyage à pied si je ne faisais rien contre le bavard.

L'allusion à son temps lui avait fait mal aux dents.

Le portable de Francis sonna encore, mais il ne répondit pas.

— Maintenant, j'économise ma salive.

— Merci, souffla le taiseux.

Des quartiers que nous traversions, plus aucun ne nous était familier. L'âme du centre-ville autour de la fontaine Fouara avait succombé aux mobiliers urbains standards des villes-monde. Le taxi passa devant l'ancien Café de France, là où, le 8 mai 1945, la première manifestation pour l'indépendance nationale avait dégénéré. Aujourd'hui, le tram roulait sans état d'âme sur cette terre gorgée de l'histoire de la colonisation. Devant le grand lycée ex-Albertini trônait un bâtiment pharaonique aux vitres teintées, avec son centre commercial pompeusement baptisé World Trade Center, et un hôtel de luxe Park Mall. Sa façade annonçait crânement Four Points by Sheraton dans une publicité tapageuse d'où jaillissaient les portraits des stars du football du FC Barcelone autour de leur étoile, Lionel Messi.

Francis remonta l'avenue, injuriant le tram à l'approche des stops et des feux rouges, dépassa un hôtel Best Western tout juste achevé.

— Il est flambant neuf ! C'est pour les Américains, les Chinois, les Turcs… Le monde entier rêve de venir chez nous. Je comprends pas pourquoi nos jeunes veulent partir. « Visa », ils n'ont que ce mot à la bouche… observa-t-il, dépité.

Best Western, Luxurious Fashion, fastfood, Quick pizza, Hijab Newlook, Sportwear, Youyou Smartphone, Mobile Hut… Alentour, beaucoup d'enseignes naguère francophones flirtaient désormais en anglais avec la génération Facebook, Instagram et WhatsApp.

Au volant, Francis claironna encore pour se convaincre lui-même :

— On a tout, ici, et même bientôt la démocratie, alors quand j'apprends que treize jeunes *harraga*[1] sont morts dans leur barque qui a coulé près de l'Italie, ça me tue…

Il espérait du fond du cœur que son fils trouverait sa voie dans son pays où il y avait à manger pour tout le monde, jura-t-il, c'était l'essentiel pour la jeunesse, manger à sa faim, avant de s'extasier devant le quartier des banques.

— Grâce aux distributeurs, débita-t-il, les billets sortent des murs comme l'eau de la fontaine ! Regardez ! Ici, c'est le paradis ! Mieux qu'en France.

— Tu y es déjà allé ? le coupa Samy.

— Où ça ?

— En France.

— Chez vous ?

1. *Harraga* signifie « brûleurs de frontière ». C'est le nom donné aux migrants clandestins embarqués sur des rafiots qui traversent, au péril de leur vie, la Méditerranée pour rejoindre l'Europe.

Il tenait à le marquer, ce point. Avec un sourire cabotin.

— Oui, chez nous, comme tu dis…

— Ici, on est au paradis, je vous dis…

— Réponds.

— En France ? Non. La vérité. J'ai des cousins à La Courneuve à Paris, c'est juste sous la tour Eiffel, eh bien, je ne les envie pas, voyez-vous. Là-bas, je serais un misérable Mohamed-prends-ta-valise. Ici, je suis avec les miens, pas seul comme un chien… Si je meurs, y aura toujours quelqu'un pour me tendre la main…

Son débit avait assommé Samy. Ou peut-être simulait-il un assoupissement pour arrêter le blablacar. En tout cas, la « valise de Mohamed » ne le fit même pas repenser à la sienne.

Tel un drone, mes yeux survolaient la ville emportée par le vertige de la mondialisation. Hier encore, elle était le village de mes ancêtres où je revenais me ressourcer l'été, faire le plein de soleil, de senteurs, entendre crier les vendeurs ambulants de fruits et légumes, tirer la queue des ânes conduits à la baguette par des paysans enturbannés, espionner à la sortie de la ville les campements de nomades bédouins et leurs dromadaires… Toutes ces images avaient été balayées par les bourrasques du temps. J'avais dû vieillir. Pourtant, c'était indéniable, il n'y avait plus l'ombre d'un âne dans la région. Où étaient-ils passés, alors que les cigognes étaient restées ? Avaient-ils émigré eux aussi ? Avaient-ils été vendus aux Chinois pour leur médecine, comme on le disait ?

— One, two, three, Viva l'Algérie ! entonna Francis. On a gagné la coupe d'Afrique de football, hein !

— Grâce à nous ! surgit Samy, les joueurs *bi* ! Quand on marque des buts, vous nous aimez, sinon on est des mercenaires, hein ?

Francis n'osait plus regarder le transgenre dont il ne comprenait pas un traître mot. Je volai à son secours :

— Nous, on supporte le Real Madrid de Zidane.

— Ah, mais moi aussi ! se réjouit-il. Tu sais comment je m'appelle ? Francis Zidane. Par Dieu, c'est pas une blague. Le nom est courant, ici…

— Dis-nous plutôt où on peut voir le Classico Real Madrid-Barça ce soir sur beIN Sports, poursuivit Samy.

Il nous désigna un café, Le Ballon d'or, à l'entrée du quartier Beaumarchais près de la mosquée.

— Chez lui. Tous les gens du quartier viennent là… Il boit de la bière comme un porc, en face de Dieu, mais il a beIN Sports.

Nous arrivâmes de nouveau devant elle, la sublimée, la maison de Beaumarchais pour laquelle nos parents avaient sacrifié leur vie dans l'espoir de sauver notre âme. Nous la regardions, elle nous devinait à travers ses yeux clos. Elle aurait voulu nous parler, mais le souffle lui manquait. Nous constations ensemble le temps passé sur nos silhouettes et nos façades.

Elle tenait son nom du temps de la colonie, quand ce quartier d'habitations sociales *à bon marché* était prononcé « abou marchi », puis « boumarchi » par les gens d'ici, avant de terminer sa course en « Beaumarchais ». Bien sûr, aucune référence n'était faite à l'écrivain aventurier des Lumières, né à Paris en 1732, mais un salon de coiffure de la rue s'appelait Le Barbier de Séville par on ne sait quel mystère. Son propriétaire possédait aujourd'hui la plus grande villa du quartier et mangeait de la viande tous les jours.

Les années avaient défilé. La maison m'apparaissait à présent petite et rabougrie, voûtée et flétrie comme si le temps l'avait rétrécie. De sa façade, rien ne perçait. Son visage était cloîtré. Dans certains angles, des pans de béton s'étaient détachés, laissant saillir la ferraille rouillée. Au balcon, les volets verrouillés indiquaient que les locataires s'étaient confinés à l'abri des propriétaires venus avec insolence réclamer les impayés.

Notre maison du futur avait cessé de respirer il y a des années, quand elle avait compris que le retour promis par les migrants était de l'esbroufe. Depuis, elle ne s'apprêtait plus au printemps pour les accueillir et se négligeait au fil des ans, jusqu'à laisser la nature la prendre et l'ensevelir.

Jamais restaurée. Jamais repeinte. Jamais entretenue.

En face, les anciennes maisons coloniales aux toitures coiffées de tuiles couleur brique avaient été démolies. L'esprit *à bon marché* avait vécu. Des bâtiments cossus destinés aux nouveaux riches les avaient remplacées. Un promoteur immobilier avait mis en vente les appartements neufs, mais le marché s'était effondré et ils restaient inoccupés en attendant une embellie. Les fluctuations du cours du pétrole avaient donné le tournis à l'économie ; les milliards de dollars amassés par le passé avaient fondu comme neige au soleil. La route et les trottoirs étaient cabossés. Récemment, les services de la ville avaient percé une énième fois la chaussée afin d'y loger de nouvelles conduites de gaz ou d'eau. Depuis un demi-siècle, la voie n'avait cessé d'être une césarienne cent fois ouverte sur la même cicatrice. Lors du dernier chantier, devant l'entrée de notre maison, les terrassiers avaient laissé une fuite d'eau. Crevant le bitume, elle filait vers le caniveau.

Samy vrilla sa main devant ce gâchis, l'eau était sacrée comme l'or, surtout dans ce pays où la pluie se faisait aussi rare que la démocratie. Il s'étouffait. Je lui tendis ma bouteille d'eau minérale, puis la proposai à Francis. Brusquement, il vit le diable en moi, recula d'un pas, plaqua sa main devant lui pour se protéger. « *Vade retro !* Je jeûne, moi ! Je suis musulman ! »

En se tenant désormais à distance des mécréants, il bredouilla « Soixante mille », le prix de la course, six cents dinars. Ici, les gens parlaient encore en millions et milliards de centimes, mais l'inflation de zéros ne déroutait pas Samy qui, n'ayant pas l'appoint, me dit de le payer. Je tendis alors à Francis un billet de mille qui traînait dans ma poche. « Attends qu'il te rende la monnaie », entendis-je, au moment où je lui offrais de la garder.

Ému, Zidane m'embrassa quatre fois et me tendit sa carte professionnelle pour nous servir de guide pendant la semaine, nuit et jour s'il le fallait, il se rendrait disponible. Je le remerciai. Il s'en alla, guilleret, nous souhaitant un bon séjour au pays de nos racines. Il n'eut pas un regard pour le ronchon qui fulminait car je venais de payer le double de la course à un farfelu qui grillait les feux rouges et les stops...

— Le prix, c'est le prix. Et de l'argent, il en a. T'as pas vu sa dent en or ?

Comble du retour raté, dès que le taxi fut parti, des chats laids et lardés de griffures entamèrent une symphonie de hurlements en nous encerclant. Ils devaient se dire que ces nouveaux arrivants, Français pingres et arrogants, qui parlaient arabe comme des vaches espagnoles, méritaient une leçon d'ethnologie locale. Notre maison était devenue leur territoire. Ils l'avaient marqué par l'urine pour nous faire haïr nos origines. L'odeur était pestilentielle. Samy, le cœur fendu, écarta ces créatures menaçantes, pestant déjà contre les coupables de cet accueil misérable. Les locataires. Cinq ans qu'ils n'avaient pas payé le loyer : dix euros par mois. « Voilà où mène ta générosité déplacée. Tu leur tends une main, ils te bouffent le bras. »

Dans l'entrée de la maison, nous étions enfin réunis après cinq années blanches. Ryme ne pouvait sortir un mot. Elle se racla la gorge, se retint à mes mains. Un arc d'électricité statique nous émoustilla. Le contact était établi. Elle se lova contre moi pendant un moment. Elle s'était parfumée, juste un peu trop, ses vêtements exhalaient une odeur d'encens antique, lourd et tenace. Elle respirait fort. Sa poitrine douce et ferme plaquée contre mon torse, j'entendais son cœur secoué. Elle se racla de nouveau la gorge. Son trouble était encore plus perceptible. Je l'étreignis, la soulevai pour l'amuser. Elle dit : « Non, j'ai grossi, j'ai honte. » L'épanchement déplut à Samy. Un nuage torturé assombrit ses pupilles. Chez nous, hommes et femmes devaient tenir la distanciation sociale. Il me toisa, puis alla ouvrir l'appartement que nous allions habiter. Desserrant son étreinte, le regard à terre, Ryme me demanda comment s'était passé le voyage. Ses paroles s'éventaient, avec des trémolos dans la voix, puis elle voulut porter ma valise, insista, finit par dire « Donne-moi ta main », l'empoigna vigoureusement comme si elle n'allait plus jamais la lâcher et nous montâmes les étroits escaliers côte à côte. Sa jambe frottait la mienne. Je lui racontai l'imbroglio de la valise de Samy, mais elle sauta du coq à l'âne : « Tu n'as pas changé... »

Elle s'était maquillé les yeux avec du violet et du noir, du rose sur les lèvres. Elle avait pris des rides autour des yeux, mais aucune dans son regard.

Tandis que nous montions les escaliers, je m'attardais sur ce qui restait de notre demeure de vacances, celle qui devait être notre maison du retour. Mon amertume débordait. Au fil des années, les peintures des murs s'étaient écaillées, les marches d'escalier étaient ébréchées, les scellements des balustrades fissurés, les ferrailles rouillées, les tuyauteries rongées, les fils électriques dénudés. Rien n'était aux normes, même les locataires étaient hors norme, surtout le grand dégingandé, Areski, dont le corps de hérisson partait dans toutes les directions, surnommé Resquille par Samy à cause de sa pingrerie. Il n'avait pas mis le nez dehors pour saluer notre arrivée.

Pas plus que l'autre, Eddy, la cinquantaine, toujours prêt à mordre avec ses dents avariées par tout le sucre qu'il balançait dans son café, à ponctuer ses phrases par « si Dieu veut ». Une perle de fourbe. On n'avait jamais su s'il travaillait, et quelle était son occupation, mais tous les matins il quittait son domicile à huit heures précises pour une destination connue de lui seul et rentrait le soir la tête engoncée dans ses épaules. La ponctualité suisse, sa névrose, donnait un semblant de sens à sa vie d'ennui. Sa montre était son pacemaker.

Notre père l'avait hébergé quand, adolescent, il avait décidé d'épouser une fille dont les parents ne voulaient pas, sous prétexte qu'elle était de petite vertu. Mais ayant tenu bon, il avait été renié par les siens au nom de l'honneur et s'était donc retrouvé à la rue. Mon père, bon samaritain, lui avait alors prêté un appartement de la maison pour une durée limitée et un loyer symbolique. Bien sûr, il n'en sortit jamais. Et du symbolisme, il fit vite fi. Résultat, notre père décédé, lui et Resquille avaient monté une fronde contre le paiement des loyers à ces propriétaires exilés, riches et parfumés à outrance. Ils habitaient une maison qui allait tôt ou tard s'effondrer sur eux, mais ne s'en inquiétaient pas outre mesure. Si bien qu'elle était partie à vau-l'eau, comme je l'avais vu dans mon rêve traboulant, une inondation dévastatrice. Dans ses nombreuses fissures, des plantes vagabondes avaient élu domicile. Transperçant le béton, des marguerites s'étaient frayé un chemin vers la lumière. Au moindre carré laissé vacant, le végétal le colonisait dans l'instant.

Pauvre maison des illusions. Mes parents n'y étaient pas morts selon leur souhait, puisqu'ils avaient choisi de terminer leur vie dans les HLM de Lyon, mais elle avait quand même accueilli leurs cercueils durant deux nuits pour les derniers adieux. Elle avait essayé de rester digne le plus longtemps possible. Ses décombres étaient aujourd'hui un second deuil pour Samy et moi. Bientôt, un promoteur aux fausses dents allait l'acheter, la raser et élever un immeuble rentable avec panneaux solaires en terrasse et fibre optique. Ou bien un hôtel américain que la star du football Lionel Messi viendrait inaugurer en grande pompe.

En cinq ans d'absence, des plantes, des locataires, un peuplier et des chats nous avaient poussés dans le fossé des abonnés absents. Cautionnés par les politiques locaux, ils nous avaient taillé des costumes d'étrangers et nous avaient affublés d'un label : les *bi*, comme binationaux, ici. Ça sonnait comme *bicot*, là-bas.

Dans l'appartement que nous occupions, Samy était à cran à cause de l'état des lieux. L'étanchéité n'ayant jamais été refaite, les murs auréolés étaient infiltrés d'eau de pluie qui avait ruisselé de la terrasse. Ils avaient gonflé et menaçaient de s'effondrer. Il était aussi sous le coup de mes câlineries appuyées à Ryme, je le sentais bien, ce genre de défaut d'étanchéité l'avait perturbé tout autant que l'autre. Il commençait à croire que j'étais revenu pour elle, plus que pour aucune autre raison. Quand je cherchai à le faire parler, « Qu'est-ce qui ne va pas ? », il maugréa comme à son habitude « T'inquiète », tout en occupant ses mains pour tranquilliser ses nerfs, déjà sur le gril. C'était mauvais signe.

D'une vieille armoire bancale, il exhuma deux antiques valises dans l'espoir d'y dégoter des vêtements de rechange. Ma mère les avait gardées là des lustres et personne n'avait jamais osé les toucher après sa mort. Une odeur d'eau de Cologne passée, chargée de souvenirs, s'en dégageait. Il farfouilla dans les tissus, chiffons, robes, gilets en laine, draps, nappes, pantalons… En le regardant, je me rappelai que Mima les collectionnait pour leurs couleurs, souvent bleu clair, rose et vert, ses favorites. Elle les repassait et les pliait plusieurs fois par semaine. Une ruse contre sa vie terne. Contre lui aussi, notre père, qui n'avait pas été un homme joyeux ni un mari heureux à cause de la *grina*, une maladie de chez nous liée aux blessures de l'âme. Au chantier, il subissait les humiliations des contremaîtres et passait ses journées à courber l'échine pour ne jamais être pris en défaut. Il se prenait pour un invité privilégié par la France, alors il avalait des couleuvres à la chaîne. Mais dès qu'il rentrait à la maison, il ne ratait jamais une occasion de se défouler contre Mima, soit parce qu'elle était sortie en ville avec d'autres femmes sans le prévenir, qu'elle avait colporté des ragots, dépensé trop de sous dans des achats inutiles, mal fait à manger, trop salé un plat… Il passait ses nerfs sur elle, sous nos yeux, comme si nous n'existions pas. J'étais terrorisé de ne pouvoir la protéger. Pas même crier ni appeler la police ou des voisins, surtout pas la police, non, il ne m'aurait jamais pardonné, la France et ses forces de l'ordre n'avaient rien à faire dans nos affaires intérieures, elles s'en étaient déjà trop mêlées pendant cent trente-deux ans et des poussières. À huis clos, ces violences résonnaient dans ma tête comme des coups de marteau sur un gong. Elles étaient stockées dans ma mémoire morte. Pendant la correction, je me sentais comme un petit lâche cloué au mur par la peur, les genoux tremblants repliés sur mon torse, les doigts enfoncés dans mes oreilles. J'avais peur qu'il ne la tue. Qu'il ne nous l'enlève. Personne ne pouvait nous secourir dans la grotte de l'ogre. À sa guise, il était capable un jour de nous faire disparaître l'un après l'autre, ni vu ni connu.

Puis le calme finissait par revenir. La vie, celle que l'on vit sans se poser de questions, reprenait son cours. Toute la famille était contrainte d'oublier ce qui s'était passé pendant la grina. Comment pouvait-il en être autrement ? Le papa n'avait jamais acheté à la maman un parfum vétiver, des fleurs blanches ou un foulard rose pour se faire pardonner. Il n'avait jamais entendu parler de la Saint-Valentin. « L'homme de la maison » n'avait pas à s'excuser devant *la* femme. C'était seulement le dernier jour qu'il implorait le pardon auprès des vivants pour le grand blanchiment, avant de rejoindre le paradis. Un solde de tout compte.

En attendant la fin de son calvaire, Mima encaissait, pendant que je sanglotais dans mon coin, les poings contre mes yeux. Dès le lendemain des brutalités, requinquée, elle se relevait, pleine de vigueur, enfilait ses chaussures à talons et filait en urgence au marché, celui de Grand-Clément, du Tonkin ou de la Croix-Rousse, faire le plein de tissus. Quand je n'avais pas école, elle voulait que je l'accompagne pour me montrer son autre visage, celui de la résistante qui n'abandonnerait ses enfants sous aucun prétexte. Elle me protégeait. Je ne devais pas me sentir traumatisé par ce qu'elle subissait, elle savait résister pour moi et Samy. Ses deux hommes. Et me voir à ses côtés la rendait fière. Derrière leurs étals, les forains qu'elle connaissait bien me demandaient à haute voix ce que je voulais faire quand je serais grand, je répondais « archéologue » pour rechercher les traces de mes ancêtres que je n'avais jamais connus et qui étaient de vaillants guerriers à cheval armés jusqu'aux dents. L'idée leur plaisait. À leurs yeux, j'étais l'intellectuel de la famille. Ils caressaient mes cheveux longs et bouclés de petit mouton, amusés par ma volonté farouche de réaliser mes ambitions. « Tu es un bon garçon », encourageaient-ils. En vérité, j'étais la petite fille que Mima aurait aimé avoir. Mais je n'en disais rien.

À la maison, j'aimais que tout soit propre. Je l'aidais chaque jour à faire le ménage, je balayais, je passais la serpillière et rangeais ses nombreux bibelots sur les armoires pour la soulager de ces tâches ingrates. Mon aide lui faisait de l'air et du temps libre, afin qu'elle s'occupe d'elle à loisir. Bien sûr, elle me poussait à aller jouer dehors avec mes copains au lieu de me décarcasser pour la poussière et la vaisselle. Elle me trouvait étrange. Un jour, elle s'était même emportée contre moi parce que j'étais en plein nettoyage de printemps et que je ne voulais pas lâcher le balai qu'elle réclamait à tue-tête. Son visage s'était crispé, mais je ne me laissais pas impressionner, je continuais à récurer le sol avec de la javel dont l'odeur avait déjà empesté l'appartement. Elle m'avait sèchement arraché des mains mes ustensiles en me montrant la sortie : « Sors d'ici ! Allez, hop, du balai ! C'est pas à toi de faire ça. Tu es un garçon, pas une fille ! Mais enfin ! Ça va pas, non ? » Elle craignait que je ne me trompe de genre et qu'un jour je ne me mette à porter des culottes, des jupes et des chaussures à talons aiguilles. Me rendais-je compte ! Si les commerçants du marché me voyaient ainsi accoutré ? Je serais la risée de la contrée. À plusieurs reprises, je l'avais vue se gausser de mes talents de ménagère avec des voisines, elles riaient en douce, entre femmes, dans leur langue et leurs mimiques, mais cela ne me gênait pas, moi je l'aimais à la place de mon père qui ne savait pas aimer. J'étais le suppléant. En plus, je sentais que, de l'amour avec lui, elle n'avait cure. D'ailleurs, à son propos, elle ne disait jamais « mon mari », mais « ton père » ou « lui », une troisième personne du singulier, un inconnu qui vivait à côté de nous. L'amour ? Pour elle, un couple était une fonction, le sexe un rapport et les enfants une dérivée.

Avec elle, mon frère et moi avons hérité de la peur d'aimer.

Samy s'offusqua de l'odeur de poussière qui s'échappait de l'amas de chiffons fourragé dans la valise. Il repéra une chemise, blanche et rayonnante, en nylon infroissable. « Une chemise à jabot ! Quelle horreur ! » s'écria-t-il en grimaçant. Je lui arrachai des mains. « Laisse ça ! Tu ne vois pas qu'elle est encore neuve ? » Il y avait un enfant dedans. Il ne l'avait pas vu. C'était moi. Ma mère me l'avait achetée au début des années soixante pour célébrer nos premières vacances sur la terre de nos racines. Elle était fière de me montrer son vrai pays, où elle était vraiment elle-même, entière, affranchie de toute crainte au milieu de ses semblables, avec ses vraies odeurs, ses amis et ses chaudes couleurs. Je la plaquai contre ma poitrine, me regardai dedans, remontai le temps. Je redevins enfant.

Je me souviens bien du magasin où elle l'a achetée. Du temps passé à la négocier, à invectiver le marchand à cause du prix qu'elle juge indigne, à signaler les imperfections, la dentelle en particulier, un accroc ici, une tache là, toutes sorties de son imagination d'assaillante décidée à honorer le premier voyage de son fils au pays. Débordé, le marchand rabaisse ses prétentions, j'en suis peiné, je ne veux pas qu'il vende à perte et que ses enfants en souffrent, je tire la robe de ma mère : « Laisse tomber, je t'en prie, donne-lui ses sous et rentrons chez nous. » J'ai honte. Hélas, elle ne veut rien entendre, je suis trop sensible, trouve-t-elle, le vendeur cherche justement à nous apitoyer, elle connaît la tactique de ceux qui utilisent les sentiments pour détrousser les clients. Elle a appris le négoce dans son enfance au village avec son père en vendant les navets, les pommes de terre et les tomates qu'ils cultivaient au champ. Les acheteurs, étonnés par son caractère masculin, payaient en souriant le prix demandé et laissaient même la monnaie.

Ryme apporta un plateau de nourriture. Elle renifla l'odeur fétide qui imprégnait la pièce, se racla la gorge – décidément, c'était un tic ou un TOC – en installant la table et les couverts sur une nappe vert acide de Mima. Pour la rupture du jeûne, elle avait préparé une soupe à la coriandre et une galette à l'ancienne cuite dans le tajine. Une subtile senteur de pois chiches et de cumin infusait la pièce et faisait saliver. « C'est Mima qui m'a appris à la faire, dit-elle fièrement. Dieu comme elle me manque ! » Samy grimaça en entendant ses minauderies. Je le voyais, guettant déjà une occasion de la rembarrer. Elle avait aussi apporté du fromage, de La vache qui rit, elle exhibait la boîte en souriant largement, tant cette vache travestie, bien potelée et heureuse lui plaisait avec ses boucles d'oreilles. Elle nous servit des olives de Kabylie et des dattes Deglet nour produites aux portes du désert. Sans se soucier d'elle, Samy cala les mets sous ses narines pour y détecter l'odeur d'un poison. Il s'en méfiait. Elle s'assit sur un coussin, croisa ses mains sur son ventre et plongea dans ses songes, le visage flouté par un halo mélancolique, répétant plusieurs fois que cela faisait si longtemps, sans que l'on sache de quoi elle parlait exactement. Elle soupira comme pour revenir à elle, se rappela les cercueils de nos parents déposés dans cette pièce avant leur inhumation, la petite lucarne sur celui de mon père par laquelle on apercevait son visage, et cet enfant qui essayait de lui toucher la barbe en tapant sur le carreau, « Réveille-toi, tonton. Pourquoi tu dors ? » Il m'avait fait rire aux éclats. J'étais gêné d'avoir outragé le silence du recueillement.

Bien sûr, elle se souvint aussi du jour où je lui avais promis de l'emmener en France, comme si c'était le pays des merveilles où je lui présenterais des peintres impressionnistes et des écrivains romantiques. De nouveau, elle expira fort pour éliminer des mucosités gênantes dans sa gorge, puis essuya ses lèvres. « Ça va, Ryme ? » m'inquiétai-je. Oui, bien sûr que ça allait, elle était si contente de me revoir, répétait-elle. Elle n'y croyait plus. Si je l'avais avertie plus tôt de notre arrivée, elle nous aurait préparé un festin.

Pour combler les trous de la conversation, elle revint sur des banalités, les banques et leurs distributeurs, les nouveaux hôtels, l'imposant centre commercial tout juste terminé que nous avions dû apercevoir en traversant la ville…

— Le Barque Moule, vous l'avez vu ? demanda-t-elle.

— Le quoi ? s'étrangla Samy.

— Le Barque Moule, devant la préfecture…

Il s'ébroua.

— Ah ah ! On dit Park Mall, pas « barque moule » ! C'est un *p*, pas un *b*… Redis-le un peu pour voir. C'est trop drôle.

Il se mit à rire à gorge déployée, comme lorsque l'on se moquait de nos parents, qui se prenaient la langue dans le tapis du français avec le *b*, qui prononçaient *bain* pour pain, *boulice* pour police, *blace de bou* au lieu de place du Pont… sans parler des « petits pois » pour lesquels ils préféraient carrément dire *djelbana* dans la langue natale et comprenne qui pourra.

— Trop marrant : barque moule ! s'esclaffa-t-il encore.

— Arrête ! Ça va pas, non ?

Mon poing s'abattit sur la table et renversa l'assiette de soupe. Je me surpris moi-même de ce geste violent. Effarouchée, Ryme s'enfuit. Il me regarda, benêt.

— Je rigolais. Je pensais que ça la dériderait… dit-il en faisant semblant de nettoyer la soupe étalée sur la table.

— C'est toi qui es ridé. Idiot ! Pas elle.

Que n'avais-je pas dit. Il se leva, vira au rouge et me braqua du doigt.

— Idiot ? Retire ce mot !

— Va t'excuser auprès d'elle, d'abord.

— Retire-le tout de suite, hurla-t-il, sinon je fais ma valise et je me tire !

— Quoi ? Tu es hystérique !

— C'est un ordre.

— Un ordre ?

— T'as bien entendu.

Je le retirai.

Son éruption me mit K.-O.

— C'est la deuxième fois que tu m'insultes, il n'y aura pas de troisième…

Il faisait allusion à notre querelle où je l'avais traité de « crétin » et qui était restée gravée dans sa mémoire.

C'est moi qui finis de nettoyer la soupe renversée. Il termina son assiette, la tête collée dessus, ruminant des galimatias entre deux lapements gloutons.

Dans notre tribu, la colère était un héritage génétique, jamais loin, en embuscade, incontrôlable et volcanique. Elle avait toujours joué de mauvais tours à Samy. La grina.

L'incendie provoqué par le mot « idiot » avait été déclenché par un autre mot, « crétin », qui lui avait pourfendu l'âme. À la maison, la parole avait toujours été sacrée, beaucoup plus que l'écrit, alors dès l'enfance, en famille, on apprenait à manipuler les mots comme de la dynamite et à ne les sortir qu'après un strict contrôle technique. Celui-là, « crétin », tout petit et maigrichon, m'avait échappé lors d'une altercation avec Samy. Touché au cœur, il m'avait saisi à la gorge avec ses mains de bûcheron en vociférant : « J'ai envie de te tuer, mon Dieu, comme j'en ai envie ! » Hélas pour moi, ce n'était pas seulement une envie, il avait entrepris de procéder à mon exécution sur-le-champ. Je l'avais supplié de m'épargner, j'étais son unique frère, il me regretterait, et *le* papa allait me venger. Alors là seulement, juste avant de serrer le dernier tour d'écrou, il avait relâché sa pression sur mon cou. J'étais resté vivant in extremis. Tout ça pour un tout petit mot, un mot de rien du tout. Qui sonnait bien, en plus, à mes oreilles.

Ce jour-là, une articulation s'était abîmée dans notre système fraternel. Il avait provoqué une rupture des ligaments croisés. Samy avait eu envie de m'éliminer, parbleu : c'était terrible d'entendre ça. Comment mon aîné pouvait-il avoir un tel désir fratricide ? Était-ce un appel du sang atavique venu de nos ancêtres cavaliers armés jusqu'aux dents ? Je me l'étais demandé. En tout cas, ses mots étaient aussi coupants que ceux de notre père quand il nous menaçait de nous arracher les yeux, de nous égorger ou de nous pendre à un crochet de boucher si l'on ne ramenait pas des dix sur dix de l'école des Français. Ou que ceux de ma mère, lorsqu'elle promettait de me faire avaler ma langue ou de me couper les oreilles quand je parlais mal à la maison et me mêlais aux débats des femmes. Dans l'éducation qui nous était prodiguée, il était souvent question de l'ablation sanglante d'un organe. Au couteau. Toujours. Comme pour les moutons et les poules. Nous étions habitués à la sémantique tranchante du boucher et au programme éducatif beaucoup plus illustré que celui du *Petit Chaperon rouge* ou de *La Belle au bois dormant.* Plus expéditif aussi que celui de Laurence Pernoud dans *J'élève mon enfant*, et de Françoise Dolto dans *Tout est langage.*

Lors de notre bagarre, Samy était devenu djinn. Un démon avait réquisitionné sa raison. Après avoir accepté de me laisser la vie sauve, il m'avait hurlé de retirer sur-le-champ le mot « crétin ». Retire-le ! répétait-il, hystérique, comme il l'aurait fait pour un clou planté dans le pied. Retire-le ! Mais cela voulait dire quoi ? Je ne savais pas. Le faire disparaître de notre mémoire, comme si je ne l'avais jamais dit ? L'idée me paraissait saugrenue. Dans ma conception du langage, on effaçait avec une éponge le tableau de la classe, on effaçait une ardoise ou une tache sur le cahier du jour. Mais pas un mot jeté en l'air. Forcément, il éclatait comme une bulle de savon.

Un jour où j'avais accepté de partager avec lui la moitié de mon quatre-heures, il m'avait expliqué la raison de sa grina. À l'école primaire des Frères Lumière, le maître M. Clément lui avait fait la *rchouma*. La honte de sa vie. En cours, Samy avait déclaré que le château d'Azay-le-Rideau avait été construit par les Algériens en 732, qu'il s'appelait en vérité *Aziz-le-Rideau* et que l'on voulait nous cacher cette réalité historique qui prouvait que nos ancêtres étaient de savants architectes, mathématiciens et artistes, non pas des brutes sanguinaires comme l'armée française voulait nous le faire croire pendant la guerre. Le maître avait été outré, l'armée offensée et le patrimoine français souillé par ce petit insolent. Il lui avait demandé de recopier cent fois « Je suis un crétin », pendant que les autres élèves poursuivaient leur visite des châteaux de la Loire en répétant leurs noms prestigieux qui faisaient tant rêver les enfants de notre bidonville. Samy, tête écroulée sur sa feuille, avait réussi à commettre des fautes dans l'exercice, omissions de *s* et d'accents aigus. Et pour cause, il était passionné par les châteaux de Chambord, Chenonceau, Amboise, Chinon... Leurs noms illustres qu'il entendait résonner lui rappelaient le métier qu'il avait déjà choisi quand il serait grand : jardinier du Château (seconde option après l'arboretum du parc de la Tête d'Or de Lyon). Depuis cet incident, il avait fait une allergie à l'école. Surtout que le maître avait exigé la peine capitale pour réparer l'outrage : faire signer par notre père la feuille noircie des quatre-vingt-dix-neuf « Je suis un crétin », Samy en ayant omis un exprès pour narguer l'école qui voulait le condamner aux yeux de son propre père. Votre enfant est un cancre indigne des Frères Lumière ! Le lendemain, il avait rapporté la feuille avec un *X* signé par lui-même. M. Clément avait fermé les yeux.

Crétin : ce mot avait terrassé mon frère. On pouvait le traiter de bicot, bougnoule, melon, mais pas de crétin. Quant au château d'*Aziz-le-Rideau* construit par nos ancêtres en 732, Dieu seul sait où il était allé chercher cette histoire à dormir debout. Surtout que les Algériens n'existaient même pas en 732. Et l'Algérie encore moins.

Dans la pièce de Beaumarchais où nous étions enfermés, Samy cherchait une manière de s'en sortir sans perdre la face, c'est-à-dire sans s'excuser auprès de Ryme, qu'il avait humiliée avec des mots. Un homme qui s'assume ne retire rien. Il avait fait sienne la leçon du papa. Son orgueil lui faisait même dire qu'au fond, j'étais pareil au papa, qui l'avait toujours considéré comme ce personnage de Guignol que nous détestions, tant son théâtre au parc de la Tête d'Or nous paraissait ridicule. Cette marionnette à la voix nasillarde passait son temps à asséner des faux coups de bâton à son voisin Gnafron, entre deux commentaires infantilisants et quelques cruches de beaujolais. C'était du théâtre fade pour les enfants de riches soyeux, pas pour nous, car dans celui de notre bidonville, notre père jouait les scènes à balles réelles. Les coups de ceinture qu'il infligeait à Samy claquaient quand ses résultats scolaires étaient dans le rouge. C'est lors de ces moments de correction qu'il vociférait des mots tordus où le *b* remplaçait le *p*, comme « saloubrix di Mounoubrix » et que Samy était pris de fous rires impossibles à réprimer. Notre père s'énervait et frappait fort pour ramener à la raison son fils qui l'avait perdue, alors que moi, ce qui me fascinait, c'était que mon frère soit insensible aux coups. Sa peau était de l'écorce. Il était héroïque. Je l'admirais. Je voulais devenir comme lui, immunisé contre la peur de la douleur qui m'avait forgé un caractère de fuyard. À l'école, j'étais tranquille sous sa protection. Personne ne me manquait de respect. J'étais le cadet de qui l'on savait.

— Va la chercher, lui dis-je. S'il te plaît.

— Jamais. Je ne vais pas rentrer dans son trou à rat… et on va pas s'engueuler à cause d'elle quand même, ce serait dingue… Elle tousse et se racle la gorge. Elle est contagieuse… Tu vois pas ?

— Tu dis des horreurs…

— Je te préviens : on va pas se la coltiner tous les jours. Elle n'était pas prévue dans le programme…

— Va t'excuser au lieu de t'enfoncer.

Il fronça les sourcils.

— J'aimerais bien savoir pourquoi tu la protèges autant…

— Parce que tu crois qu'elle a besoin d'être protégée ?

— Je ne veux pas qu'elle s'approche de nous, c'est tout.

— Quel macho ! On dirait ton père.

— C'était plutôt le tien !

— Ah, le mesquin !

— Tu es si naïf, je n'y crois pas.

— Tu devrais avoir honte de toi.

— Une fois que cette femme t'aura ensorcelé avec son chant des sirènes, tu sauteras à la mer et tu diras amen.

— D'où tu la connais ?

— D'où je la connais ?

— Oui, d'où ?

Il répétait toujours mes phrases quand il était à court d'arguments. Je lui renvoyais la balle, du tac au tac. Cette tactique le déstabilisait chaque fois.

— Mais tu as eu une histoire avec elle ou quoi ?

Personne ne lui enlèverait de l'esprit qu'avec ce qu'elle avait subi, elle se vengerait des cruautés infligées par les hommes. S'il était elle, il ferait pareil. Œil pour œil, dent pour dent.

— Ne la mets pas en cloque, ce serait la cerise sur le gâteau !

— Ça suffit !

À ce moment, elle réapparut dans un cercle de lumière, vint poser deux morceaux de fromage devant Samy et s'assit près de moi.

— Toi, mange de La vache qui rit, et va respirer dehors, le rembarra-t-elle gentiment.

— J'ai compris, ronchonna-t-il.

Il se leva pour sortir. Puisque les locataires étaient devenus propriétaires…

Ryme s'était collée à moi. Son parfum poivré m'enivrait encore. Je le respirais à la dérobée. La sensation d'altitude était douce. Sa cuisse frôlait la mienne. Elle ne se rendait pas compte que sa chaleur m'envahissait. Elle revint au Park Mall, déterminée à faire valdinguer le *b* et placer le *p* à la française, passa sa cuisse sur la mienne et posa sa main sur mon genou. La chaleur continuait à m'envahir. Elle prononça correctement le mot *Park*, puis approcha sa bouche de mon visage et dit *Mall* du bout des lèvres, comme pour démontrer qu'elle pouvait le faire, il suffisait qu'on lui montre une fois. Je l'attirai légèrement vers moi, j'allais l'embrasser, mais elle se retira telle une anguille et alla s'installer sur le canapé en face d'où elle me fixait en souriant. À quoi jouait-elle ? En la regardant, je revoyais cette femme qui un jour avait confié à ma mère qu'elle désirait m'appartenir. Le mot m'avait tourmenté. M'appartenir ? Mais pour quoi faire ? m'étais-je alors inquiété. À mon âge, je n'avais pas envie de devenir propriétaire. De l'autre côté, Mima me poussait à me caser avec sa protégée, qu'elle aimait comme son enfant et qui ferait mon bonheur mieux que n'importe quelle autre. Me caser ? Je n'en avais pas l'intention. J'aimais tant la liberté. Ce mot était synonyme de légèreté. Finalement, déçue par mes atermoiements, elle lui avait conseillé d'attendre l'alignement des planètes. Un jour viendrait où j'ouvrirais les yeux. Attendre. Ne pas brusquer le destin. Cela ne servait à rien. Pour elle, ce qui se réalisait dans la vie *devait* être réalisé.

Je rejoignis Ryme sur le canapé. Elle était embarrassée. Surtout quand je caressai ses cheveux en lui disant que je connaissais beaucoup de femmes qui voudraient en avoir d'aussi longs, aux reflets si chauds. Aussitôt elle évoqua ses oreilles, trop décollées, qu'elle détestait et plaqua ses mains dessus pour les cacher. Elle me fit rire. La fantaisie lui plaisait. Je caressai de nouveau ses cheveux, elle m'invita à finir mon assiette. Elle faisait diversion. Toujours. Quand je soulignais ses atouts, elle soulignait ses défauts. Elle m'observait de nouveau en profondeur. Elle dit que si je l'avais emmenée en France, elle aurait appris à bien prononcer le *b*. Je lui répondis que, là-bas, c'était compliqué, il y avait d'autres consonnes qui ne sonnaient pas bien pour les gens comme nous et qui lui barreraient la route… comme FN, par exemple. Comprenait-elle ? Elle rétorqua qu'elle connaissait, oui, c'était pareil que FI, Front islamique, que partout sur la route de chacun il y avait des clous qui nous empêchaient de parvenir à ce que l'on doit devenir. J'avais l'impression qu'elle avait préparé les réponses. J'insistais. Je voulais qu'elle comprenne à quel point la vie était dure en France, ces derniers temps, on y débattait régulièrement de voile et de mosquées, la peur était partout… mais elle n'en avait cure. Le terrorisme, les caricatures du Prophète, les attentats, les bombes, les morts, le hijab, le racisme… Elle ne voulait plus ouvrir sa porte aux malheurs du monde.

— Tu me veux encore ? demanda-t-elle d'un coup avec un aplomb qui me prit au dépourvu. (Elle enchaîna.) Pourquoi tu ne m'as pas emmenée la dernière fois ?

— Je suis revenu pour ça, dis-je.

Sans savoir si j'étais moi-même convaincu. Ma langue avait été plus prompte que mon cerveau.

En vérité, je le savais très bien. Mon timbre manquait cruellement de fermeté. Les accords n'étaient pas là. Mais l'absence de conviction, si.

— Non, tu es revenu pour Lirac, asséna-t-elle.

Encore du tac au tac.

Il y a cinq ans, elle s'était même fait établir un passeport à la suite de mes promesses. Elle s'en voulait d'avoir été si naïve. Elle avait cru au voyage à corps perdu. Mais le soufflé était retombé, depuis. Je jurai que, cette fois, je l'emmènerais, hélas, les mots sonnaient encore plus creux que les précédents. En outre, j'avais dit « Cette fois », mais cela voulait dire quand ? Samedi prochain ? C'était idiot. Crétin.

— Ne jure pas. Je ne te demande rien.

Sa voix était ferme et posée quand elle m'interrompit.

Elle se leva, débarrassa la table, refusa mon aide et quitta la pièce en me laissant en plan. Brusquement, au seuil de la porte, elle se retourna.

— Tu aurais dû m'enlever. Moi, si j'avais été toi, je t'aurais posée sur mon cheval et je l'aurais lancé au galop…

Je lui demandai de se rasseoir près de moi.

— Mima m'a encore parlé de toi dans un rêve. Un grand rêve…

Mes doigts caressèrent sa joue. Cette fois, elle se laissa faire sans se dérober parce que je parlais de la maman. Mais pas trop longtemps. Elle préféra encore l'esquive.

— J'ai grossi, regretta-t-elle, mais je fais des marches tous les jours… D'ailleurs, allons faire une balade vers la gare si tu n'es pas trop fatigué.

Encore une manœuvre de diversion.

Elle courut chez elle et revint avec un simple foulard sur ses cheveux et ses oreilles.

Nous sortîmes. En débouchant dans la rue, elle empoigna ma main, insouciante des voisins qui pourraient nous voir, et se mit à marcher rapidement pour m'entraîner à son rythme.

— Hé, pas si vite, attends-moi.

— Je t'ai déjà attendu longtemps. Allez, viens.

Drôle de réponse.

Sur l'avenue, je pris des photos tandis qu'elle hâtait encore le pas. Emboîtant sa foulée, je me retrouvai à suivre cette femme qui jouait à la marelle sur la pointe des pieds. Je m'arrêtai, fis encore un portrait d'elle tendant le bras vers moi, quand elle dit « Prends ma main ! » comme si elle me lançait une bouée de sauvetage. C'étaient les mots qu'elle avait prononcés dans mon grand rêve au moment où elle tenait la valise qui contenait son trousseau de mariage. Elle sourit avec ironie, s'empara de mon portable et fit un portrait de moi. « Dis : Vache qui rit ! » Elle me montra ensuite sur mon propre écran le visage d'un fugitif qui maîtrisait l'art d'avoir le bonheur à portée de main et de l'esquiver en toréador pour ne jamais risquer de l'atteindre.

Elle avait fourbi un commentaire :

— Tu as peur de l'amour. Ça se voit comme mes oreilles.

Elle aimait la petite gare de son enfance, qu'aucun aménagement n'avait modifiée depuis un demi-siècle. Elle ressemblait toujours à ce jouet modèle réduit où son père l'emmenait quand elle était petite pour contempler les trains. Son imagination s'envolait au quart de tour en s'accrochant aux nuages. Elle se souvenait de l'odeur du fer, âcre et poivrée, qu'elle humait aujourd'hui encore avec plaisir. Les odeurs d'enfance jamais ne meurent…

Trois wagons massifs de transport de blé étaient stationnés sur des tronçons de rail abandonnés au milieu d'un temps mort. Ils attendaient un départ, un coup de sifflet. La rouille les maintenait en détention. Des arbrisseaux en fleurs et des plantes les pourfendaient en se torsadant. Devant une locomotive recueillie dans le silence, l'affiche « Attention, un train peut en cacher un autre » n'avait jamais été déplacée. Dans le hall sombre, des gens étaient assis sur les bancs, avachis, sans bagages, les jambes pendantes, presque sans visage. Étaient-ce des voyageurs ou des riverains qui venaient se recueillir là pour s'asperger des senteurs du départ ? Aucune annonce, pas d'affichage ou de guichet, d'agents, mais les voyageurs immobiles gardaient l'espoir d'être emmenés un jour ou l'autre. Passagers d'un temps qui ne passait pas, ils m'observaient curieusement.

— Qu'attendent-ils ?

— Ils ne le savent pas, mais ils se disent on ne sait jamais, expliqua Ryme. Moi aussi, je t'ai attendu, jour après jour, nuit après nuit, année après année, je me disais il reviendra, il reviendra et il m'emmènera, il me prendra, il m'enlèvera… il m'écrira, au moins… je dois être patiente…

Elle sourit tristement et ouvrit ses mains :

— Et voilà ! Tu es là.

Sa voix était celle de quelqu'un qui n'attendait plus personne.

Toutes ces années, je ne lui avais jamais écrit une lettre. Pas un coup de téléphone. Rien. Et aujourd'hui, je revenais sur mon cheval blanc comme si de rien n'était, certain que Pénélope m'attendrait. J'avais encore en moi ces récits de femmes qui restaient seules des années entières à guetter le retour de leur mari parti à la guerre ou faire le tour du monde en solitaire.

Attendre. Toujours attendre, comme au temps de l'utopie socialiste des années soixante-dix, quand le pays manquait de l'essentiel. Attendre était une culture imposée au peuple à cause de la pénurie instaurée par le pouvoir politique. Consommer devait rester un privilège mérité. Il fallait vraiment en avoir envie, tant les magasins socialistes uniformes avaient des gueules déprimées. Les produits gisaient sans rayonnement sur leurs étals froids et disposés en une impeccable armée, les boîtes de conserve ressemblaient à des obus de mortier rouillés en exposition. Même les produits paraissaient malheureux d'être là. Comme les vendeurs en blouse grise et aux joues affaissées.

Le peuple s'adaptait comme il pouvait. Attendre. Le verbe avait même fait naître un nouveau métier : celui de couvreur. Non pas en référence à un professionnel du bâtiment spécialisé dans l'étanchéité, mais à une tout autre nouveauté. Quand la rumeur en ville annonçait un arrivage de machines à laver, de frigos ou de bananes, les gens allaient « couvri » devant les magasins. C'était un terme curieux. Il dérivait du verbe « couvrir » qui signifiait faire la queue pour faire la queue. Sans savoir si les marchandises annoncées étaient réelles, on « couvrait » dans l'espoir d'une affaire à faire. Parfois, dans la file, les malins qui avaient du temps en trop revendaient leur place à ceux qui étaient pressés d'attendre. Certains jeunes, comme mon ami Amar Rousseau, faisaient le pied de grue deux jours durant devant les magasins populaires en guettant la porte des livraisons. La nuit, ils dormaient sur des cartons à l'entrée.

Attendre.

— De nos jours, les jeunes refusent d'attendre l'arrivée de jours meilleurs, assura Ryme. Ils prennent la mer. De gré ou de force, avec ou sans contentement, comme les treize qui sont morts hier au large de l'Italie.

— Selon moi, repris-je à mon tour, Lirac devrait permettre d'arrêter d'attendre, c'est un espoir, non ?

Pas à ses yeux. Ce soulèvement n'avait aucune chance d'aboutir, ici.

Elle se remit à sa marche rapide. Je cessai de prendre des photos et me lançai derrière elle pour ne pas la laisser s'éloigner trop.

Quelque temps plus tard, à la maison, où nous étions rentrés, Ryme quitta immédiatement la pièce quand Samy réapparut. D'un air renfrogné, il me demanda si je tenais toujours à assister à la finale de football, parce que lui avait la ferme intention de ne pas la manquer.

— Avec toi, je ne sais plus, se plaignit-il, tu es là, tu n'es plus là… Tu es avec moi, tu es avec elle…

— Je veux voir ce match, c'était prévu… me rebiffai-je.

— OK, alors fais-moi penser à acheter une brosse à dents, la mienne est restée dans ma trousse de toilette.

Dans les escaliers, il vida son sac :

— J'espère que tu as compris ce qu'elle veut, hein ?

— De l'amour !

— Ne fais pas le niais ! Des papiers français, mon vieux ! Elle t'a mis le grappin dessus et se sert de toi pour un mariage blanc… Le chauffeur de taxi nous l'a bien dit, non ? Ils n'ont qu'un mot à la bouche : visa !

— Tu veux acheter quel genre de brosse à dents ?

— Je ne supporte pas ses simagrées. Je me méfie même de sa nourriture, elle est capable d'y mettre des trucs…

— Tu as du dentifrice ?

— Elle nous collera pas aux baskets, je te le dis…

— Tu radotes.

— Oui, je sais, j'ai Alzheimer comme le papa, mais tu étais encore langé quand je draguais les filles, je les connais bien mieux que toi…

En arrivant dans la rue, il n'avait toujours pas abdiqué :

— Ramener en France une fille du bled ! Au bout de trois mois, quand elle aura des papiers français, elle se jettera dans les bras d'un plus jeune et toi dans les eaux du Rhône…

— Ramener une fille du bled… ?

— Oui, mon ami, faut appeler les choses par leur nom : une fille du bled !

— Mais où tu vas chercher ça ?

— Où ?

— Oui, où ?

— Tu ne connais pas de *chibanis*[1] à Lyon qui ont ramené une jeune fille du bled pour…

— Tu lui donneras de l'argent…

— De l'argent ? Pour quoi faire ?

— Pour qu'elle paie les courses de la semaine, pardi…

— Elle en a assez… (Il s'emporta.) Mais bon sang, tu veux donner nos sous à tout le monde, toi : tout à l'heure au taxi, maintenant à elle, bientôt à tous les mendiants de la ville ! Tu te prends pour Rothschild ou quoi ?

1. De l'arabe maghrébin qui signifie « vieux », « vieillard », « ancien » ou encore « cheveux blancs ».

— Arrête de faire le guignol !

— OK. Je lui donnerai. Mais elle ne m'attendrira pas avec sa Vache qui rit. Je déteste ce fromage qui colle.

Il divaguait. Chemin faisant, je sentais que l'envie d'en découdre le titillait. Je lui fis face.

— Qu'est-ce qui ne va pas ? Tu as un problème ?

— Oui. Un gros.

Il colla son nez contre le mien.

— Tu m'as pris pour un imbécile.

— Pourquoi tu dis ça ?

— Tout à l'heure, je suis parti et je vous ai laissés tous les deux…

— Tu as bien fait… merci…

— Figure-toi que j'ai fait semblant de m'éloigner et j'ai écouté par la porte ce que tu lui as dit…

— Déjà, faire ça, c'est moche… mais continue…

— Tu lui as dit : « Je suis revenu pour toi. » Je l'ai entendu noir sur blanc.

— Ah oui ? J'ai dit ça, moi ?

— Parfaitement. Et tu t'es foutu de ma gueule avec ton soulèvement du peuple pour la liberté que tu tenais tant à voir…

Il détala.

— Attends, je vais t'expliquer.

— Tu vas m'expliquer rien du tout ! Tu me prends encore pour un demeuré. Tu changeras jamais. Toi et le papa, kif-kif. Y en a pas un pour racheter l'autre. J'ai toujours été votre mouton noir.

Un peu plus tard, sa rancune avait fait long feu, comme c'était souvent le cas avec lui. Son humeur était aussi variable que la météo en haute montagne. Désormais, au Ballon d'or, il était concentré sur le match du Classico entre Madrid et Barcelone. Le soir était tombé. On y voyait à peine. Une lumière pauvre s'échappait des ampoules grasses pendues à des fils tressés telles des cordes de lynchage. Des moucherons collés sur leur surface dessinaient des continents hasardeux, comme s'ils voulaient empêcher le génie de la lumière d'éclairer la vérité…

Mon regard resta un long moment fixé sur elles.

Le tripot suintait l'ancien garage automobile reconverti en débit de boissons, avec des tables et des chaises en PVC, un comptoir quasi vide et un colossal réfrigérateur rouge signé Coca-Cola. Les parois exhalaient l'huile de vidange et les rideaux, la nicotine. Un VTT retenait un mur décrépi dans un coin. Le patron, petit ventru au regard creux, nous invita à nous servir parmi les rangées de bouteilles « gazouses » empilées dans le frigo. Au milieu d'un mur, la télévision semblait faire de la vidéosurveillance. Le cou tendu vers elle, quatre jeunes en tenue de prière, déçus du match, abandonnèrent la pelouse pour rejoindre la mosquée d'en face. Je les suivis, par curiosité. Dehors, il y avait foule. L'agitation était à son comble. Propagée par les haut-parleurs du minaret, la voix du muezzin accaparait le ciel et venait se télescoper avec les sonneries des téléphones portables, les voix, les moteurs des scooters et des voitures, le ding dong du tram… En arrivant, je ne m'étais pas rendu compte de cet invraisemblable brouhaha qui régnait dans la rue.

Samy, qui m'avait rejoint, soupira, éreinté par le voyage, la chaleur, la poussière, le décalage, sa valise manquante. Il ne savait déjà plus où il habitait. En tout cas, ce ne serait pas ici. Il finirait sa vie rue du Repos, à Vienne, pensa-t-il à haute voix.

— Et toi ? demanda-t-il.

— Je ne sais pas, mais perdre notre maison me fendrait le cœur…

— Et la belle au bois dormant pour qui tu es revenu, elle te fend aussi ton petit cœur ? se moqua-t-il en continuant d'avancer. Tu es resté un gamin…

C'est vrai qu'il y avait toujours un enfant vivant en moi qui refusait de vieillir, qui piquait encore des fous rires et aimait faire le pitre en sortant parfois de sa cachette. Je le gardais au chaud. Je ne voulais pas qu'il me quitte. J'étais son ultime foyer. Tant qu'il était là, je restais vivant.

Nous rentrâmes en silence, assommés par la fatigue. Nous nous faufilions à travers une zone où les maisons modernes alternaient avec des buildings neufs. Des habitations, aucun bruit ne s'échappait. Des chats errants nous regardaient passer sur leur territoire. Devant chez nous, Samy s'arrêta tel un héron aux aguets dans un marécage. Il leva la tête vers la cime du peuplier à une vingtaine de mètres du sol. Il semblait estimer le nombre des années passées sur lui. On lisait de l'amertume dans ses yeux. Le bel arbre que le papa avait planté il y a un demi-siècle outrepassait dorénavant largement le niveau de la terrasse. Avec sa tignasse aux reflets brillants et métalliques, il avait l'air de nous prendre de haut. Notre retour l'incommodait. Alors qu'il avait déjà pris possession des hauteurs, à son pied, ses racines boursouflées avaient défoncé le dallage. Elles grignotaient irrémédiablement les fondations de la maison. Les dégâts étaient sérieux. Jamais le papa n'aurait pensé qu'il créerait une telle rivalité entre ses deux œuvres. L'une allait devoir tuer l'autre. Le peuplier ou la maison : il faudrait trancher rapidement. Cruelle ironie ! Les temps étaient au grand remplacement. La guerre des racines avait commencé ici aussi.

Comme là-bas.

— On va le sacrifier, sinon ses racines vont bouffer les nôtres, lâcha Samy.

— Quoi ? Tu le scierais ?

— Sans sourciller. Entre un arbre et le rêve du papa, je préfère le second.

— C'est nouveau ! L'arbre n'est plus ton chemin de l'échange entre les étoiles et nous ?

— Pas toujours, non ! Celui-là veut la peau de notre maison. C'est une question de déontologie.

— Ah bon ? Je croyais que ce n'était plus ta maison et que tu ne voulais plus revenir dans ce pays de fous.

— C'est toi qui fais le guignol, là. Tu feins de ne pas me comprendre…

— De toute façon, on n'abat pas un arbre sans autorisation de la mairie… et à mon avis ça va pas être de tout repos…

Nous pénétrâmes dans la demeure qui avait bien changé, elle aussi, elle n'était plus que l'antichambre de nos souvenirs d'enfants disparus et des illusions perdues de notre famille. Samy avançait dans le couloir de l'entrée principale, les mains croisées dans son dos voûté. Il marcha dans une flaque d'eau, inspecta ses semelles comme pour y chercher des trous. Ses propres fondations avaient pris l'eau.

Contrairement au mien, l'enfant qui habitait en lui s'était échappé depuis longtemps. Depuis qu'il était tout petit. Quand ses déboires scolaires et d'orientation avaient commencé à empoisonner sa vie, Samy s'était noyé dans les eaux du canal qui longeait notre bidonville. Il n'avait plus jamais été le même, avait vieilli en accéléré. Ses fous rires l'avaient quitté. Comme pour le papa.

La nuit était moite, le ciel lourd. Sur la terrasse intérieure de la maison, trois étoiles décrochées de la voûte céleste étaient tombées. Leurs braises brillaient encore, tels des vers luisants. Ici et là, pareils à de petites lunes, les yeux des chats creusaient des faisceaux brillants dans la chape nocturne. Un filet de lumière rampait sous les volets de Ryme. Elle veillait. Je l'imaginais en balade dans les ruelles d'un roman, éclairées par des lampadaires baroques. Peut-être à Saint-Pétersbourg. Cette ville lui allait bien. Elle flânait sur les berges des canaux bordés de palais, traversait un pont, s'attardait devant une grande librairie, puis allait au jardin des roses… Elle était réfugiée dans un monde de papier, à l'abri du vacarme du monde. J'aurais dû l'enlever sur un cheval au galop, elle attendait de moi cette passion fougueuse. Pourquoi n'allais-je pas frapper à sa porte et la prendre ? J'aurais dû être heureux que quelqu'un m'attende. J'essayais de me bousculer : « Vas-y. N'aie pas peur. » Mais je n'y allais pas. Alors que mes pas crevaient d'envie de faire demi-tour vers Saint-Pétersbourg, je les laissais m'éloigner de l'amour. Je ne les commandais pas. Au contraire, je les autorisais à me mener par le bout des pieds. Pourquoi étais-je incapable de me rebeller contre Samy, qui demandait si j'avais bien les clefs de notre appartement alors qu'il savait très bien qu'elles étaient dans sa poche et qu'il avait même les mains posées dessus. Il s'était mis en tête de me piloter pour ne point contrevenir à l'ordre social institué depuis la nuit des temps par les ancêtres de notre tribu. La famille soudée, c'était sacré. L'étrangère n'allait pas nous désunir. C'était une fille du bled, nous des *bi* de France.

Il ouvrit l'appartement et gémit :

— Ma brosse à dents ! Je savais que tu allais oublier.

Dimanche.

Aube homérique aux doigts de rose.

Ce premier matin, j'étais scindé comme un melon coupé en deux entre là-bas et ici, mais pas Samy. Sa brosse à dents et ses Temesta manquants ne l'avaient pas affecté. Il s'était réveillé du bon pied, sa valise arriverait dans les prochaines heures. Sereins, nous nous apprêtions donc à aller au cimetière nettoyer les tombes de nos parents. Je ne lui avais pas raconté le nouveau cauchemar qui m'avait secoué à cause de la « mise en cloque » dont il m'avait parlé la veille et dont j'étais sûr qu'elle allait torturer ma nuit. Je faisais l'amour à Ryme. Sous les yeux de ma mère, qui était assise sur une chaise au pied du lit. Elle attendait. Elle attendait que je fasse un bébé à sa protégée. Elle avait décidé de mettre un terme à mes atermoiements qui avaient duré bien trop longtemps. Ce serait un garçon. Elle avait choisi le prénom. C'est ce qu'elle avait décidé. Pour elle et pour moi. Le moment était idéal. Elle avait tout combiné, calculé les cycles, la position des planètes. La confluence des énergies était fructueuse. Elle racontait les détails de son plan à ses voisines, qui m'observaient avec attention, certaines baissant la tête pour mieux voir les dessous de l'action. Je me débattais comme un goujon au bout de l'hameçon, perclus de honte, ne sachant comment me cacher, elle me disait « Fais comme si je n'étais pas là, concentre-toi », mais je devais me retenir à tout prix pour éviter l'humiliation de ma vie, tout en luttant contre le désir qui me pressait. Allongée sous mon corps, les cuisses enserrant ma taille comme sur un tatami, Ryme s'impatientait, « Prends-moi, je ne suis pas ta mère ! », elle tenait ferme ma main contre ses seins, « Touche-moi ! », je ne pouvais pas faire ça devant tout le monde, « Reste avec moi ! » Je m'enlisais, incapable d'être un homme moderne. « N'aie pas peur ! » À la fin des ébats, la cloque éclatait comme une bulle de savon. Et tout était avorté. Le garçon n'avait pas été conçu. Les spectatrices se regardaient bizarrement et l'on pouvait déceler une grande contrariété sur leur visage. Je n'étais que le fils de ma mère, sa petite ménagère en jupe plissée. Je ne serais jamais un géniteur. Prendre une femme, la posséder, la pénétrer, la baiser, la conquérir, l'envahir... ces verbes avaient toujours heurté mon cœur innocent de petit chaperon rouge ou de belle au bois dormant.

Le cauchemar était si traboulant que lorsque Ryme entra chez nous, du café et de la galette chaude sur un plateau, je détournai le regard. Mais elle eut le temps de voir que mon visage était froissé par mes roulades sur l'oreiller.

— Tu n'as pas bien dormi... observa-t-elle.

— Mon oreiller était trop dur...

— Tu as fait des cauchemars... Moi aussi. Avec ta mère ? enchaîna-t-elle.

Son instinct me surprit, tout comme Samy.

— Et voilà, de la magie noire, maintenant ! lâcha-t-il.

Elle vint s'asseoir près de moi.

— Ce soir, je te ferai ma tisane. Tu dormiras comme un ange... Tu en voudras aussi ? proposa-t-elle à Samy sans dire son prénom ni lui accorder d'attention.

Il ne lui répondit pas. C'était insultant. Il exagérait. Je voulais lui rappeler les règles de la déontologie, mais il rongeait déjà son frein en l'entendant annoncer qu'elle irait volontiers avec nous à Amoucha, le village natal de notre mère, mais pas au cimetière, qu'elle n'aimait pas... comme si elle était chargée du programme.

— Allez, on bouge, me pressa nerveusement Samy. On a rendez-vous à huit heures à l'agence de location.

Il finit son café d'un trait et nous sortîmes de la pièce.

— Pas question qu'elle s'incruste, jura-t-il quand nous nous fûmes éloignés.

— Pourquoi ? Mima était sa mère, aussi. Elle viendra.

Il colla de nouveau son nez contre le mien comme il avait l'habitude de le faire quand nous étions gamins et qu'il voulait me faire reculer.

— Alors là, ça me scie : tu te prends pour l'aîné ou quoi ? Oh, mon gone, faudrait peut-être respecter l'ordre...

— Quel ordre ?

— L'ordre de sortie. Je suis le premier.

Je le repoussai délicatement mais fermement.

— Écoute. Je te le dis franchement : je n'aime pas ta façon de te comporter avec elle. Je sais que tu ne l'aimes pas, mais elle en a assez bavé comme ça dans la vie, tu ne crois pas ? Cette fille revient de l'enfer. Tu n'as aucune pitié pour elle.

Seize ans. C'était son âge au moment de la tragédie du village où elle habitait avec ses parents, lorsque la décennie noire des années quatre-vingt-dix dévastait le pays. Des groupes d'hommes armés étaient entrés subitement à la nuit tombée, comme une vaste bâche noire s'abattant sur les pauvres gens. Ils voulaient les punir jusqu'au dernier pour prouver au monde entier leur jusqu'au-boutisme politique, si l'on pouvait encore en douter. Leur objectif : dépecer tout un village avec une minutie exhaustive. Ils avaient commencé par massacrer les habitants à coups de hache et de couteau, la gueule grande ouverte. S'ils avaient pu, ils auraient fait disjoncter la lune et les étoiles ; la mort dans la nuit noire leur aurait paru plus juteuse et plus lumineuse encore.

Le carnage avait duré des heures. Par la fenêtre d'un hangar où elle s'était réfugiée avec ses parents, Ryme avait vu ce qu'elle n'aurait jamais dû voir, des nourrissons arrachés des bras de leurs mères, tenus par les deux pieds et cognés contre des murs de béton comme des paillassons, d'autres embrochés sur les armatures métalliques des constructions. Leurs corps avaient éclaté les uns après les autres. Elle n'oublierait jamais le bruit. La bande-son du carnage la hantait encore. Elle n'oublierait jamais l'odeur d'œuf pourri, de soufre et de poudre qui avait contaminé l'espace ni la douleur aiguë dans sa gorge.

Les semaines suivantes, les journalistes et les témoins avaient raconté ces horreurs inouïes qui avaient fait quatre cents victimes et révulsé la terre entière. Tous ceux qui les avaient décrites, lues ou entendues avaient perdu un bout de leur humanité. Quant à moi, j'avais parcouru tous les détails de cette ignominie pendant plusieurs jours et je n'en revenais pas, un profond dégoût souillait mon âme à imaginer que dans le pays de mes parents et de mes ancêtres on était capable de telles sauvageries, dont même les mots ne pouvaient rendre compte. Les barbares avaient égorgé les vaches, les moutons, les chèvres, les poules et leurs poussins. Il fallait que tout meure. Quel genre d'êtres étaient-ils ?

Après ça, Ryme avait toujours su qu'elle n'aurait jamais d'enfant, ils étaient des proies prioritaires pour les sauvages. Sa vie de femme n'en serait plus une, elle resterait une survivante errant sous le voile noir d'un corbeau. C'est depuis ce jour qu'elle s'était mise à se racler la gorge. Une arête s'y était logée.

Le stress et l'anxiété ne la quittèrent plus. Ils firent de sa vie une nuit.

Et de sa nuit, un puits.

Dans son ventre, une pierre poussa. Elle cherchait encore la lumière.

Il n'y eut jamais de résilience, le terme n'existait pas encore à cette époque.

Elle et ses parents avaient réussi à s'échapper avec d'autres villageois. Ils avaient trouvé refuge dans un petit appartement à Sétif, mais quelques mois plus tard, le malheur, tenace quand il avait choisi ses proies, était revenu frapper chez eux. C'est elle qui avait ouvert la porte aux bouchers qui avaient tapé les trois coups ; le seul qui le faisait d'habitude, avec un temps d'arrêt entre le premier et le deuxième, c'était le facteur, alors elle ne s'était doutée de rien en abaissant la poignée et avait vu jaillir la fin dans les yeux des visiteurs.

Ses parents n'avaient pas hurlé quand ils avaient été brutalisés et traînés dehors. Surtout pas. Ils cherchaient avant tout à ne pas traumatiser leur enfant qui allait rester seule après leur trépas, parce que tant qu'il n'y avait pas d'affolement, rien n'était définitif. Son père lui avait laissé ces mots en l'air « N'aie pas peur, ma fille, on va rentrer bientôt… » pour la tenir au chaud, et ils étaient partis avec les loups.

Sa mère était enceinte.

D'un garçon.

Un frère.

À qui l'on avait déjà donné un prénom.

Tout était allé si vite. Elle se souvenait qu'un des tueurs s'apprêtait à l'emmener, les contours de son visage étaient encore imprimés dans son cerveau, il lui avait flanqué le canon de son pistolet au creux de l'oreille pour lui faire comprendre qu'il serait la dernière personne qu'elle verrait sur terre. Pour un assassin, il avait de beaux yeux verts. Inoubliables, comme la piqûre froide du métal sur sa peau indélébile, elle aussi. Mais leur chef avait parlé : « Non, pas la petite. » Elle avait été sauvée par ces mots.

Un voisin de palier qui avait tout vu avait raconté l'enlèvement aux militaires venus enquêter.

La fille était restée longtemps éteinte, un cri coincé dans la gorge. L'arête. Plus tard, elle avait vécu chez des gens qui ne s'étaient jamais entendus avec ses parents, un soi-disant oncle – tout le monde a un tonton polyvalent par ici – qui la destinait à devenir petite esclave domestique. Peut-être pire si affinités. Finalement, à dix-huit ans, elle avait débarqué dans notre maison par le truchement des mains tendues. Au nom du devoir sacré d'hospitalité, elle avait été conduite à mon père, dont la maison suffisamment grande pouvait facilement l'accueillir. Grâce à notre tribu, elle avait échappé aux labyrinthes de la psychiatrie dans ce pays torturé, où, durant la tragique décennie, des médecins par centaines avaient fui à l'étranger et laissé la santé publique à l'agonie.

Ma mère l'avait dorlotée comme la fille qu'elle n'avait jamais eue.

Bien sûr, des garçons l'avaient approchée avec des poèmes, des chansons et des « je t'aime », mais elle s'en était désintéressée. Leur prose était dérisoire. Alors, elle s'était repliée sur les livres pour y chercher une vie de fiction. Chaque fois qu'elle entrait dans un chapitre pour se faire la belle, elle s'en sortait un peu plus. Il lui suffisait de tourner les pages pour trouver la lumière.

À l'entrée de la maison, les chats qui nous avaient tendu une embuscade poussaient des cris de forcenés. Samy envoya un coup de pied à l'un d'entre eux qui s'approchait de son mollet. Il était certain que ces espèces sauvages et prédatrices s'en donnaient à cœur joie depuis que l'anarchie était revenue dans le pays. Resquille avait profité de Lirac pour les dresser contre nous et leur enseigner que la maison devait appartenir à ceux qui l'habitaient, pas à ceux qui l'avaient construite ! Ces usufruitiers avaient dû s'inspirer de l'une des devises du sieur Beaumarchais : « En toute espèce de biens, posséder est peu de chose ; c'est jouir qui rend heureux. » Les perfides !

Heureusement, il n'y avait personne pour entendre Samy jurer dans la rue à l'aube, alors que nous allions à l'agence Baba-car Rental. Par chance aussi, l'air velouté du matin qui ruisselait des montagnes, parfumé au jasmin ou au chèvrefeuille, avait le pouvoir de le soulager délicieusement.

La ville n'était pas encore branchée, magasins clos, rideaux fermés. Durant le ramadan, les gens veillaient la nuit et se réveillaient tard le lendemain pour mieux supporter l'épreuve sacrée de la faim et de la soif, surtout les jeunes, comme l'avait dénoncé Francis, notre chauffeur de taxi. Soudain, un vieil homme qui descendait la rue, un sac à la main, dans sa tunique immaculée, s'arrêta pour nous saluer à l'ancienne. Gentiment, il demanda des nouvelles de notre santé et de nos familles, comme il était d'usage dans la coutume locale. Il adorait, dit-il, marcher dans la virginité de l'aube, c'était le seul moment de vérité humaine dans la journée, où le ciel donnait à voir la vie en rose, le reste du temps il restait cloîtré chez lui pour éviter l'accident cardiaque. L'acrimonie froissait son visage. Depuis un demi-siècle, chaque jour il faisait sa promenade aux aurores, arpentait les ruelles vides et silencieuses du quartier et constatait l'enlisement. Ah oui ! Il l'avait vu gagner du terrain au fil du temps. Il ramena à notre bon souvenir cette douce époque où les ânes, les mules et les charrettes servaient au transport des hommes et des marchandises, avec les petites Lambretta italiennes, ces scarabées passe-partout qui faisaient la joie des enfants dans la rue. Le claquement des sabots des bêtes sur l'asphalte lui manquait. Aujourd'hui, la motorisation de la société avait importé pléthore de bruits étrangers, à l'instar de ces irritantes sonneries de téléphone portable que l'on entendait partout et de ces jeunes qui parlaient tout seuls comme des fous en marchant, des écouteurs enfoncés dans les oreilles. Il n'était plus chez lui, hélas, ses tympans le lui avaient confirmé. La pire des nuisances sonores était celle des Hell's Angels aux crânes rasés. À la nuit tombante, ils chevauchaient leurs motos infernales et saturaient les rues de vrombissements métalliques à faire fuir les étoiles et éteindre la Voie lactée. Sans casque, ils cabraient leurs puissants engins sur la roue arrière, parfois à deux sur la selle, faisaient rugir leur moteur en accélérant sur des centaines de mètres, s'exerçaient au dérapage contrôlé. Malgré leurs rodéos frénétiques, poursuivit-il, aux balcons des maisons et des immeubles voisins, aucun volet ne s'ouvrait, aucun riverain ne pointait son nez. Comme lui, les habitants étaient calfeutrés pour s'isoler de cette jeunesse qui n'attendait plus rien, faisait du tapage en attendant quand même, et dont seul le tintamarre lui rappelait qu'elle était encore vivante. Pour lui, le stratagème était orchestré par les machiavels au pouvoir pour que les gens ne se parlent plus, ne s'entendent plus, se terrent dans leurs maisons et finissent par se taper dessus.

Assister à des querelles intestines pour un oui ou pour un non l'avait épuisé. Les gens étaient devenus fous. « Lirac pourra changer ça puisque les gens se sont retrouvés et veulent un autre système ; c'est à voir... » annonça-t-il avec des doutes, avant de nous déverser pêle-mêle sa vie, sa retraite si maigre, puis d'invoquer les nobles valeurs d'antan aujourd'hui disparues, la parole donnée, la fierté, l'orgueil des gens des tribus, la nostalgie de son enfance quand la ville ne comptait que quelques dizaines de milliers d'habitants. Maintenant, elle en abritait un million ! Imaginez ! Les habitants ne se disaient plus bonjour, comment voulez-vous qu'il en soit autrement. Personne ne connaissait plus personne, les gens sursautaient au passage de leur propre ombre, les maisons étaient grillagées, les immeubles barricadés et les portes blindées. Sans parler des voleurs qui pullulaient, sous le soleil ou la pleine lune. Alors ce matin, il ouvrait son cœur à deux inconnus, des lève-tôt, pensait-il, dignes de ses confessions intimes. Il sortit de son sac un paquet de gaufrettes. « Prenez ! Elles sont au chocolat. »

Samy, qui l'avait jusque-là écouté avec attention parce qu'il partageait son diagnostic, me faisait à présent les gros yeux. Du sac, le vieux retira ensuite un livre. « Et ça aussi ! Il est plein de poésie. » Un livre saint. « Ah, si les gens lisaient ! Tout est écrit, soupira-t-il. Lis ! Il suffit d'ouvrir le livre pour voir la lumière et la vérité… » Il le laissa en de bonnes mains, nous suggérant après notre lecture de le déposer sur un banc, une murette ou à un arrêt de tram, ainsi l'humanité aurait une chance de repousser dans ce pays où la guerre fratricide avait éradiqué l'amour.

Sur ces bonnes paroles, il nous souhaita une belle journée, froissa son sac vide, le jeta à terre et s'en alla dans le déroulé déformé de la chaussée, en équilibre sur la ligne blanche. Derrière lui, sa tunique flottait comme une grand-voile, semant dans les sillons tracés sur ses côtés des mots épars, semences inutiles d'où rien ne germerait plus. Un virage goba sa silhouette, puis le soleil naissant profila son ombre sur un mur tagué *Freedom*, tamisant lentement son angle mort jusqu'à l'éclipse totale.

Samy tempêta en ramassant le sac qu'il avait jeté à terre. « Le poète ne connaît pas les poubelles ! » regretta-t-il en l'enfouissant dans sa poche. « Ses gaufrettes au chocolat… comme dans ton rêve avec la maman… C'était bizarre, tu trouves pas ? »

Bien sûr que si ! J'avais fait le lien.

Quand j'étais petit, tous les vendredis le papa rentrait de l'usine avec une surprise pour moi : un paquet de gaufrettes au chocolat. C'était mon jour de Noël hebdomadaire. Il n'avait jamais de geste chaleureux pour Samy, qui, chaque fois, ne redoutait qu'une seule déconvenue : que je l'engloutisse seul en le narguant comme j'aimais le faire lorsque, avec moi, il faisait son méchant. Mais généralement, je partageais mon cadeau avec lui, au prorata de ses largesses ou bassesses de la semaine.

À cette époque, j'étais trop petit pour m'apercevoir que la mesquinerie paternelle le minait. Remplir mon ventre occupait toutes les fonctions de mon cerveau. J'étais gâté, joufflu et grassouillet.

« Elle suffira pour aller au cimetière, aller-retour ! » plaisanta Baba-car Rental, quinquagénaire à l'allure zen et au long visage ovale, en tapotant l'aile de ce qui ressemblait fort à un cercueil roulant. Tous les autres véhicules étaient déjà dehors, l'activité de location battait son plein, ramadan ou pas, Lirac ou pas, les gens bougeaient de plus en plus ces dernières années, même s'ils n'avaient nulle part où aller, d'autant que le prix du carburant à la pompe était dérisoire, contrairement à celui des produits alimentaires, miné par l'inflation. Ils ne voulaient plus rester à attendre chez eux.

Baba-car nous montra les files de voitures dans sa rue, collées les unes aux autres. Fut une époque où en posséder une était un luxe. Aujourd'hui elle n'était plus un signe de distinction sociale. Le pouvoir de se mouvoir était acquis, dit-il, y compris pour les femmes, et tout le monde en usait sans modération, dans n'importe quelle direction. Il connaissait des tas de gens qui passaient leur journée dans la voiture, à l'arrêt ou en roulant, à écouter de la musique avec la sensation d'être en mouvement permanent, et libres d'aller où bon leur semblait. C'était leur façon de refuser d'attendre, comme leur société le leur avait enseigné.

Samy inspecta la Peugeot, constata le mauvais état des freins, la fissure du pare-brise côté chauffeur, les pneus aussi lisses que des savonnettes. Le klaxon fonctionnait, mais le lave-glace était hors service. Il restait un seul enjoliveur.

— Sois prudent sur la route, prévint Baba-car. Le dernier client m'a indiqué que le moteur tremblait quand il se trouvait dans les gorges de Kherrata... C'est l'endroit le plus dangereux de la région, un vrai cimetière. Il est tombé en panne en plein tunnel de la mort... D'ailleurs, je vous déconseille de vous y rendre... Tous les jours, il y a des accidents meurtriers dans ces montagnes maudites...

Samy l'assura qu'il connaissait la route aussi bien que la mécanique. Baba-car eut un rictus quand il le vit démarrer l'engin du premier coup – la batterie avait été changée récemment –, puis prêter une oreille experte à son ronronnement, faire une prière et enclencher la première vitesse.

— Tâchez de revenir vivants ! cria Baba-car, puisque vous payez au retour.

Tout roulait parfaitement. Un peu plus loin, devant le Park Mall, à peine venions-nous de nous arrêter au feu rouge que des scooters pilotés par des adolescents sans casque nous doublèrent, moteur ronflant, en surfant sur le bitume gondolé. Le vacarme était assourdissant. Samy tressauta quand l'un d'eux heurta son rétroviseur. Il n'eut pas le temps de réagir que déjà les voitures nous klaxonnaient par-derrière. Il se retrouva dans la ligne de mire de chauffeurs hargneux qui le pressaient d'avancer, ouvrit sa vitre et vociféra sur un ton d'Occidental arrogant : « Voyez pas que le feu est rouge ? » Des voix lui répliquèrent en chœur que l'on s'en fichait, des feux rouges ! Ne voyait-il pas, lui, qu'il n'y avait aucune voiture dans la rue perpendiculaire et qu'il pouvait donc s'engager sans danger ? Ne voyait-il pas l'avènement de la nouvelle société ? Croyait-il que l'on avait encore besoin de gouvernement, de président et de sémaphores pour dicter aux gens ce qu'ils devaient faire pour circuler ?

— Bouge de là !

Dérouté, Samy ne déchiffrait rien du dialecte local alors que le concert de klaxons et de voix allait crescendo.

— Allez, bouge vieillard ! asséna un anonyme.

Je le secouai :

— Vas-y, démarre, bon Dieu ! Tu attends quoi ?

Ses mâchoires étaient gonflées de figues charnues qui tiraient son visage vers le cou. Il ne s'y faisait pas : on l'avait traité de vieillard. Estourbi, il voulut savoir s'il faisait vraiment si vieux que ça. Je lui ordonnai rudement d'avancer, l'urgence n'était pas à la dissertation cornélienne. Il consentit à enfreindre le feu rouge.

C'était un soulèvement populaire, je l'avais prévenu, il n'y avait plus d'interdiction. Les gens étaient partis à la reconquête de leur pays, ils exigeaient l'autodétermination au sens propre, la vraie, pas celle confisquée par la mafia, une autodétermination pour conduire leur auto et leur destin selon leurs propres codes. Personne ne les terroriserait plus chez eux. Fini la justice à deux vitesses, le piston, les lignes blanches et les sémaphores rouges.

— C'est l'anarchie ! déclara le Lyonnais, qui avait perdu les pédales. Y a plus de pilote dans l'avion.

S'il avait eu ses Temesta sous la main, à ce moment précis, il en aurait avalé une poignée comme du gravier.

Pour la première fois de sa vie depuis qu'il avait le permis de conduire, il avait grillé un feu rouge. Je le rassurai, il n'irait pas en prison pour cette menue infraction, et de toute façon, dans les geôles il n'y avait plus de place, depuis la déchéance de l'ancien président, les corrompus déjà condamnés par la justice occupaient toutes les chambres d'hôtes.

Il tâta ses joues, puis son menton, tout en se mirant dans le rétroviseur :

— J'ai tant vieilli que ça ?

Je lui recommandai de passer la deuxième vitesse, il était toujours en première, le moteur était déjà secoué par de sérieux tremblements... Nous repartîmes avec des soubresauts. Des chauffeurs nous doublèrent, le visage cassé par la colère.

L'air qui entrait dans l'habitacle lui remit les idées en place. Il ouvrit enfin les yeux autour de lui, sur la route, à la sortie de la ville où des portraits géants du président déchu, déchirés, pendaient lamentablement à leurs cordelettes. Devant ces symboles du soulèvement, il ne pipa mot. Le pays était sans tête mais le peuple toujours vivant, les barrages militaires avaient été levés, l'armée retranchée dans les casernes évitait tout incident susceptible de mettre le feu aux poudres. On circulait donc sans entraves ni herses, et dans les villages que l'on traverserait, des policiers qui se tenaient discrets à l'ombre des arbres fraternisaient avec les passants. Le rafraîchissement général était parti pour durer avec l'arrivée du printemps de la liberté.

Samy était perdu dans des pensées confuses. Je lui proposai de passer la troisième, maintenant, comme à l'auto-école. Il exécutait mes ordres sans discuter. Peut-être prenait-il conscience que les soulèvements avaient du bon, finalement, qu'il aurait dû se laisser porter jadis par leur élan au lieu d'accepter son sort au cours de sa scolarité, et crier à M. Clément qu'il voulait devenir arboriculteur, pas chaudronnier. Bon Dieu, il aurait dû se rebeller. « Qu'est-ce que j'en ai à faire de la chaudronnerie ! Je connais par cœur des phrases de Saint-Exupéry, vous n'avez pas idée. Et ses poèmes aussi, vous seriez étonnés. » Il aurait dû se mettre en valeur. Il était le papa tout craché. Tel père tel fils, pour lui, l'équation avait été vérifiée.

Tout en conduisant, il marmonnait des bondieuseries improvisées par lui qui n'avait jamais accompli le moindre devoir de croyant.

— Tu pries, maintenant ? m'étonnai-je.

— Oui. On est dimanche.

— Et alors ? C'est ton jour du Seigneur ?

— Je récupère ma valise aujourd'hui.

J'avais oublié. C'était à elle qu'il pensait, non pas à la liberté ni à sa conseillère d'orientation scolaire, encore moins aux soulèvements populaires. Il me décocha un sourire, puis vérifia sur son portable qu'il n'avait pas reçu de message d'Aigle Azur. Soudain, nous étions redevenus deux frères, revenus à nos racines qui sentaient le pain chaud de la maman.

Je me mis à griffonner sur mon carnet.

— Tu trouves pas que l'atmosphère est bizarre ? lui dis-je.

Je parlais de l'étrange sensation d'être dans un pays en flottement où il n'y avait plus de gouvernance, où la société était sur le fil du rasoir et où chaque jour pouvait basculer dans le chaos ou dans l'espoir…

— C'est là-dessus que tu écris ? fit-il.

— Non. J'ai terminé un poème.

Il me fit ses yeux ronds.

— Sur l'amour, je parie.

Il sortit son sourire biseauté.

— Perdu.

— Sur Lirac, alors ?

— Non plus. Sur les arbres. Je l'ai appelé *Soulèvement*. Tu veux que je te le lise ?

— Non, ça ira. J'ai pas le cœur à ça.

À l'approche du cimetière, la bourrasque qui nous surprit cherchait elle aussi une voie de sortie pour fuir le pays, mais elle peinait à la trouver, alors elle se terrait où elle pouvait avec ses hordes de tourbillons affolées par l'exode. L'impressionnant ballet de poussière, sable, détritus et sacs plastique qu'elle soulevait nous força à nous garer sur l'accotement. Samy actionna ses feux de détresse, qui ne fonctionnaient pas, et nous restâmes dans notre abri, silencieux, à attendre la fin de la crise. Plus tard, quand la tornade trouva sa ligne d'escapade et que la route réapparut sous nos yeux, elle avait laissé dans son sillage un spectacle de désolation inédit : les arbres d'alentour avaient été soufflés et travestis en sapins de Noël loqueteux, enguirlandés de sacs multicolores, de papiers et de fanions divers.

L'arboriculteur ne causait plus. Il oscilla sa tête plusieurs fois en signe d'amertume béante, gagné par un sentiment d'abandon. La fin devait lui sembler proche. Une apocalypse. Après un silence grave et pesant, notre voiture reprit son aplomb sur la route rendue par la bourrasque, qui filait maintenant telle une flèche vers les collines roussies par le soleil naissant. Nous traversâmes au ralenti le village de notre cimetière familial. Chaque fois, ce pèlerinage me donnait des frissons. La perte de ses parents est la grande leçon d'absence qui prépare à mourir soi-même… Heureusement, l'enfant en moi en chemise blanche qui rigolait sans cesse n'en avait pas conscience. Il me croyait immortel.

Nous passâmes devant la vieille mosquée qui avait été agrandie. Au sommet du minaret, le nid de cigogne n'avait pas bougé depuis des décennies, tel un donjon surplombant le cimetière millénaire couché dans l'ombre des pins. En arrivant près des sépultures de nos parents, nos pas se chargeaient de mystère. Nous avancions vers la croisée des chemins où ceux qui étaient partis recevaient ceux qui demeuraient en vie. Les deux cigognes du minaret nous suivaient à distance. Ces oiseaux délicats, incapables de crier ou de chanter, transportaient des couches de silence sur leurs ailes. Curieusement, je m'étais toujours senti proche d'eux. De leur camp. Ils avaient l'air de me reconnaître au moment où je dis à Samy que nos parents auraient été ravis de Lirac dans leur pays… Il ne m'avait pas entendu. Nous étions arrivés au pied de la dernière demeure de nos géniteurs. Aussitôt, il redit des prières, d'une voix plus forte, posa sa main sur la tombe de notre mère, puis sur celle du père, dont le nom s'était presque effacé, comme ses dates de naissance et de décès. Debout, il engagea avec le papa une conversation privée. Il dit qu'il avait senti sa présence avec le coup des gaufrettes du vieux devant la maison de Beaumarchais, qu'aujourd'hui il était venu se rabibocher. Certes, il s'était battu avec lui un jour où il avait frappé notre mère sous nos yeux, un fils ne devait jamais commettre pareil sacrilège contre son père, mais il avait des circonstances atténuantes, Mima criait : « Sauvez-moi, sauvez-moi ! Mes enfants, il va me tuer… » L'aîné devait intervenir pour garder sa mère vivante, cela n'aurait pas dû faire de lui un radié à vie. Je l'entendis murmurer « Réponds, envoie-moi un signe », puis le vis guetter un bruissement dans les arbres. Gêné, je partis déambuler entre les tombes pour les laisser en tête à tête. Je remontai le temps de ceux qui étaient passés avant, tant de monde, tant de civilisations et de siècles, m'arrêtant parfois pour lire les derniers mots de regrets des vivants, certains parfois rédigés en français pour les exilés morts de l'autre côté de la Méditerranée. Dans la spirale de l'éternité, je me dis que je n'en avais pas fait assez pour mes parents. J'en souffrais, maintenant que les remords remontaient à la surface.

Pas âme qui vive dans la région des morts, excepté une vague silhouette de gardien aux allures de Charlie Chaplin, assis en sauterelle sous un chêne près d'une masure. Il m'épiait à la manière des cigognes, curieux de savoir de quelle planète je débarquais avec mes lunettes de soleil exotiques et mes mocassins en daim. Il avait dû voir défiler pas mal d'hurluberlus venus de France depuis qu'il veillait les disparus. Il suivait aussi des yeux Samy, qui avait repéré près d'une citerne d'eau un pot de peinture noire laissé là par des proches des gisants, s'en empara et, sur l'épitaphe de la tombe du papa, commença à repeindre à l'aide de brindilles notre nom de famille, la date du décès et le mot *Ferance* – au lieu de France –, qui s'étaient effacés avec le temps.

Il endiguait l'extinction de la mémoire de nos parents.

Dommage que ses cerises soient restées dans sa valise, regretta-t-il, il les aurait plantées aujourd'hui même sur la tombe de la maman. Dans un siècle, un énorme cerisier aurait poussé et quand le cimetière aurait grandi à perte de vue, que l'on ne pourrait plus reconnaître l'emplacement de personne, il permettrait de repérer la tombe de Mima entre toutes.

— Arrache les herbes folles au lieu de rester là à me regarder, me lança-t-il, penché en équilibre sur l'épitaphe précaire pour réécrire notre patronyme.

Il suait à grosses gouttes. L'encre noire dégoulinait sur ses doigts. Il se gratta la joue. La transpiration et la teinte noire le tatouaient à présent. Il posa la main sur l'épitaphe comme si c'était la tête de notre père, satisfait de sa réhabilitation, finit une prière, puis se retourna vers moi.

— Quand je réécrivais notre nom, j'ai repensé à un truc…

— Oui, dis-moi…

— J'ai toujours été le fils aîné et toi le fils aimé…

— Bien trouvé, ça ferait une bonne chanson, mais c'est du radotage de troisième âge…

— … alors que je me suis occupé de lui jusqu'au dernier jour de sa vie…

— Toujours la même chanson…

— Quand il a eu Alzheimer, il ne savait même pas qui j'étais, il me demandait d'où on se connaissait, lui et moi… Il n'avait jamais su, de toute façon… on ne se connaissait pas…

— Là, c'est toi qui fais des gamineries…

— Réponds à ma question…

— Quelle question ?

— Il ne t'a jamais rien dit sur moi ?

— Ben non, désolé…

— Il pensait que j'étais un crétin…

— Mais non. Il aurait voulu que tu sois…

— C'est toi qu'il aimait.

— Peut-être, mais parce que j'étais un bon élève à l'école… tu te rends compte de ce que ça voulait dire pour lui ?

— Un fayot. Ah, ça, c'est sûr… papa par-ci, papa par-là… je suis premier de la classe…

— Il était analphabète, je le rendais fier…

— Papa, j'ai des dix sur dix… tu m'achèteras un cadeau…

— Vas-y, défoule-toi…

— Les cadeaux, c'était toujours pour toi, pour moi, *nada*… jamais un signe d'amour…

— Un signe d'amour ? Tu crois qu'il en donnait à la maman ? Et toi, tu en donnais à ta femme et tes enfants ? Et moi ? Tu crois que c'est dans ma nature ? On a un gros problème de famille avec ça, mon vieux…

— Pas avec ta belle au bois dormant, d'après ce que je vois…

Il se gratta encore les joues. La peinture restée sur ses doigts les zébra de traits noirs. On aurait dit un indien tatoué sur le pied de guerre. Il fixa la tombe en se soutenant les reins. Aucune réponse n'était venue à ses appels intimes, aucun feuillage n'avait bruissé alentour, mais il avait quand même réhabilité le nom du père avec ferveur. Il reparla du maître Clément qui lui infligeait des « Tu copieras cent fois “je suis un crétin !” » à faire signer à la maison pour que notre père le corrige à coups de ceinturon. Le pervers savait qu'entre l'école de France et son tordu de fils, notre père analphabète ferait confiance à Charlemagne.

— Heureusement que le papa ne m'a jamais vu au coin avec un bonnet d'âne devant les élèves qui gueulaient « Samy est un âne ! »

— Tu penses encore à ça ?

— Oui, c'était une honte d'avoir sali notre nom de famille. Celui du papa.

— T'as rien sali du tout.

Il changea d'attitude, s'excusa de m'avoir réduit à un fayot de la classe, seule la jalousie lui avait inspiré cette crasse.

J'admirais la calligraphie qu'il avait réalisée sur l'épitaphe avec de simples brindilles.

— C'est beau ce que tu as fait...

— J'ai dit une prière pour nous deux... Allez, maintenant arrache les mauvaises herbes et on rentre.

J'arrosai le pin planté devant la tombe, ainsi que celui de Mima où des ronces formaient une végétation têtue autour d'un coquelicot égaré de sa famille. Samy me redemanda de les arracher, mais je n'en fis rien, au contraire, je les abreuvai, elles étaient chez elles, libres et vagabondes sur leur terre. J'aimais voir l'eau qui ramassait la lumière et l'emportait dans sa cascade où se réverbéraient les silences du lieu.

Dans notre bidonville, je m'amusais toujours à jeter un caillou dans le puits sans fond et à guetter son impact à l'arrivée. J'imaginais son voyage au centre de la Terre, le moment où il le dépassait et parvenait de l'autre côté, aux antipodes, en Nouvelle-Calédonie, j'adorais le nom de ce pays.

J'écrivis dans ma tête un poème à Mima :

Sur sa stèle,
un coquelicot solitaire
a fait son pied-à-terre.
Une coccinelle,
au bas de sa tige,
s'en sert d'ombrelle.

Je demandai à Samy s'il voulait l'entendre. Cette fois, il répondit avec son flegme : « S'y a que ça pour te faire plaisir. » Ça progressait. Il écouta. À la fin, il dit froidement qu'il aurait bien aimé que le papa lui en écrive un pareil.

Il savait très bien qu'il n'avait jamais appris à écrire.

Ni à dire.

— Tu peux me lire l'autre, si tu veux, celui sur…

— Le soulèvement ?

— Oui.

— Ça te fait plaisir ?

— Et à toi ?

— Oui.

— Alors, vas-y.

Au pays de nos racines
A poussé un peuplier
Qui ne veut plus plier
Ni jamais courber l'échine.

Nos regards se croisèrent un instant, son menton fit un pli de satisfaction.

— Saint-Ex aurait aimé en écrire un pareil ! le taquinai-je.

Il s'ébroua.

— N'importe quoi ! Tu n'as jamais eu froid aux yeux, toi !

Il sourit, amusé par mon sans-gêne.

— C'est grâce à mon audace qu'avec maître Clément j'étais premier de la classe…

— J'avoue que toi tu étais fait pour l'école… Charlemagne aimait bien les petits toutous gentils… il leur donnait des images…

Il arrosa une dernière fois la sépulture de la maman.

En quittant la tombe, je soufflai un baiser dans la paume de ma main. Il glissa sur le bout de mes doigts et alla se poser sur les pétales du coquelicot solitaire. La coccinelle prit son envol. Elle ramena un souvenir à vif dans l'esprit de Samy.

— Aigle Azur m'a toujours pas appelé pour ma valise.

Au moment où nous nous apprêtions à quitter le cimetière, un cortège de voitures s'arrêta non loin de nous. Une petite foule en descendit. En un temps record, un cercueil fut extrait d'un véhicule et mis en terre dans un ample nuage de poussière argileuse. Les cigognes déguerpirent. Les hommes inclinés priaient. Porté par un élan de compassion, Samy s'en approcha et mêla ses prières aux leurs, paumes au ciel.

Quelques instants plus tard, il rappliqua vers moi, bouleversé.

— Tu sais quoi ? Ma valise est restée à Lyon à cause du cercueil de ce type qu'ils ont enterré. Un immigré, mort à la Croix-Rousse...

Il poursuivit :

— Les gars me regardaient comme un ovni... Y a des esprits partout ici, je les sens... le papa est en train de me répondre, je l'entends...

Persuadé que la connexion était enfin établie avec l'au-delà, il traqua dans les arbres un signal, virevolta vers moi et voulut savoir pourquoi cette magie ne me procurait aucune émotion, n'avais-je point de cœur ou d'intuition ?

Je lui tendis un mouchoir en papier.

— Tiens. Essuie les traces de peinture sur ta figure.

— Quoi ? Où ça ?

— Partout.

— Nom de Dieu ! C'est pour ça que les types me mataient comme ça. Ils ont dû me prendre pour un indien sorti d'un cercueil... dit-il en se mirant dans le rétroviseur de la voiture.

À l'intérieur, il faisait une chaleur de hammam. La bouffée qui s'en échappa nous étouffa. Il avait fermé les vitres par crainte des voleurs qui exhumaient les morts pour les détrousser de leurs dents en or. C'est la raison qu'il avança. Maintenant qu'il n'y avait ni président ni gouvernance, que les jeunes en scooter roulaient sur la roue arrière et que des malotrus le traitaient de vieillard dans les rues, il ne faisait plus confiance à personne, surtout pas au gardien du cimetière plié en sauterelle sur ses jambes squelettiques qui épiait toujours le moindre de nos mouvements. Dès que nous aurions le dos tourné, sûr qu'il foncerait voir ce que le calligraphe tatoué avait dessiné sur la sépulture. Les cigognes revinrent se poser à ses côtés. Elles faisaient la morte, elles aussi. Puis le silence verrouilla sa porte derrière elles, après leur dernier battement d'ailes. Le monde de ceux qui n'étaient plus reprit sa place au soleil. Il avait accueilli comme il se devait ceux qui demeuraient en vie.

Samy démarra la voiture. La mission « Entretien des sépultures et débat avec le papa » était achevée. Les comptes étaient réglés avec le passé. Restaient ceux avec les vivants, les locataires mauvais payeurs. Pour les loyers en retard, je lui suggérai d'effacer l'ardoise, après tout, on n'avait pas besoin d'argent, et le papa aurait été fier de faire ce geste noble. Il rejeta ma tendance compulsive à vouloir distribuer notre argent à tout le monde, on n'était pas l'Armée du salut ! puis suggéra de ne pas me mêler de la comptabilité qui, chez nous, était l'affaire des aînés. Depuis la nuit des temps.

« Compris, commandant ! »

Sur le chemin du retour, nous fîmes halte à El Ouricia, le village où mes parents avaient été colonisés avant de devenir émigrés. C'est là qu'ils avaient grandi. Le bourg d'antan avait bourgeonné, victime de l'obésité urbaine. Dans ses ruelles, nous marchions sur la chaussée au milieu des voitures et des camions en direction du cimetière chrétien. Le décor avait tellement changé depuis ma dernière visite que sa trace s'était perdue, comme les lignes blanches et les marques des passages cloutés sur le bitume. Nous passâmes devant la masure délabrée où nos parents avaient habité dans les années trente. Ses murs étaient bâtis de pierres et de chaux, le toit couvert de tôle ondulée. Elle abritait naguère les hommes, leurs volailles et leur bétail. Mon père m'avait appris que, pour se chauffer et cuisiner, un feu brûlait en permanence dans la pièce sans fenêtre où il n'y avait pas de cheminée, mais seulement un trou creusé dans le plafond par lequel la fumée était censée s'échapper. Dieu sait comment ils avaient résisté à l'asphyxie. À la misère et à la disette aussi. Le cœur serré, je prenais des photos, comme chaque fois que je revenais ici en pèlerinage, et, aux passants ainsi qu'aux enfants qui me regardaient, étonnés, je voulais attester que c'était là que mon arbre généalogique avait pris son essor, qu'il n'y avait aucun risque à me laisser faire des photos, rien n'était compromettant pour la sécurité nationale. Mais ma présence n'intéressait aucune des silhouettes qui nous dépassaient pour aller s'évanouir dans la brume de chaleur.

C'est moi qui avais voulu faire ce détour par le village pour voir le caveau de la famille Cros, dont l'ancêtre était maire au siècle dernier. J'avais connu son descendant, Jean, dans la Drôme provençale et j'avais pu lui permettre de retrouver mes parents à Lyon, qui avaient été métayers dans la ferme de son grand-père. Un moment rare de réconciliation. J'étais heureux de les entendre parler la langue de leur terroir, évoquer avec nostalgie les savoureux navets qui faisaient la réputation de leur petit coin perdu. Ils avaient ri de leur passé, entre deux silences, et quand les mots manquaient, ma mère répétait « eh oui, ça fait si longtemps », puis invitait Jean à reprendre un café, il répondait non, alors elle lui proposait un gâteau. Il riait en refusant de nouveau. Un peu plus tard, elle recommençait.

Jean était décédé dans sa Drôme d'accueil dix ans plus tôt, en plein soleil et par un jour épatant de lumière, comme il y en a souvent dans cette belle région méridionale. Il y était enterré, loin des terrains de jeux de son enfance et des délicieux navets d'El Ouricia. J'aurais aimé récupérer les photos du village qu'il gardait jalousement chez lui, et dont quelques-unes montraient la ferme familiale avec de splendides chevaux de course, grands, noirs aux muscles saillants, d'autres des enfants emmitouflés dans des manteaux d'hiver qui jouaient dans la neige, sur la montagne d'à côté surplombant la vallée, d'autres encore des voitures de l'époque aux marques disparues, autour desquelles on apercevait des Français habillés à l'européenne et des musulmans en djellabas blanches avec un chèche sur la tête. Des hommes, toujours, jamais de femmes.

Ma mère aussi était morte. J'avais sa photo partout en moi, incrustée sous les fibres de ma peau.

Un vendeur, devant sa pyramide de pastèques, m'indiqua d'un geste avare l'emplacement du cimetière des chrétiens, mais tint à me prévenir sur un ton grave : « Il n'y a plus rien là-bas, plus rien », l'endroit allait être transformé en square public avec des jeux pour enfants. Les tombes avaient-elles été effacées de la mémoire des lieux ? Il n'en dit pas plus. Il ne tenait pas à se mouiller avec ce genre de question qui le dépassait. D'ailleurs, il devait se demander pourquoi nous cherchions ce cimetière de chrétiens. Étions-nous des pieds-noirs, des harkis ?

Finalement, au loin, je reconnus les pins qui le ceinturaient, les plus élevés du village. Quelques minutes plus tard, nous y étions. Cerné par un grillage rouillé et éventré, le terrain était vidé de ses dépouilles. Plus aucune croix catholique ne subsistait. Il avait été dégagé de l'histoire locale. L'ablation laissait un sentiment de contrition. L'arbre généalogique des Cros était déraciné. Le caveau éventré ressemblait à une grotte mystérieuse où se serait retranchée l'histoire du lieu pour échapper à l'oubli. Seuls les pins avaient été autorisés à poursuivre leur ascension vers le ciel, les autorités ayant considéré que bien qu'étant les héritiers de la colonie sauvage et meurtrière, ils ne nuisaient plus à l'histoire nationale et que leur ombre fraîche ne servirait plus le confort des dépouilles des colons, mais celui des enfants du peuple.

Un autre locataire était toléré à prospérer sur le terrain. Il servait désormais les intérêts pratiques des riverains : la décharge sauvage. Elle était boursouflée de sacs plastique pleins de détritus que le soleil avait fait enfler. Je le contournai pour en cerner la désolation et tombai sur une pancarte rédigée en français : « Les sépultures qui étaient dans ce cimetière ont été transférées au cimetière chrétien de Sétif. »

El Ouricia avait effacé les dernières empreintes françaises. Ne subsistaient que quelques maisons traditionnelles coiffées de tuiles rouges qui, une fois démolies, laisseraient les nouvelles habitations de trois étages former le décor de la nouvelle cité.

Avant sa mort, Jean m'avait demandé d'aller voir le caveau de sa famille si jamais, un jour, j'étais de passage à El Ouricia. Ce fut la dernière fois.

Dimanche soir.

Le jour du Seigneur tirait à sa fin. Le temps se traînait lamentablement. Les montres et les pendules fondaient dans l'ennui. Et Samy guettait l'horizon depuis la terrasse de notre maison. Sa valise n'avait toujours pas été acheminée. On devait l'appeler. Il faisait confiance. On lui avait promis. Pour lui, la parole était sacrée, comme elle l'était pour le papa. L'agent d'Aigle Azur, malgré son flegme aérien, avait l'air sincère avec ses yeux verts, beaux comme des agates. Il ne pouvait pas être un menteur. « Les menteurs sont moches, ils ont les yeux sombres et rapprochés. » Et puis voilà, aucun appel. Amertume abyssale. La parole donnée, les gens d'honneur, c'était fini à tout jamais, leur souvenir gisait au cimetière des valeurs corrompues. Résultat, il errait sans habit de rechange ni Temesta. Et attendre le rendait hystérique. Il redescendit dans l'appartement, appela Aigle Azur. Personne au bout du fil. Impossible de laisser une complainte sur un répondeur automatique. Pour des croyants, chapeau ! Avec son détecteur de musulmans du dimanche, l'escroquerie à la fidélité serait démantelée en un seul jour ouvrable, il en faisait le serment, et les bureaux d'Aigle Azur resteraient ouverts sept jours sur sept.

Nuit et jour.

« Aigle Azur, ils assurent ! » lui resservis-je avec un clin d'œil à la George Clooney. Ça ne le fit pas rire. Ses mains tricotaient des phrases en même temps que sa bouche. Il tournoyait autour de ses chaussettes, à la recherche d'une résolution de l'impossible équation. Rien à faire. Il ne lui restait qu'à prendre son mal en patience. Il reviendrait, le temps des cerises.

— Manquait plus qu'elle ! s'étrangla-t-il quand Ryme se pointa.

Déterminée, elle prit fermement ma main.

— Viens, dit-elle. J'ai fait à manger pour toi.

Elle me conduisit chez elle, sans un regard pour Samy.

Il se déchaîna dans mon dos.

— Fais gaffe. Elle va te faire boire sa tisane de sorcière !

Quand elle ouvrit la porte de son appartement, il haussa le ton.

— Hé ! Compte pas sur moi pour te secourir, hein ! Tu m'as bien eu avec ton Lirac. Tu t'es bien servi du guignol !

Elle referma la porte derrière elle, et il pria pour son cadet infichu de comprendre qu'il allait être maraboutéé.

« Je peindrai ton nom sur ta tombe à la peinture noire. Il m'en reste encore. »

Les murs de la pièce principale, ceux du couloir et de la cuisine étaient tapissés de livres. Il y en avait partout, à l'abri de la lumière. Ryme m'avait raconté l'incroyable histoire de leur résurrection. Ils appartenaient, avant l'indépendance du pays, à une famille de colons, les Dupuis, qui habitaient une grande ferme à l'entrée de la ville. Ils étaient rentrés en urgence à Paris pour fuir la guerre et avaient confié les livres au père de Ryme, Salem, un homme modeste, instituteur rudimentaire de français dans une école primaire située derrière la gare, qui accueillait les enfants d'ici. Les propriétaires lui avaient demandé de maintenir en état la ferme, les vergers et les riches jardins. Il s'était ainsi retrouvé encombré de ces livres qui lui causeraient pour sûr des ennuis avec les voisins et les patrons du nouveau pays. La chasse aux traîtres avait en effet été officiellement ouverte après la fin de la guerre et il n'avait pas souhaité servir de gibier. Ainsi, sur deux ânes, avec l'aide de sa femme, en toute discrétion, il s'était épuisé à déplacer les livres jusqu'à sa grange à la campagne, où nul ne s'aventurerait parce qu'elle était hantée par des démons qui terrorisaient les bergers depuis des générations. Le transfert achevé, il avait recouvert les livres de bottes de paille et de bâches résistantes, ajouté une couche de branchages, puis cloué la porte. Le trésor avait été conservé à l'abri de la poussière, des regards et du soleil. Plus tard, à l'Indépendance, quand l'heure des comptes avait sonné, la ferme des Dupuis avait été envahie par les paysans de la contrée que la colonie avait avilis, puis pillée, avant d'être occupée par un dignitaire bardé de décorations militaires à la guerre de libération. Mais ni les curieux ni le soleil ne découvrirent la bibliothèque de Salem, même après qu'un jour un berger eut assuré que l'activité des djinns avait redoublé du côté de la grange, à en croire les étranges vibrations tout autour. Les riverains refusèrent d'aller déranger les esprits.

— Quand mes parents ont été enlevés, j'ai continué à les protéger, dit Ryme. Chaque fois que j'en ouvre un, je vis... Ils sont moi, je suis eux.

Promenant mon regard sur les rangées de livres, je lui demandai si elle avait tout lu, combien il y en avait. Deux questions idiotes. Elles m'avaient échappé. Elle feignit de ne pas avoir entendu. Mes doigts s'attardaient sur leurs couvertures, en soulevaient un, puis un autre... *Les Âmes mortes* de Gogol attendait ventre ouvert sur une table près de *La Gloire de mon père*, de Pagnol. Elle se tenait en retrait pour que je sente par où j'avais envie de pénétrer son monde, puis d'un geste feutré elle retira un livre de sa place, *Voyage au bout de la nuit*, l'examina comme si elle l'avait recherché un temps, avant de le dresser face avant sur une étagère. Elle dit qu'un jour elle écrirait un livre : *Une femme qui bouge*.

J'étais sûr qu'elle avait déjà commencé.

Elle enflamma un bâton d'encens.

Si Samy m'avait vu là, pensai-je, il aurait crié que son cadet qui se croyait brillant ne savait strictement rien du genre féminin, que la première sirène qui sortait des eaux la poitrine en avant pouvait le naturaliser comme un faisan…

Elle prit mes mains, les serra au creux des siennes. *Voyage au bout de la nuit* tomba à terre dans un bruit sec. Elle le regarda. Et tout s'éteignit. Elle redit qu'elle était heureuse de me revoir. L'encens euphorisant avait produit son effet. Plus tard, nous remontâmes à la surface de la nuit. Ses doigts repeignèrent ses cheveux ébouriffés. Elle sortit du lit.

— Si tu viens en France, que feras-tu de tes livres ? lui demandai-je, assouvi, les mains croisées derrière ma tête. Moi ou eux, il faudra choisir…

— Hum… c'est prétentieux… lâcha-t-elle sans me regarder.

— Excuse-moi, c'était ridicule.

Bon sang, cette fois, j'avais carrément jeté un froid.

— Ces livres sont tout pour moi, asséna-t-elle.

Sa déclaration me cloua le bec. Elle avait insisté sur le « tout ». Puis termina : « C'est ma seule famille. » Et m'ensevelit sous ma niaiserie et mon arrogance importée de France, cette attitude que les gens d'ici reprochaient toujours aux déracinés de mon espèce. Pourquoi ma langue ne restait-elle pas à sa place quand de tels mots saugrenus voulaient me trahir ! Heureusement, un instant plus tard, elle vint s'asseoir près de moi, un livre en main, *Le Premier Homme*, d'Albert Camus. Elle l'avait lu et relu, en commençant parfois par la fin et en remontant vers le début. Chaque phrase la ramenait à sa propre vie. Elle le connaissait par cœur. En souriant, elle se souvenait qu'à l'auteur aussi on avait demandé un jour de « choisir entre la justice et sa mère ». Elle le posa au-dessus de Gogol, laissa ses mains aller sur ma joue, puis haussa ses bras pour ôter son chemisier. J'étais chez elle. C'est elle qui m'enlevait. Quand elle le désirait. Pas l'inverse. De nouveau, elle éteignit la lumière. Main dans la main, nous replongeâmes dans les méandres des fumées d'encens. Mais je ressentais un malaise à présent.

L'enfant pitre en moi avait été piteux.

Le roman de Camus s'était retrouvé chez elle dans des circonstances particulières. La famille Dupuis, repartie en France dans les années soixante, ne pouvait pas l'avoir eu en sa possession puisqu'il avait été publié en 1994, l'année de l'enlèvement de ses parents. En fait, elle l'avait ramassé près de la fontaine au bas de la ville où, sur un mur, des mains anonymes avaient pris l'habitude depuis des mois de laisser à la disposition des passants des livres d'occasion, au-dessus desquels on pouvait lire sur un carton :

Si vous avez soif,
servez-vous à la bibliothèque de la Fontaine.
Gratuit.

Hélas, les gens continuaient d'étancher leur soif à l'eau de la fontaine voisine et se détournaient de la bibliothèque éphémère, si bien que les livres restaient sans repreneur et exposés aux intempéries. En passant la première fois devant cet étalage original, Ryme avait été charmée de constater que de telles surprises existaient près de chez elle. Des mains invisibles s'ingéniaient à faire des clins d'œil aux passants, si bien qu'elle avait décidé de venir en déposer quelques-uns en partage avec de nouveaux lecteurs. Elle allait nouer des liens avec une nouvelle famille, son père en aurait été fier. Pour cette fois, elle n'avait pas osé se servir au buffet, pressentant que l'on surveillait ses mouvements devant ce qui pouvait être un piège tendu par quelques fanatiques de la surveillance généralisée. Les livres étaient peut-être utilisés comme des appâts. Suspicieuse, elle avait interrogé discrètement l'espace autour d'elle, avant de poser subrepticement la main sur *Le Premier Homme* et la flanquer sous son tissu ni vu ni connu. Après quoi, le cœur palpitant, elle était rentrée chez elle par les chemins de traverse sous les arcades. Quelques heures plus tard, elle avait avalé le livre d'un trait. Elle avait passé une nuit blanche dans les bras de son papa.

Par la suite, elle avait pris l'habitude de venir à la bibliothèque éphémère pour rafler en douce des romans, redoutant cependant chaque fois d'être prise en flagrant délit de livre, pour ainsi dire. Elle imaginait l'imbroglio : une femme seule et voilée surprise par un policier devant la vieille mosquée, alors qu'elle dérobait des livres en français disposés là par un inconnu dont on ignorait les motivations. Malgré ses inquiétudes, tout avait bien fonctionné jusqu'au jour où les livres et l'affiche avaient disparu du carrefour. Parvenue devant l'étagère improvisée, en effet, elle avait virevolté autour d'elle à la recherche d'une explication, quand une mendiante sur le trottoir d'en face lui avait fait signe. Ayant remarqué son manège, elle lui avait dit que le *livreur* ne venait plus. Il avait dû être arrêté par la police pour corruption et subversion de la voirie à des fins répréhensibles par la loi. Ryme en avait été attristée. Elle aurait aimé croiser l'inconnu, que la mendiante s'avouait incapable de décrire, elle considérait peu les passants, dit-elle, pour être en mesure d'en dresser des portraits fiables. Leurs mains, oui, généreuses ou avares, elle pourrait ; leurs pas, oui, lourds ou légers, elle s'en souviendrait ; leurs gestes, aussi, hésitants ou assurés, mais le *livreur*, non. C'était une silhouette évanescente, pareille à celles que les bourrasques modelaient avec les poussières pour se rendre imprévisibles. Il devait ressembler à son père, Salem, avait imaginé Ryme. Les yeux rieurs. Le sourire charmeur.

On avait donc aseptisé les lieux de l'audace qui avait tant réjoui la lectrice de Beaumarchais. Sa famille illusoire avait disparu aussi vite qu'elle était apparue. Cependant, elle avait fait le lien avec un autre événement. À cette période, en pleine décennie noire, des vandales avaient dynamité la statue de la fontaine Fouara, emblématique de la ville. C'était une femme nue. Une statue certes, mais nue. Les jambes pliées, certes, mais nue. Et la poitrine à l'air. De surcroît, elle trônait juste en face de l'antique mosquée. Comme une provocation aux yeux des réfractaires à l'art et à la beauté. L'agression avait fait l'effet d'une balle explosive tirée à bout portant dans la tête d'un enfant. La cervelle avait jailli des pierres brisées et souillé le bassin de la fontaine. Les habitants avaient été terrorisés. Ils réalisaient que si les barbares pouvaient déverser une telle haine contre les pierres, qu'en serait-il avec eux ! Ils s'étaient confinés davantage, avaient cessé de se désaltérer à la fontaine et interdit aux enfants d'y plonger leurs mains.

Seuls les anciens continuaient à y laver leurs pieds et leurs sandales avant d'aller prier à la mosquée d'à côté. La mort ne les empêchait plus de dormir.

S'acharner sur une statue innocente qui offrait sa féminité et son eau potable à la population : barbarie à l'état pur. Violer un être de pierre, il fallait le faire. Des protestations s'élevèrent. L'œuvre fut réhabilitée. Les enfants revinrent se désaltérer dans ses bassins limpides, l'eau de source continua à couler, mais ce ne fut qu'un répit. Des mains haineuses, de nouveau, la défigurèrent au marteau et au burin. Ils lui brisèrent le pubis et les seins. Ce jour d'octobre 2017, le sculpteur de Saint-Vidal se retourna dans sa tombe. On venait de violer la fille à qui il avait donné vie en 1898 à Sétif. Il avait intitulé une de ses œuvres *La Nuit essayant d'arrêter le génie de la lumière qui s'efforce d'éclairer la vérité*.

Il était français.

Lundi.

La nuit passée, les livres avaient dû être surpris par Ryme qui voulait apprendre comment *ça* se passait avec les Françaises, me faire causer sur mon intimité, elle plaisantait sans vergogne avec mes réponses maladroites et pudiques. Je la trouvais curieusement désinvolte. Entre deux leçons, des rires d'enfants nous emportaient dans les tourbillons où l'on ne se posait plus de questions. Je ne me souvenais même plus comment nous nous étions endormis. Un sommeil de plusieurs tonnes nous avait pris en une coulée. À l'aube, après le café, prête à sortir pour aller marcher, elle arrangeait les pans du tissu qu'elle enfilait, se lança un regard dans le miroir et s'inquiéta de savoir si je n'étais pas déçu d'elle, mais c'est étrange, je devinais un grand détachement dans son propos, comme si ma réponse n'allait de toute façon rien changer à sa vie. Je lui parlais, elle n'entendait pas. Elle toussa un peu en ouvrant la porte pour me laisser sortir en premier.

Sur la terrasse, les rayons du soleil s'acharnaient sur le carrelage pour le faire fondre, nous forçant à baisser les yeux. Dans le chaudron, un chat allongé était pris en otage par les tisons, près de ses deux chatons. La lumière crue incendiait les cascades de jasmin qui dévalaient le mur fragile. Les senteurs étaient aussi enivrantes que la lumière éblouissante. J'étais en admiration devant ce spectacle méditerranéen, quand une voix d'outre-tombe, pleine d'acidité, me harangua brutalement. Samy, adossé à la balustrade descellée, agitait son doigt comme le faisait notre père quand il menaçait de nous égorger.

« Tu dois m'avertir quand tu découches ! »

Découcher. Son verbe était touchant de désuétude. Il n'avait pas fermé l'œil de la nuit. Il était traumatisé, rouge de colère, mais content de me récupérer sain et sauf après ma fugue. La sirène ne m'avait pas empaillé, mais l'air d'amoureux benêt sur mon visage lui donnait de l'urticaire. « Pire qu'un gamin : un merdeux ! » me fit-il savoir au moment où elle apparut dans la porte de lumière, les cheveux relâchés, resplendissante. Elle lui souhaita le bonjour. Il lui rendit un sale geste méprisant. Aussitôt, elle se crispa et rentra chez elle, prétextant qu'elle allait fermer ses volets. Je le fusillai du regard. Il était embarrassé, trouva une excuse à son irritation : il était retourné à l'aéroport et l'avait encore trouvé clos. Puis sans transition, il balança sur un ton policier : « Tu couches avec elle ? » Impossible de ne pas éclater de rire. Il hurla que j'étais inconscient. À Lyon, où je devrais l'emmener à présent que le mal était fait, avec son voile noir de corbeau, elle allait se briser à sa première sortie à Carrefour ou à Auchan… Les gens allaient lui lancer des pierres, des insultes et des menaces. « Elle croit que la France est un roman… »

— Tu penses à sa place, maintenant ?

— Et à la tienne aussi, oui, gros nigaud ! Elle va en prendre plein ses oreilles des *b* comme bougnoule et bicot… et si elle tombe enceinte, hein ? L'enfant sera d'un père qui ne sait même plus où il habite, et d'une mère déjantée à cause de son histoire de malheur dans ce pays de fous. Le pauvre !

Il brûlait d'envie de serrer ma gorge entre ses mains de bûcheron. Il se retenait, agrippé à la balustrade descellée, révolté et attristé que je ne sois pas le frère dévoué à ses côtés dans ces moments d'égarement. « Une famille, ça reste soudé. »

Ryme n'était pas ressortie. J'ouvris sa porte et la découvris terrée derrière, à attendre. Elle avait entendu le réquisitoire. Samy lui faisait peur. Elle avait bien vu qu'il inventait des railleries pour l'éloigner de notre compagnie, mais elle ignorait pourquoi, elle ne lui avait jamais manqué de respect, à peine si elle lui adressait la parole. Moi, je connaissais la raison. C'était à cause du traumatisme qu'elle avait subi, mais je ne pouvais pas le lui dire. Samy en avait été si marqué qu'il ne pouvait s'empêcher d'imaginer l'horreur et de sentir l'odeur du sang lorsqu'elle était avec nous. Comme une contamination. C'était plus fort que lui. Il ressentait dans ses veines cette barbarie qui outrepassait son entendement. Elle s'était déroulée au pays de ses racines, sur cette terre si belle, là où avait poussé l'arbre de sa généalogie. C'étaient ses semblables, des musulmans du dimanche, qui avaient commis ces crimes et si ça se trouve, il portait en lui les germes de leur instinct d'hommes de Neandertal. Cette sensation lui inspirait de la répugnance. À la maison, au bidonville et dans les cités, n'avions-nous pas vécu et grandi avec la violence partout autour de nous ?

Comme tous nos ancêtres avant nous ? N'avions-nous pas appris à nous laisser inoculer par elle pour mieux nous défendre ? Il ne comprenait pas comment Ryme avait pu demeurer en vie, seule, cloîtrée aussi longtemps dans son appartement, après l'arrachement de ses parents.

On aurait dit que c'est lui qui avait vécu son calvaire.

Derrière sa porte, elle ne voulait plus le voir. J'avais beau lui dire que c'était un ours sensible, aux griffes de velours, mais rien à faire, elle me suggéra d'aller avec lui me promener au jardin des roses pour le calmer. Elle m'attendrait. C'est ce qui s'appelait « envoyer balader quelqu'un ».

Je voulus lui donner un baiser, mais elle lâcha ma main et referma la porte presque sur mon nez.

Samy était allé trop loin.

C'était le dernier jour de jeûne. L'heure était à la paix et l'allégresse. La joie se lisait sur les visages des gens que nous croisions en chemin. En sentant une odeur de sardines grillées devant un restaurant, Samy eut soudain envie d'aller au marché aux poissons, il voulait manger du thon frais rouge, son préféré, assaisonné au piment de Cayenne, au cumin et au safran.

Nous traversâmes de nouveau notre quartier comme des touristes étrangers. Impossible d'y raccrocher le moindre de nos souvenirs. Les jeunes que naguère nous aimions retrouver l'été étaient morts, ou morts-vivants, disparus sans laisser d'adresse sur des continents sublimés. Certains avaient émigré en France par facilité, en Australie pour l'immensité ou au Québec pour les aurores boréales. Plus aucun visage ne nous était familier parmi les groupes de garçons bouillonnants que nous croisions, animés d'un désir incendiaire de brûler la vie, les interdits et les frontières. Leur coupe de cheveux copiait au poil près celle des joueurs vedettes des équipes de Barcelone et du Real Madrid, tondus sur les flancs, épais au-dessus et gominés partout. Dans le pays, les coiffeurs étaient les nouveaux nababs grâce aux vingt-cinq millions de clients de moins de trente ans qui exigeaient la même coupe du monde à la tondeuse. D'ailleurs devant l'école primaire, le propriétaire du salon Le Barbier de Séville avait fait fortune depuis une génération. Personne n'avait su imiter son style, surtout pas celui qui s'était appelé Coupe ces tifs ! devant lequel nous passions.

Au bout de la rue, un boui-boui se noyait dans les denses fumées de cuisson d'une pâtisserie populaire. À l'intérieur, autour de trois vastes bassines bouillantes où frétillaient les gâteaux boursouflés de miel, des cuisiniers accablés transpiraient à grosses gouttes. Au premier coup d'œil, ils devinèrent que nous n'avions pas le look d'ici. Samy se sentait espionné de l'intérieur, se plaignit-il. Il ressentait une sensation désagréable d'être étranger chez soi, comme si nous n'étions plus rien sur ces terres et que notre histoire avait été gommée de la mémoire nationale. Tout près, deux jeunes vendeurs de drogue nous fixèrent une seconde, le temps de flairer que nous n'étions pas policiers ni toxicomanes, avant de reprendre leur négoce à la sauvette. Comment pouvaient-ils nous « reconnaître » ? pensai-je. Notre passé commun était si loin. Ils étaient nés aujourd'hui et mourraient cette nuit ou demain. L'histoire les traversait sans leur toucher une fibre. S'ils savaient combien leurs pupilles rouges et dilatées me ramenaient le souvenir d'Amar, mon ami qui habitait cette rue naguère. Quand il n'allait pas « couvri » devant les magasins pour gagner quelques pièces, il restait à lire des romans dans sa chambre, accablé par la maladie de l'ennui. L'été, quand je revenais en vacances à Beaumarchais, il m'accueillait en s'époumonant toujours avec les mêmes mots, « Alors, comment va Jean-Jacques Rousseau ? », ses bras malingres m'étreignaient pour me soulever. Son caniche, Chichon, aboyait pour célébrer nos retrouvailles et faisait des roulades. L'étreinte de l'ami incrustait son odeur putride sur ma peau, car chaque jour il absorbait deux litres d'un cocktail maison fait d'alcool à brûler et de Coca-Cola, un Cuba libre local pour guérilleros des Hauts Plateaux. Ses bras osseux et longs cherchaient à fuir ce corps avarié. Rousseau se disloquait. Été après été. Un jour, j'étais allé prendre de ses nouvelles, « Il a explosé, pschitt », m'avait appris un vieillard avachi sur un carton devant chez lui. Ses bras avaient mimé un big bang. Il était devenu fixeur d'horizon, indifférent à la vigne centenaire qui le chapeautait avec ses belles grappes charnues. Cette image m'avait marqué. Dame nature était toujours gagnante, contrairement aux faibles natures tel Amar, dramaturge maudit de Beaumarchais.

Amar signifie « aimer » en espagnol. Aimer, il n'en avait pas eu le temps. Le Rousseau de la rue était mort sans personne pour partager ses confessions intimes et ses rêveries de Jean-Jacques. Chichon avait disparu. Seul Amar l'aimait, les gens d'ici n'avaient jamais fait bon ménage avec les clebs.

D'autres naufragés du quartier avaient aussi péri en sniffant de la colle, rongés par le spleen. Ils cherchaient une route pour s'enfuir, quand moi je trépignais de prendre le bateau *Ville de Marseille* et revenir là où Jean-Amar Rousseau de Beaumarchais n'avait jamais pu entrevoir un avenir.

À présent, le quartier avait un air de bougie en fin de suif. La drogue était devenue un fléau. Les jeunes prenaient des psychotropes, des « fusées » à bon marché, disait-on par ici, lesquelles, en un éclair, permettaient de partir vers la lune en scooter, sur la roue arrière.

Samy avait une faim de loup, maintenant que nous étions au marché des poissonniers où les commerçants au taquet étalaient sur les matelas de glace thons, dorades, maquereaux, sardines, rougets, sous les yeux des clients excités. En ce mois sacré, la consommation atteignait son pic. Les prix avaient flambé. Les notables pouvaient s'offrir ces produits de luxe, crevettes et loup de mer, tandis que le peuple se plaignait du coût de la sardine dont le kilo, qui se chiffrait naguère en centimes, était aujourd'hui inaccessible. La sardine s'était exilée dans les eaux territoriales des millionnaires et son prix cristallisait les frustrations d'un peuple exclu de ses aliments élémentaires. La césure sociale était cuisante. Sauf pour les chats qui tenaient à prendre coûte que coûte leur part du gâteau. Rôdant autour des cagettes vides, grasses et fétides, ils rivalisaient avec les mouches voraces collées aux poissons.

Il y avait foule. La tension montait. Le soleil cognait encore fort. Le bitume transpirait et régurgitait la chaleur qu'il avait accumulée au cours de la journée. Les odeurs rudes plombaient l'atmosphère sans incommoder ce jeune homme au visage plissé de fatigue, sec et trapu, les sandales pataugeant dans l'eau qui passait vigoureusement son balai sur le sol de son stand tapissé d'écailles et de détritus. Malheur ! Il balança par mégarde de l'eau sale sur les chaussures d'un grand costaud aux sourcils en arc de cercle parfait, avec un nez en chute libre qui lui donnait un air de dictateur. Devant lui, Samy et moi, aux premières loges, aperçûmes Grand Costaud qui fronçait méchamment les yeux.

Grand Costaud : Eh toi ! Tu m'as balancé de l'eau !

Petit Sec : Qui, moi ? T'as rêvé, frère ?

Grand Costaud : Je ne suis pas ton frère et je n'ai pas rêvé. Tu as balancé de l'eau sur mes chaussures…

Petit Sec : Ah oui ! OK, je l'ai fait ! Et alors ?

Les sourcils de Grand Costaud se radicalisèrent.

Petit Sec : Pourquoi tu me dévisages comme ça ?

À cet instant, Grand Costaud bondit sur lui et lui asséna de violents coups sur la tête. Samy étouffa un cri de révolte. La foule chercha tout de suite à ceinturer le colosse, mais il était déterminé à déchiqueter Petit Sec, en ce dernier jour de jeûne, une épreuve destinée normalement à la maîtrise des pulsions. Le petit s'esquiva à quatre pattes sous un stand et s'empara sur un étalage d'un long couteau de poissonnier. Un sabre. Il le brandit en l'air et fondit sur Grand Costaud. Les gens criaient. Nous étions consternés, cloués au sol visqueux. « Tirons-nous d'ici », me pressa Samy. En face, Grand Costaud balançait des coups de pied de capoeira face à son assaillant, qui tranchait dans le vide. La foule s'était écartée. Ce n'était plus une poissonnerie, mais une boucherie. Grand Costaud ramassa à terre une cagette en plastique qu'il plaça en bouclier devant lui pour parer les coups. À chaque assaut, elle se brisait un peu plus. Grand Costaud contourna alors un stand, saisit à son tour un sabre et repartit au combat. La foule recula de nouveau. « Ils vont s'entre-tuer pour deux gouttes d'eau, me lança Samy. Tu vas pas me dire que ce sont des musulmans ! » C'était la guerre sans merci, Lirac contre système, peuple contre mafia, démocratie contre dictature. Les fers s'entrechoquaient. Soudain, la joue de Petit Sec fut tailladée. Il posa la main sur le sang qui irriguait son visage. La foule mugit des « Ho, ho » de consternation. Samy tourna la tête quand l'assaillant allait porter l'estocade. Mais le gringalet se réfugia dans un abri, poursuivi par Grand Costaud. Heureusement, des hommes courageux le retinrent et l'éloignèrent. Quelqu'un lui cria que le lendemain, nom de Dieu, c'était jour de fête, ce n'était pas un bon jour pour mourir ou meurtrir. Seuls les moutons allaient avoir la gorge tranchée, pas de malheureux vendeurs de poissons. Je respirai de nouveau. Pas Samy, qui restait toujours en apnée, au moment où un badaud nous aborda, les mains croisées dans le dos à la manière d'un promeneur qui venait de passer un bon moment : « Ne vous inquiétez pas, c'est du cinéma. » Les deux samouraïs faisaient semblant, ne le savions-nous donc pas ? Non, désolé, lui renvoya Samy, on n'est pas habitués à ce genre de spectacle et l'on n'a pas envie de l'être. Le type le prit mal, bien sûr. Il tourna les talons. Le calme revint. Des hommes redressèrent les stands renversés. Le commerce reprit son cours. Petit Sec retranché derrière un camion pressait des chiffons sur sa blessure. Le sang bariolait son corps. Le pauvre me faisait pitié. Où pourrait-il aller colmater sa fuite ? Ici, au marché aux poissons, je me regardais et je voyais que j'étais un nanti, je pouvais compter sur Europe Assistance en cas de pépin, un appel suffirait pour être rapatrié en France. Mais sur quoi pouvaient compter les gens d'ici pour recoudre leurs blessures ?

Les poissonniers avaient repris leur découpe sur les planches assaillies de mouches. Hagard, Samy les regardait. Cette folie meurtrière pour deux gouttes d'eau sur des chaussures ! Quelle en était l'origine, bon Dieu ? semblait-il s'interroger. Je voulais lui rappeler sa tentative de fratricide à propos du mot « crétin », mais je me retins.

Mardi.

Fin des privations, réouverture des magasins, des restaurants et des estomacs sans restriction. Les pétards célébraient la fête à tue-tête. Dans notre rue, les enfants s'en donnaient à cœur joie. Les anciens étaient contents d'être sourds et les chats effrayés se glissaient sous les voitures garées. Devant eux, elle coulait, la fuite d'eau, elle avait inondé la chaussée et ne cessait d'arroser les racines du peuplier qui déracinait notre maison. « Jusqu'à quand ça va durer ? » s'emporta Samy. Parlait-il de la fuite ou de la violence ? On ne savait pas trop. Ce matin au petit déjeuner, entre lui et Eddy, le ton était monté sur la fuite, il avait eu beau le sommer de couper l'arbre lui-même à la scie avant qu'il n'ait eu raison de la maison, ou bien d'alerter illico les services municipaux, le fainéant avait rétorqué qu'en cette fin de ramadan, personne ne travaillait à part les coiffeurs dont les salons ne désemplissaient pas. Narquois, il nous avait même fait une leçon de morale. En ce jour béni, les hommes avaient le devoir d'être coiffés, c'est tout, y compris les *bi* qui étaient de passage au pays. Poils et cheveux devaient être rasés. Lui, par exemple, était allé voir Le Barbier de Séville à l'aube pour une coupe à ras, la fuite d'eau pouvait attendre, tout comme la circoncision du peuplier, avait-il objecté avec l'aplomb des gens qui savent que le temps est leur allié.

Samy était au bord d'une crise de samouraï en l'écoutant jouer ainsi avec nos nerfs. Nous n'étions, dans sa vie quotidienne, que des alternatifs qui demain ne seraient plus là, des exilés qui reviendraient un jour dans un cercueil, voilà pourquoi nos sommations entraient par une oreille et ressortaient par l'autre. Elles « traboulaient », comme disent les Lyonnais. D'ailleurs, quand Samy lui rappela qu'il fallait qu'il apporte l'argent des loyers impayés, il rétorqua sans scrupules que notre père l'avait logé gratuitement, à l'époque, en échange d'un statut de gardien informel, et que si nous étions vraiment ses dignes héritiers, nous... Samy lui coupa la parole. Il répéta méchamment son injonction à payer sur-le-champ. Le marchandage cessa aussitôt. Eddy capitula, plongea la tête dans son bol de soupe et se mit à laper comme un animal. Il me coupa l'appétit. Je sortis.

Il m'hameçonna :

— Wesh, tonton ? T'plaît pas la soupe de Ryme ? Tu finis pas ?

Il approcha de lui mon assiette, qu'il termina goulûment, regrettant au passage le manque de sel. Et de viande.

Il me répugnait. Je le voyais bien écrire une lettre de dénonciation aux autorités pour se débarrasser de nous.

« Honorable monsieur le préfet, je suis témoin de faits pas très catholiques qui se déroulent la nuit dans la maison de Beaumarchais sise au 44, rue Kateb-Yacine, un *bi* et une impie, non mariés, s'adonnent à des pratiques subversives contraires à la loi et à notre foi. De surcroît, je me dois de signaler que les deux frères *bi*, à l'arrogance importée des Hauts-de-France, projettent d'abattre un magnifique peuplier que leur père a planté devant la maison il y a un demi-siècle pour célébrer la fécondité de notre terre chérie. Ils s'apprêtent, sans gêne, à contrevenir au règlement des Eaux et Forêts. Il m'a semblé utile de vous tenir informé de ces faits. »

Signé : Eddy Andalousi

Qui aime son pays et sa religion.

Plus que sa propre vie.

Ramadan était terminé. Ryme avait revêtu une robe décolletée. Elle s'était joliment apprêtée pour le jour de fête. Elle avait préparé des gâteaux, pour moi, des cornes de gazelle, que je devais déguster ici avec elle, seuls. J'en goûtai un, puis un autre. Impossible de résister. Ils étaient aussi délicieux que ceux de Mima, pourtant inimitables. Elle aurait aimé qu'elle et ses parents la voient heureuse, dit-elle. Elle posa sa tête au creux de mon épaule. Mêlant une légère sueur, le tabac blond et la vanille, l'odeur de sa peau m'étourdit. Je réalisai à cet instant qu'elle ne m'avait jamais demandé si je l'aimais pour être rassurée...

Un peu plus tard, en ville, avec le peuple, nous assistions aux réjouissances de la libération. Elle était joviale. Arrimée à mon bras, elle flottait dans sa robe vert clair, un foulard coquelicot sur la poitrine. Elle semblait vouloir se montrer à ces adolescents aux coiffures impeccables qui s'échangeaient des regards amoureux devant les stands surchargés de glaces et de pâtisseries multicolores. Le bonheur rend beau, pensai-je en l'observant. Comme l'amour. Je lui proposai de faire une promenade. Nous prîmes le tram. Debout, elle tenait ferme la barre centrale, lorgnait discrètement le paysage extérieur comme si elle ne voulait pas paraître découvrir cette ville où elle n'avait jamais réellement existé. Quelques stations plus loin, le tram actionna son ding dong et marqua l'arrêt près de la fontaine. Elle proposa d'aller boire de son eau qui porte chance et de me montrer l'endroit où le livreur inconnu avait disposé sa bibliothèque éphémère.

L'ambiance était douce ; cependant, dès que nous fûmes sortis de la voiture, une image indécente nous frappa. Avachies sur les trottoirs, deux mendiantes étaient étendues, à demi mortes. Ces malheureuses me faisaient pitié. Par réflexe, je plongeai la main dans ma poche pour prendre de l'argent, mais Ryme me tira par le bras, elle voulait s'enfuir loin, elle insistait, l'atmosphère lui déplaisait, puis, voyant que je ne bougeais pas, elle me laissa en plan et alla mettre son nez contre la vitrine d'une bijouterie voisine.

Je ne comprenais pas sa manœuvre et j'étais loin de me douter qu'elle avait eu une prémonition. Je sortis de ma poche une poignée de pièces et deux billets que je tendis à la plus âgée des malheureuses, une lépreuse qui ne cherchait pas à épargner sa laideur aux piétons qui la franchissaient telle une flaque d'eau croupie. Ses yeux s'allumèrent quand elle vit le pactole. Elle le soupesa au creux de sa main, puis rehaussa son attention vers moi. Les mots lui manquaient. Du coup, sa voisine voilée vint forcer sa chance elle aussi. Elle tendit sa main sous ma bouche. « Donne-moi aussi ma part ! » me pressa-t-elle. Ce n'était pas une aumône, mais une injonction. J'étais mal à l'aise. Je lui répondis que je ne pouvais pas proposer d'argent à tout le monde, d'ailleurs il ne m'en restait guère, mais elle rétorqua que du monde, elle se fichait. Elle parlait d'elle. Et elle avait faim. « Donne ! » réitéra-t-elle, agressive. Brusquement, elle crocheta alors ses doigts dans ma poche pour se servir, m'obligeant à sauter d'un pas de côté. Sa main avait créé en moi une sensation de souillure. Elle répéta qu'elle avait faim. Puisque j'étais réfractaire à sa demande d'humanité, elle allait se servir. Quelle honte y avait-il ? Avec ses sens en ébullition, elle avait certainement humé mon parfum de France, qui attestait que je méconnaissais les relents aigres d'un ventre vide et d'un foie acide. Alors piller ma poche était un droit qu'elle s'arrogeait avec les étrangers comme moi qui mégotaient pour quelques dinars de plus.

Sa voix forte avait attiré l'attention des passants. Maintenant, des gens nous regardaient. Je craignais que d'autres mendiants ne viennent aussi exiger leur dû puisque Rothschild était dans la rue. Calmement, je lui promis que Dieu allait subvenir à ses besoins, j'en étais certain, Il veillait sur nous tous. Elle comprit alors que le *bi* connaissait les codes locaux. Elle modéra ses ardeurs. Comment une femme pouvait-elle se retrouver dans pareil état ? me demandai-je, révolté, quand Ryme revint à ma rescousse. Elle saisit mon bras. C'est à ce moment-là que l'insolente leva le sien vers elle et s'écria : « Hé ! Mais je te reconnais, toi. Tu venais voler les livres que l'inconnu posait là… » Ryme fut effrayée. L'autre poursuivit : « Tu croyais qu'on t'avait pas vue ? Une pute qui lit des romans d'amour, ah, ah, ah ! »

Elle attira davantage l'attention sur nous avec ses mots crève-cœur, mais elle ignorait la grina qu'elle avait déclenchée, car je vis Ryme foncer sur elle comme un buffle. Les deux femmes commencèrent à se rouer de coups, je tentai de les séparer sans oser trop les toucher, c'était la première fois que j'étais mêlé à pareille rixe féminine. La mendiante lâcha une insanité, « Que tes parents soient maudits ! », alors Ryme sombra encore plus dans la furie, elle criait, ces mots l'avaient meurtrie, elle proféra d'ignobles injures, puis d'autres encore dans une langue inconnue, les lutteuses roulèrent à terre, un attroupement de curieux se forma autour de nous, des hommes riaient, une vieille femme exigea d'avoir honte devant Dieu en ce jour sacré, quel spectacle affligeant, gémit un barbu, des jeunes et des enfants se gaussaient encore de voir des bouts de jambes dévoilés par les lutteuses à terre.

Avec grand-peine, je parvins à décrocher Ryme des cheveux de la mendiante et la relevai. Tout à coup, elle me glissa entre les mains et s'enfuit sous les arcades. Je la poursuivis, je l'appelai, les gens nous regardaient passer avec curiosité. Elle renversa un étal de fruits et légumes, au grand dam du propriétaire, qui l'injuria. Au bout d'une centaine de mètres, je la rattrapai. Je la serrai dans mes bras, puis caressai ses cheveux. Je pris ses deux mains au creux des miennes. Elle se mit à trembler. Comme en ce jour de 1994. Elle toussa, cracha. Un vieil homme nous conseilla de rentrer chez nous vite fait, en ces temps de Lirac, il valait mieux se tenir tranquille. Nous nous éloignâmes. « Tiens-toi à ma main », murmurai-je à Ryme.

Elle était écœurée.

— Quand elle a insulté mes parents, j'ai eu envie de la tuer. Ça ne m'est jamais arrivé, mon Dieu…

L'arête était revenue barrer son souffle. Elle essuya ses mains, où des cheveux étaient encore accrochés.

— Une pute qui lit des romans d'amour. Mais pourquoi a-t-elle dit ça ? Je ne la connais même pas.

Nous marchâmes vers une fontaine, où elle se nettoya les mains. L'eau fraîche lui fit du bien, tandis que des curieux nous reluquaient encore, certains regrettant que le spectacle soit déjà arrivé à sa fin. L'un d'eux demanda à son voisin où habitait cette femme sulfureuse, un autre chercha à savoir qui étaient ses parents et sa tribu... Et le type qui l'accompagnait ? Élégamment vêtu d'une chemise et d'un pantalon en lin précieux. Et ses lunettes de soleil Ray-Ban américaines ! Ses mocassins italiens ! Mais d'où venait ce gars-là ?

Un *bi*, bien sûr.

Ryme toussa encore. À présent, des ombres coupantes durcissaient son visage. Je lui dis : « N'y pense plus. » Paroles stupides.

Les années sanguinaires qui avaient mutilé la société lui revenaient à l'esprit. Elle se repassait la dernière image de ses parents, elle se revoyait en train d'essayer de crier, de pousser pour les sauver. En vain. Elle entendait en boucle les dernières phrases de son père : « N'aie pas peur, ma fille, on va revenir... »

Elle m'apprit plus tard que les ravisseurs s'étaient trompés d'appartement, les enquêteurs l'en avaient informée. Ils visaient un officier de l'armée et sa femme qui résidaient dans leur immeuble. Ses parents avaient été enlevés par méprise. La mort, à leurs trousses, les avait fauchés sur le perron de leur maison. Certains avaient prétendu que c'était leur destin.

De toute façon, cela ne changeait rien pour elle, mais ce qui la torturait c'était qu'à la fin de la guerre civile, les assassins avaient été amnistiés par le pouvoir et s'étaient vu offrir des aides publiques pour ouvrir des boutiques en ville. Ignoble issue pour des tueurs qu'elle pourrait coudoyer dans la rue à son insu.

Quand nous quittâmes le carrefour des mendiantes, un homme droit dans ses bottes vint nous barrer la route. Il réclama un dédommagement pour les fruits et légumes frais que Ryme avait renversés dans sa fuite. C'était le commerçant lésé. Je mis la main à la poche. Il n'y avait plus que quelques pièces. J'avais donné mon argent à la mendiante. Je lui promis que j'allais repasser plus tard pour le payer. Il accepta sans rechigner. Pour lui, la parole donnée avait encore du sens en ces temps troubles. J'étais heureux de l'entendre.

Après une longue marche, Ryme avait digéré sa colère. Elle voulait rester digne pour faire bonne figure, c'était dans les gènes des gens d'ici, la dignité, comme la parole donnée. Maintenant, elle paraissait même fière de s'être défoulée contre la mendiante. Pourquoi devrait-elle subir ces affronts ? se justifiait-elle en soliloquant. Un déclic s'était produit en elle. Une nouvelle détermination dans son regard l'attestait. C'était impressionnant.

Peu après, dans la rue des pizzerias où nous étions parvenus, la bonne humeur revint un peu quand nous aperçûmes sur la vitrine de l'une d'elles la spécialité de la maison : « Pizza au bois. » Je fis une photo pour l'immortaliser. J'allais la recommander sur Trip Advisor. J'avais compris que le propriétaire avait voulu inscrire sur son enseigne « Pizza au feu de bois », mais le mot « feu » l'avait rebuté ou peut-être effrayé, alors il l'avait dégagé. Je demandai à Ryme si elle voulait en manger une au bois ou au feu. Elle retrouva son sourire. Je voulus la photographier. Elle refusa. Elle dit que sa colère avait fait disparaître ses éclats, elle le sentait.

Où puisait-elle son énergie ? Il me semblait que l'altercation avec la mendiante lui avait fait découvrir une autre personne en elle, une guerrière qui allait la représenter à partir de maintenant.

Dans ce drôle d'espace où nous entrâmes régnait une atmosphère alternative de frontière poreuse. Le propriétaire, Fafa, alias le Marseillais, affichait sur les murs des menus fantaisistes avec lesquels il comptait fidéliser une clientèle pour qui l'humour n'était plus la politesse du désespoir, mais le début de l'appétit. Il proposait ainsi :

> Spaghettis alla carbonarabe,
> Salsifis du salafiste,
> Gâteau étouffe-chrétien avec son coulis Bally,
> Une purée mouslime pour les puristes de la
> pomme de terre sainte.

Il avait, comme moi, connu cette publicité télévisée qui vantait les mérites d'une purée en sachet qui s'appelait Mousline et dont une mère de famille attablée chantait la qualité : « Quand je fais de la purée Mousline, je suis sûre que tout le monde en reprend… » À l'écran, les enfants avaient vraiment l'air contents.

Le fils de la Canebière eut un sourire circulaire qui orbitait autour de son visage en racontant comment une simple consonne, un *m* à la place d'un *n*, pouvait métamorphoser le marketing d'une purée laïque et lui trouver de nouveaux débouchés commerciaux dans le monde musulman. C'était un *bi* qui avait fait son *coming back* aux racines. Il disposait d'autres menus en réserve ! « Ça va marcher du feu de Dieu », clama-t-il en annonçant l'ouverture prochaine d'un restaurant conceptuel à la place de sa pizzeria décatie, pour attirer la clientèle des *bi* qui affluaient au pays grâce aux promotions d'Aigle Azur. Depuis des mois, il composait des menus pour les séduire par la dérision. Sur Facebook et Instagram, chacun de ses posts lui valait des centaines de *like* en provenance des États-Unis, du Canada et de Nouvelle-Calédonie, où il avait de lointains cousins à l'île des Pins.[1] Pour lui, il était vital d'apprendre à se connaître, de mélanger ses sauces pour composer une salade culturelle mixte. Manger et rire ensemble étaient les deux ingrédients de la fraternité, non ?

— Nourrir le *vivre-ensemble* avec le *rire-ensemble*. J'adhère ! À Beaumarchais, on a une devise, dis-je : « Je me presse de rire de tout, de peur d'être obligé d'en pleurer[2]. »

— Bravo ! J'en fais ma devise, si tu m'y autorises, s'enthousiasma Fafa.

L'avenir de la restauration dans la région passerait par lui. Il était sur le point de créer une chaîne internationale sur le modèle Domino's pizza et comptait déjà des clients dans les hôtels Park Mall, Ibis, Best Western de la ville. À l'occasion de Lirac, il avait même élaboré une composition « cuisine spéciale politicienne », avec grosses huiles, dessous-de-table, pot-de-vin, langue de bois, gibier de potence, viande faisandée, dindon

1. Il s'agit de Jean-Pierre Tayeb Aïfa, ancien maire de Bourail, descendants des kabyles du Pacifique qui furent déportés de la région de Sétif à l'île des Pins en 1871, en même temps que les communards de Paris…

2. Beaumarchais, *Le Barbier de Séville*, acte I, scène II, 1775.

de la farce, pigeon plumé, panier de crabes, salades avariées, couleuvres à avaler, avocats à la grenade… Ses menus abondaient en recettes révolutionnaires corrosives et anticorruption.

Soudain, Ryme le coupa dans son élan : elle avait remarqué l'absence d'un ingrédient dans son restaurant.

— De la musique ? s'inquiéta Fafa en regardant autour de lui.

— Non.

— Des portraits de Zidane ?

— Non plus.

— Je donne ma langue au chat.

— Des livres.

— Quels livres ? s'étonna-t-il.

— Que les clients pourraient lire…

Il écarquilla les yeux. Sapristi ! Comment n'avait-il pas songé plus tôt à cette idée magique ! « Je dois trouver des romans en ville, réfléchit-il. Mais ce sera dur. Du shit et des amphétamines, c'est plus facile… »

Ryme dégusta une pizza aux merguez diététiques sous les yeux ravis du restaurateur. Moi, des macaronis sauce piquante. Plus tard, lorsque je voulus régler l'addition, il refusa. La première fois, c'était gratuit, même pour les supporters de l'Olympique lyonnais, qu'il honnissait encore plus que ceux du PSG. Heureusement, car j'avais oublié que je n'avais presque plus un sou en poche.

Nous nous embrassâmes sur le pas de la porte. Ryme prit ma main et la posa sur sa taille. « Soulève-moi », me dit-elle. Elle planait, se sentait légère maintenant. L'altercation n'avait plus laissé de traces sur son visage. Dans sa robe éclatante, elle papillonnait. Les passants la remarquaient. Derrière la vitre, les clients de la pizzeria nous regardaient, encore amusés. Je courus devant elle et fis volte-face pour prendre une photo. Cette fois, elle ne refusa pas. Elle plaqua ses mains sur ses oreilles, riant à pleines dents sans se soucier des restes de pizzas accrochés à ses gencives.

De retour à la maison, j'allais retrouver Samy et lui raconter la bagarre entre femmes, mais elle m'attira chez elle. « Reste. » L'histoire lui faisait encore mal à l'âme et elle craignait que les fantômes ne reviennent l'assaillir durant la nuit, depuis que la folle avait maudit ses parents.

Cinq jours passèrent.

Sans Temesta.

Samy était bloqué sur la ligne d'horizon à guetter un drone imaginaire qui lui apporterait sa valise via Amazon. En crise, il jura de déposer une réclamation et gagner le pactole contre Aigle Azur, il ne donnait pas cher de la peau de cette compagnie. Il n'avait pas changé de sous-vêtements depuis notre arrivée, je le soupçonnais de se laisser envahir par la végétation pour racler le fond, contracter un virus, être rapatrié en urgence et faire de la surenchère aux dommages subis auprès des compagnies d'assurances aériennes.

Ce matin, nous devions nous rendre à Bougie en Kabylie pour y rencontrer une association, Les Amis de Marcel Mouloudji, qui organisait des rencontres littéraires dans le village où était né le père de Marcel. Avec l'état de nervosité de Samy, le voyage risquait de virer au calvaire. Déjà, j'avais dû batailler ferme, car il refusait catégoriquement que Ryme vienne avec nous, prétextant qu'elle était étrangère à notre famille, sans papier, sans identité, et qu'au premier barrage de police on ne pourrait évoquer décemment une visite aux Amis de ce Marcel Mouloudji que personne ne connaissait ni d'Ève ni d'Adam. Il avait lancé : « Elle va nous nuire, si tu vois ce que je veux dire. »

Il avait même osé dire qu'elle était poisseuse.

Je m'étais fâché. Elle viendrait avec nous, un point, c'est tout. Il avait cédé, mais à condition qu'elle ôte son voile de corbeau et qu'elle reste assise à l'arrière pendant le voyage. Loin de lui. Il était à ce point remonté que lorsque j'étais allé la chercher, il avait henni : « Les Amis de Marcel Mouloudji ! Pfffiii ! »

Énervé par les piques de Samy, j'entrai chez elle. La porte était entrouverte, je crus qu'elle l'avait laissée ainsi volontairement pour moi, mais je me trompais complètement. Entré par effraction, je la trouvai dans sa salle de bains en train de se maquiller. Dès qu'elle m'aperçut dans le miroir, elle se crispa, comme électrocutée. Son regard chercha une ligne de fuite, puis elle pensa tout de suite à protéger sa poitrine avec ses bras. C'était surprenant. Nos corps se connaissaient déjà. Il n'y avait plus de gêne entre nous. Écarlate, elle s'en voulait de m'avoir mis dans l'embarras. Je m'approchai dans son dos, la serrai par les hanches, calai mon menton au creux de son épaule. Elle laissa pendre ses bras et nous nous regardâmes ensemble dans le miroir, la même direction. « Tu es belle avec ton Rimmel », lui dis-je. Puis je lui confiai un petit secret : ce jour où ma mère m'avait surpris en train de m'entraîner devant des photographies de femmes nues de *Lui, le magazine de l'homme moderne*. Les filles, d'une beauté follement alléchante, sculptées dans des corps musclés, sveltes et bronzés, avaient mis le feu à mon adolescence. Au-dessus des pages en papier glacé du magazine, je volais, comme si j'avais pris une « fusée ». Soudain, une affreuse apparition me bloqua la respiration et me ramena à terre. C'était horrible. En ouvrant les yeux, je trouvai ma mère devant moi. La plus grande humiliation de ma vie. Je me disais que je n'allais jamais plus pouvoir la regarder en face. Il ne me restait plus qu'à m'exiler en Nouvelle-Calédonie, de l'autre côté du grand puits où, enfant, je jetais des pierres, mais elle m'encouragea, je ne devais pas avoir honte, tous les garçons devenaient ainsi des hommes puis des pères. Elle était rassurée de voir que ma passion pour le balai-brosse, la vaisselle et la poussière n'avait pas fait de moi une ménagère. Je savais tenir autre chose que le manche de son balai. J'étais un fils, pas une fille. Je devais m'entraîner quotidiennement pour le rester. Ma femme serait comblée et je lui ferais de beaux enfants. Mine de rien, elle avait vu juste. Ses mots firent de moi l'*homme moderne*, confiant et viril, qui allait rencontrer plus tard une femme qui lui donnerait de beaux enfants...

Ma confession fit sourire Ryme, mais une gêne subsistait dans ses yeux et ses gestes. Était-ce parce que j'avais vu qu'elle se faisait belle pour moi, qu'elle s'activait en coulisse pour me séduire avec des artifices cosmétiques ? Elle avait dû penser qu'en me laissant entrevoir ses secrets féminins, la pince à épiler, le mascara, la magie tomberait. Elle avait coloré ses lèvres en rose léger, mis du fard à joues et souligné ses cils. Ses oreilles ressemblaient à de grands papillons jaune et roux, avec les belles boucles en cuivre qu'elle y avait accrochées.

Elle commença à ranger ses objets dans un tiroir.

— Je n'en ai pas trop mis ?

— Non. Finis tranquillement, je vais t'attendre dehors.

— Reste avec moi, susurra-t-elle en me regardant de nouveau dans le miroir. Je suis contente d'aller voir la mer avec toi.

On klaxonnait dehors. Samy qui nous attendait devait s'impatienter. Elle voulut savoir s'il était toujours méchant avec moi comme il l'était avec elle.

— Oui, toujours. On s'habitue. Il faut lui répondre du tac au tac pour le remettre à sa place. Lui montrer que tu n'es pas impressionnée.

Elle était sur le départ, la petite fille qui allait regarder les trains qui ne quittaient jamais la gare. Dans un instant, elle allait se mettre en mouvement, cap sur Bougie la lumineuse, la Méditerranée si proche et si lointaine, Amoucha, le village où ma mère était née, Mima, que nous partagions, les frères « Mouloudji », qui s'échinaient dans leur association à irriguer les montagnes avec des livres.

La fille de Beaumarchais brillait.

Elle prit place à l'arrière de la voiture, côté gauche, pour me garder dans son angle de vision. Le maquillage et la lumière la faisaient rayonner. Cette excursion à Bougie était magique. Tout était réuni pour faire oublier à Samy ses déboires et sa grina.

Avant de démarrer la voiture, il la considéra cependant avec curiosité :

— Qu'est-ce que tu as fait à tes yeux ?

— Pardon ?

— Tu t'es maquillée ?

— Oui. Tu me trouves belle ?

Voilà. Elle avait compris. Du tac au tac avec lui.

Il enclencha la première en me décochant une œillade, avec un commentaire coincé entre les dents. La voiture peina à avancer. Il avait oublié de desserrer le frein à main. Un trouble l'avait gagné, c'était certain.

Derrière nous, rassemblés au milieu de la chaussée, les chats nous regardèrent partir avec satisfaction. Ils donnaient l'impression de se préparer à une *rave party* dans notre maison.

Dans la voiture qui avançait cahin-caha sur la route hasardeuse, Ryme n'était plus la même depuis que nous avions quitté la maison. Sa présence créait une atmosphère de vacances dans l'habitacle. Elle se métamorphosait au fur et à mesure que nous traversions les torrents de couleurs qui dévalaient des paysages veloutés. Son bonheur captait la lumière. Elle s'imprégnait de l'époustouflante variété de nuances vert émeraude, jaune pâle, rouge rosé des tamaris et amandiers. Comme Mima, naguère. Nous contournâmes le barrage de retenue d'eau érigé récemment par les Chinois, impressionnant au milieu des champs de coquelicots et d'une mer d'alfa. Ryme n'avait pas encore vu ce gigantesque édifice que le regard ne pouvait saisir en une seule prise, tant il était inhumain. Elle réalisait à présent pourquoi les gens d'ici étaient incapables de le bâtir de leurs mains : il marquait une volonté pharaonique, voire sadique, de conquérir la nature, la dompter pour l'asservir aux folies des hommes. L'entreprise heurtait leur sensibilité. Par ici, on n'aimait pas les conquêtes, en général…

Maintenant qu'il avait écouté son réquisitoire contre les conquistadors de l'environnement, Samy l'observait du coin de l'œil avec un intérêt évident. Elle le surprenait, c'était clair. Serait-elle écosensible ? devait-il s'interroger. Pour la première fois, il lui adressa un regard mielleux, comme s'il craignait moins à présent qu'elle ramène à son esprit les affres de la décennie noire. Il vit que je l'avais surpris. Avec le délicat maquillage qui l'avait étonné au départ, il se trouvait déstabilisé deux fois d'affilée depuis ce matin.

Nous arrivâmes à Amoucha, le village de notre mère. Depuis qu'elle était morte, chaque jour, j'avais une pensée pour elle. Les femmes ne devraient jamais mourir, avais-je toujours pensé. Surtout nos mères. Dieu aurait dû leur éviter l'obsolescence programmée dans Sa création. Une mère, ça ne sèche jamais. Tout, une odeur, une voix, une image, me ramenait inévitablement à ma matrice. Mima. Mes gènes se la rappelaient. Ils l'appelaient. Les dernières années de sa vie, à quatre-vingt-quinze ans, elle était encore vaillante et autonome, trimbalant la tuyauterie de son assistance respiratoire dans son petit appartement lyonnais. Je lui téléphonais, mais je n'allais pas souvent la voir. Pris par le temps, c'était le mot d'excuse d'homme moderne que je m'inventais. Je téléphonais, la plupart du temps pour prendre de ses nouvelles, qui n'allaient guère dans le bon sens. Elle disait que tout prenait l'eau autour d'elle et que les murs étaient grouillants d'araignées noires. Elle constatait aussi que de plus en plus de gens qu'elle connaissait depuis son enfance étaient morts. L'étau se refermait sur elle, mais elle n'avait pas peur. Elle se ne plaignait jamais. Sauf de moi, un peu. Délicatement. Pour me dire que je lui manquais tout le temps.

Samy s'était démené pour elle jusqu'à la fin. Régulièrement, il l'alimentait en paracétamol, en oxygène et en réconfort. Il l'avait toujours protégée. Jusqu'aux ultimes instants, quand elle lui avait dit sur son lit de mort : « Ça y est, ils sont arrivés, tu ne les vois pas ? Ils sont derrière toi, laisse-les passer, ils sont venus pour m'emmener. » Elle parlait des déménageurs invisibles. Ceux que j'avais aperçus dans mon rêve traboulant. Il avait relâché sa surveillance un instant, le temps de laisser la nature reprendre ce qui lui revenait.

Au village, je la vis devant moi. Elle avait six ans. Avec son père, elle marchait sur les sentiers qui menaient aux champs. Elle allait travailler. Ses longs cheveux noirs étaient roulés dans un foulard vert clair. Elle contournait l'école primaire interdite aux enfants « indigènes », admirait, envieuse et résignée, les écoliers européens en blouse grise qui jouaient dans la cour de récréation. Son père l'appelait : « Ma fille, arrête de rêver ! Tu vas prendre froid », elle poursuivait son chemin, s'imaginant que c'était cela son destin de fille paysanne, cesser de rêver pour rien, chasser les illusions qui étaient toujours des déceptions, avancer sur son chemin avec son casse-croûte à la main et la serpette qui lui servirait à couper le blé et les navets du jardin.

Elle jeta un regard incertain en direction de notre voiture de location. Elle ralentit. Elle aperçut deux garçons qui la regardaient, les fils qu'elle aurait quand elle serait grande, les garçons qui deviendraient des hommes modernes, elle les reconnaissait. Elle voyait aussi une fille aux cheveux ébène et aux pommettes saillantes qu'elle aimerait comme la sienne qu'elle n'aurait jamais eue… Elle était heureuse, ça brillait dans ses yeux.

Et dans les miens aussi.

— Arrête-toi là, dis-je à Samy.

Il pila.

— J'ai envie, moi aussi, déclara-t-il.

— Et moi aussi ! s'écria Ryme.

Au diapason, nous marchâmes vers le petit bâtiment sur le front duquel des mots français survivants indiquaient vaguement « École cantonale ». Ryme serra ma taille. Notre étreinte n'échappa pas à Samy, mais cette fois il resta près de nous. Devant l'école primaire de la République française coloniale, inégalitaire et injuste, nous fûmes tous les trois parcourus par un frisson.

Mima avait résisté à toutes les violences du monde pendant près de cent ans. C'était notre héroïne.

— Si elle avait pu fréquenter cette école, dis-je, sa vie aurait été différente. Aucun homme n'aurait levé la main sur elle…

— Je l'ai toujours défendue, moi, rappela Samy.

À côté, il nous montra la petite mairie fleurie où, grâce à lui, l'acte de naissance de *la* maman figurait sur le registre d'état civil.

Pauvre mère, elle avait passé sa vie à plaider la cause des femmes. Un de ses ancêtres lui avait sûrement transmis le goût de l'égalité. Mais déjà, les coups de klaxon d'un bus brinquebalant nous sortirent de nos rêveries, le chauffeur était pressé, mais nous sourit quand même, tandis que les passagers nous reluquaient avec des points d'interrogation sur la tête. Ils n'avaient jamais vu d'extraterrestres qui faisaient des photos devant des bâtiments insignifiants. « Ils nous prennent pour des touristes américains, grogna Samy. Ça va, ça va, j'arrive. » Derrière nous, une petite fille et son papa nous observèrent une dernière fois avant de retourner aux champs. Elle agita sa main, au revoir, mes enfants, vous êtes ce que je vais avoir de plus cher au monde, soyez courageux, on se retrouvera... Son père était amer. Il savait qu'il ne nous reverrait jamais, lui, parce qu'il allait finir son existence avant notre naissance. Il sortit un mouchoir à carreaux, se moucha et essuya ses yeux. Il redit à sa fille de cesser de rêver, ça faisait des courants d'air pour rien.

Le bus klaxonna de nouveau. Une corne de brume. Les eaux se refermèrent derrière Mima. Et puis plus rien.

Une solitude et le silence.
Un étau.
L'absence.

Nous quittâmes le village des racines maternelles. Samy se moucha pour colmater la fuite, comme notre grand-père inconnu.

J'écrivis :

Elle n'apprit jamais à écrire
ses tourments,
la maman,
passa du temps à me les dire,
pour qu'un jour
j'en fasse un roman.

Un peu plus loin, alors que nous traversions un petit village de montagne, j'interpellai Samy : « Tu reconnais cet endroit ? »

Et comment ! Avec notre amie américaine Annette Smith, cinq ans auparavant, nous avions dû faire un arrêt d'urgence dans cette contrée car elle nous suppliait de lui trouver des toilettes publiques. La pauvre se croyait à Malibu avec des vespasiennes à chaque coin de rue. Taper aux portes des habitations à l'improviste était impensable. Alors que la pression montait, nos regards étaient restés à l'affût d'un miracle. Nous avions pénétré dans un village où des habitants célébraient un mariage. Samy avait couru parler à des hommes réunis autour d'un café. Quelques minutes plus tard, le miracle s'était produit. Des femmes avaient ouvert leur maison à notre invitée, elles riaient, l'entouraient, la touchaient, prononçaient des mots anglais/kabyle : « *Hello, Azoul, how arioul ?* » Elles l'avaient invitée à dormir chez elles, au moins se restaurer. Elles avaient voulu qu'elle emporte des gâteaux au miel et un bon sac de figues pour Barak Obama.

Annette était une fête.

« Quelle hospitalité ! Tu t'en souviens ? On était fiers d'être de ce peuple, non ? » demandai-je à Samy. Mais les souvenirs l'ennuyaient, de même que les histoires de fierté. Il n'était fier de rien du tout, lui. Fallait arrêter de le polluer avec ces sentiments qui ne servaient à rien. Il avait juste demandé si Annette était encore en vie ; cette dame si généreuse, au caractère bien trempé, qui ne mâchait pas ses mots, l'avait marqué. Je savais simplement qu'elle avait troqué la maison de Malibu pour un petit appartement à Pasadena, de l'autre côté de la baie, et qu'elle était aidée par une jeune Mexicaine qui préférait lire à longueur de journée des histoires d'amour, assise sur son transat, au soleil, plutôt que de s'occuper d'elle.

Annette aussi lisait à en perdre haleine. Une fois, elle m'avait demandé de lui recommander des romans écrits par des gens de son pays pour se tenir informée de la vie, là-bas, à Dellys, et s'y retrouver encore un peu en attendant l'arrivée de sa barque et des déménageurs. Un jour, je lui enverrais celui de Ryme, *Une femme qui bouge*. Si elle avait le temps d'attendre encore un peu.

Chaque jour ouvrable, la nationale était assaillie par des milliers de poids lourds qui arpentaient les montagnes telles des limaces, bloquant derrière eux des pelotons de voitures étouffées par leurs fumées noires, à l'affût d'une occasion de doubler, mais ce jour-là, le pays était au repos et les camions à l'entrepôt. La voie était libre pour rouler à son aise et se délecter des décors envoûtants. Sur les contreforts qui préparaient l'accès à la grande montagne, la splendeur des paysages invitait à l'émerveillement après chaque virage. Il avait plu en abondance ces dernières semaines, la nature en avait profité pour faire ses emplettes et ses cadeaux au printemps finissant, avant l'été caniculaire. Avec les oliviers au velours moucheté d'argent, les champs de coquelicots et de bougainvilliers, nos esprits s'étaient assoupis dans un confort impressionniste, quand tout à coup Samy écrasa brutalement la pédale de frein en hurlant. La voiture glissa sur le bitume, il tira brutalement le frein à main, elle dérapait toujours, fit un tête-à-queue, il réussit enfin à la stabiliser contre une butte de terre. Une antique Renault 4L en lambeaux arrivait sur nous à contresens sur notre voie. Jailli d'un pli rocailleux, le paysan au volant paraissait choqué par ces dégénérés qui lui adressaient de vulgaires signes de la main, et continua tranquillement son chemin. Après une salve d'insultes, Samy sortit respirer un moment pour dissiper sa frayeur. Le loueur de voitures lui avait bien recommandé de rester vigilant à tout instant sur ces routes venimeuses. Il revint, redémarra l'engin et avança son siège vers l'avant, déterminé désormais à garder les yeux soudés au pare-brise. Fini le romantisme à deux sous, les paysages à la douceur angevine et la floraison des sentiments. Trente kilomètres heure, pied et main sur les freins, c'est ainsi qu'il comptait poursuivre le chemin. Nous continuâmes notre route, dépassés par tous les escargots et les limaces de la contrée. Au moindre sac plastique frétillant à notre passage, fomentant une obstruction, il se raidissait et freinait par à-coups, faisant hoqueter la voiture. Une torture. « Heureusement, on a un bon chauffeur », se félicita Ryme, vitre ouverte, la tête à l'air, le vent emportant derrière elle sa crinière comme un étendard. Elle avait tout de la Marianne de Delacroix, *La Liberté guidant le peuple*. Depuis notre départ, sa beauté avait éclos. Elle était animée par une étonnante force, comme si elle était lancée à la conquête de son pays. Je la contemplais. Samy la découvrait. Il semblait l'apprécier de plus en plus et ne pouvait empêcher ses yeux de loucher sur elle. Il devait penser qu'en fin de compte il n'y avait pas que les arbres dans la vie pour mériter son attention... D'ailleurs, il souhaita la réentendre dire qu'elle appréciait sa conduite. Ce qu'elle confirma. Quelqu'un qui reconnaissait enfin ses qualités, une éternité que ce bonheur ne lui était pas arrivé.

« Il est si doux d'être aimé pour soi-même[1] ! » ironisai-je.

Son sourire ayant atteint les cent quatre-vingts degrés d'extension, il se tourna vers moi, puis vers elle :

— Tu sais quoi ? Puisqu'on en est aux compliments… Je n'ai pas voulu te le dire en partant parce que j'aime pas beaucoup ça, tu as dû le remarquer : tu devrais te maquiller plus souvent. Ça te va vachement bien.

— Comme La vache qui rit ?

— Mille fois mieux ! Toi, tu ne colles pas !

Elle posa sa main sur son épaule. Il en fut tout ému. L'enfant en lui réapparut. Avec toute son innocence, ses audaces, les pieds nus. Il sourit tellement que l'on ne voyait plus ses yeux. Dire qu'elle allait nous nuire, si tu vois ce que je veux dire…

---

1. Beaumarchais, *Le Barbier de Séville*, acte I, scène II, 1775.

Kherrata.

Ville franche, de tradition, de résistance et de liberté. Vue de la route qui dégringolait vers elle, on pouvait s'imaginer en Arizona et deviner, au milieu du décor poussiéreux, un saloon aux portes battantes, un vieux piano désaccordé, des filles de joie, des cow-boys avec des indiens et du lait de brebis à gogo. Mais ce n'était pas le genre de cette mystérieuse bourgade tendue à bloc sur un câble entre deux montagnes escarpées. C'était une zone tampon entre deux mondes qui n'acceptait de se laisser prendre que par le ciel. Un petit *rio* la traversait à la manière d'une cicatrice. Même les moutons et les chèvres du coin n'osaient franchir ses courants fous et stressés. Au cœur de la ville, de modestes immeubles aux façades décolorées semblaient s'étonner de leur propre présence et s'écartaient en rechignant pour laisser passer l'ancienne route nationale. Au flanc de la montagne cassante, la petite église qui offrait une dernière photographie de l'ancien bourg français avait été transformée en musée, comme l'annonçait un panneau d'indication sur son grillage. Ryme s'intéressa à ce que l'on pouvait bien y visiter. On n'avait pas le temps de s'arrêter, prévint notre chauffeur, alors que l'on en avait tout le loisir. Elle devait proposer au visiteur des vestiges de la guerre, des douilles des soldats de la Légion qui avaient ensanglanté ces gorges escarpées, un casque percé et cabossé, des débris d'un hélicoptère abattu… La cité montagneuse avait payé son tribut aux massacres de Sétif de mai 1945 et, en cette nouvelle période révolutionnaire, elle brandissait encore avec orgueil son identité insoumise. C'est là en effet que Lirac avait pris racine. Le jour où le président grabataire avait annoncé sa énième candidature, des affiches avaient aussitôt été placardées sur les murs de la ville appelant la population à défier le système. Ici, la démocratie n'avait jamais été négociable. Ici, les caractères des montagnards étaient forgés au silex. J'aimais ce sentiment identitaire, un poing fermé qui gardait vivace la dignité.

« À partir de là, je veux le silence total ! » exigea Samy, les mains agrippées au volant. Nous allions traverser la zone de grandes turbulences du tunnel. L'équipée devenait périlleuse. Des sirènes diaboliques tapies au fond des ravins appelaient les chauffeurs au suicide. Naguère, cette route était un calvaire pour parcourir la centaine de kilomètres de Sétif à Bougie, mais les automobilistes s'y risquaient volontiers pour l'attraction des ouistitis, la qualité de l'eau de ses sources naturelles et la beauté étourdissante du site. Les chauffeurs des Hauts Plateaux s'évertuaient à venir défier cette route sinueuse qui lacérait les flancs des montagnes. Une légende tenace affirmait qu'un vrai gars du pays devait y périr dans un accident spectaculaire pour gagner le respect des siens. Et en effet, cette route malintentionnée s'était gavée en quelques décennies de ces automobilistes venus y glaner leurs lettres de noblesse. La lumière et la fin de l'hécatombe devaient arriver en 1988 avec les deux galeries de sept kilomètres, creusées par les Italiens…

Ce fut en réalité une plongée dans les ténèbres et tout portait à croire que nous n'allions pas sortir à bon compte de cette galerie angoissante et toxique. À l'intérieur des tunnels éclairés comme une mine de charbon, plus noire que le désespoir, l'épaisse fumée contraignait à rouler à l'aveuglette. Samy réajusta ses lunettes sur son nez et se mit d'un coup à abreuver d'injures les Amis de Marcel Mouloudji, Bougie et *tutti quanti* qui étaient à l'origine de ce déplacement suicidaire. « *Va fan culo*, Berlusconi et les Italiens qui ont construit cette galerie de la mort ! » En cognant sur le volant, il éteignit malencontreusement un phare. Si bien que la voiture était éborgnée, à présent. Il maudit Baba-car Rental et les agences de location de la planète, réajusta de nouveau ses lunettes pour essayer de discerner les silhouettes effrayantes des véhicules qui allaient et venaient, parfois en pleins phares. Le danger était réel. Le pare-brise était noirci de poussière et brouillé par les eaux qui ruisselaient du haut des parois. On ne pouvait plus s'arrêter sans provoquer un carambolage meurtrier dans cette interminable caverne préhistorique où la ventilation était asphyxiée par les gaz d'échappement.

Ryme fut prise de nausée. « Arrête-toi vite », pressai-je Samy. Mais il me renvoya dans mes cordes.

— Ça va pas, non ! Tu vois une aire d'arrêt d'urgence dans cet enfer, toi ?

Il se tourna sèchement vers la malade. « Vomis par la vitre ! » Il eut l'audace déplacée d'imaginer la Marianne de Delacroix régurgitant au sommet de la barricade de la liberté, au beau milieu du peuple de Paris, dont les yeux étaient braqués sur elle. Il pesta de nouveau contre l'Italie, Berlusconi, ses ingénieurs et ses pizzas corrompues. C'est à ce moment-là que des jeunes en scooter, torse nu, sans masque à gaz ni éclairage nous doublèrent de tous les côtés, fonçant comme des Hell's Angels dans la vallée de la mort, glapissant sauvagement pour signaler leur présence dans les ténèbres, certains s'amusant à klaxonner comme pour un cortège de mariage. On aurait cru entendre à fond *La Chevauchée des Walkyries*.

En voyant leurs scooters chargés de sacs comme des mules, Ryme s'imagina qu'ils allaient camper sur la plage.

— Camper ? Tu plaisantes ! rugit Samy. Ils n'en sortiront jamais vivants. Ils iront camper en enfer, pas à la mer.

Finalement, le brouillard s'estompa, les conjurations cessèrent et la mort accepta de s'écarter d'un pas pour nous laisser passer. La lumière revint. Le soleil redora le visage de Ryme. Des ténèbres, elle avait connu les vraies, celles-là lui étaient guignolesques. « Ça va, chérie ? » lui demandai-je, alors que Samy l'épiait dans le rétroviseur. Elle sourit en se lavant dans la lumière retrouvée. Elle avait surmonté le mal de mer.

Les Anges de l'enfer en scooter avaient fait une halte au bord de la route pour compter leurs pertes. Mine de rien, je les admirais. Ils étaient inoxydables, si résistants qu'ils pouvaient escalader n'importe quel sommet des Andes ou descendre sans équipement dans la fosse des Mariannes, aller-retour dans la journée sans manger, parcourir Marseille-Alger à la nage sans escale et en apnée. Dans leur société, ceux qui résistaient à la vie quotidienne étaient de facto immunisés contre tous les virus de l'humanité. Un exemple probant l'attestait. Le choléra. Il était réapparu quelques mois auparavant dans le pays et il en était reparti dare-dare après avoir constaté combien les gens d'ici étaient devenus coriaces à ses attaques.

— Ils sont drogués, avertit Ryme. Ils prennent des fusées.

— J'ai vu ça, corrobora Samy. Leurs yeux brillaient tellement dans le noir que j'ai cru que c'étaient leurs phares… (Il sourit.) Alors, il a bien assuré le chauffeur, non ?

— Très bien. Avec un seul phare, en plus !

Via le rétroviseur, il lui adressa le sourire d'un homme rasséréné qui avait enfin trouvé sa place dans le monde. Hélas, le bonheur ne faisait que passer. Nouvelle alerte. Il fallait ralentir. Barrage de police.

Par ici, les contrôles étaient plus fréquents que dans le reste du pays, car derrière le village que nous allions traverser, il y avait la mer, une frontière naturelle avec l'Europe, une des extrémités territoriales que le pouvoir surveillait comme le lait sur le feu, la main sur la détente. Au moment de notre passage, le policier nous fit un geste nonchalant d'une main. Dans l'autre, il tenait son portable, qu'il dévorait des yeux comme si sa fiancée était en train de faire une danse du ventre à l'écran. À la vue de l'uniforme, Samy contracta tous ses muscles et cessa de respirer. Nous entrâmes dans le champ de vision du policier au ralenti. Il releva ses yeux vers notre voiture, fixa Samy, puis nous invita à stopper. Presto, les fantômes italiens injuriés durant la traversée vinrent assister à l'interpellation du chauffeur grossier, décidés à se réjouir après ses vexations proférées contre leurs ingénieurs, leurs familles, Berlusconi et leurs pizzas nationales. Mon frère eut alors un réflexe inopiné. Son visage se resserra autour de ses yeux.

Tout en souriant faussement au policier, il me tança :

— Je savais qu'on aurait des problèmes avec elle !

— La voiture ?

— Non, elle !

Il jeta un sale regard sur Ryme.

— Tu as pris des papiers d'identité ? l'invectiva-t-il.

Elle fit un signe négatif. Il se mit alors à spéculer sur ce qu'allait imaginer le policier avec cette fille sans famille, sans papier, venue de nulle part, maquillée à outrance, avec un rouge à lèvres rose et vêtue à l'européenne… « Qu'est-ce qu'il va croire, à ton avis ? » Diable ! Je n'en savais fichtre rien. « Eh bien, poursuivit-il, qu'elle était une de ces malheureuses que des maquereaux venus de France livraient sans pitié à la prostitution sur les plages de Bougie. » Voilà ce qu'il avait entrevu dans son scénario de flagrant délit. Mais d'où sortait-il ces sornettes ? Il tira de la boîte à gants sa sacoche en cuir pour préparer son permis de conduire.

J'étais soufflé. S'il avait été lucide et perspicace, il aurait vu un détail évident qui n'était pas un trompe-l'œil. Le policier avait une tête de poupon qui justifiait que l'on se demande pourquoi il s'était enrôlé dans les forces de l'ordre, alors que celles de l'amour et des arts semblaient mieux correspondre à ses généreuses apparences. Après nous avoir présenté ses salutations, il déclara sur un ton neutre : « Vous avez grillé un feu avant… » Samy blêmit d'un coup. Il leva aussitôt les bras en l'air comme pour plaider coupable. Il avait conservé ce réflexe que nos ancêtres avaient dû répéter tant de fois dans le djebel devant les troupes de l'armée française envahissant leurs villages à la recherche de fellagas.

— Ah bon ? Monsieur l'agent, bredouilla-t-il, je n'ai pas grillé de feu, je respecte toujours le Code de la route… D'ailleurs, il ne me semble pas avoir vu de feu…

— Moi je te dis que si.

Notre « chauffeur qui assure » accusa le coup, baissa les yeux, prêt à se flageller.

— OK. D'accord, mais je n'ai pas vu… Je regrette…

— C'est le feu de devant, à droite, précisa-t-il en désignant le front de la voiture.

Perdu, Samy semblait ne plus rien comprendre à la ruse et me regarda pour obtenir de l'aide. Puis il tourna de nouveau le regard vers le policier.

— Heureux que vous ayez pu traverser l'enfer avec un seul phare… Vous trouverez un garage pas très loin d'ici, avant d'arriver au village, changez vite l'ampoule…

Le policier s'écarta pour nous libérer le passage.

— Vous êtes de France ?

— Oui. De Lyon…

— La place du Pont ? Je connais… Y a beaucoup de Sétifiens là-bas… OK. Allez. Bonne route. Et faites attention, au volant, la vue, c'est la vie.

— Merci mille fois, monsieur l'agent, souffla Samy.

Il redémarra, encore sous le coup de sa mauvaise intuition.

— Mon Dieu, comme tu m'énerves quand tu te victimises… tu ne changeras jamais ! le plaignis-je.

— Ici, tout le monde est coupable et subversif à la naissance… s'esclaffa-t-il en virevoltant vers Ryme. N'ai-je point raison ?

Il se mit à faire le pitre pour détendre l'atmosphère.

— C'est fort bien dit et pertinent, répliqua-t-elle en souriant.

— Merci, mademoiselle.

— Madame !

Trois fous rires remplirent l'habitacle.

Le représentant du Parti pour la France respira à fond, heureux que les forces de l'ordre se soient souciées de sa sécurité de façon aussi sensible et fraternelle.

— Il était génial, ce flic. J'ai envie de retourner l'embrasser…

— Ah non ! Tu as dit qu'on n'avait pas le temps pour une visite du musée. Faut savoir… rappela celle qui n'avait pas ses oreilles dans la boîte à gants.

Il lui fit ses yeux de Hollywood et s'excusa pour sa grina à propos des papiers d'identité et des méchancetés qu'il lui avait lancées.

Elle ignorait à quoi il faisait allusion.

Quant à moi, j'aurais aimé savoir où il avait déniché cette histoire de prostitution sur les plages de Bougie. De toute façon, quand il se retrouvait devant la police, chaque fois, une panique atavique s'emparait de lui et le poussait à déblatérer n'importe quoi, des galimatias de sa fabrication, comme cela avait été le cas lors de l'expédition Annette Smith… Jamais je n'oublierai cet épisode. Chaque mouvement, chaque dialogue étaient encore intacts dans ma mémoire.

C'était avant l'arrivée au tunnel des Italiens. Notre voiture se traînait sur une route de montagne derrière un camion surchargé qui nous crachait ses fumées et son chauffeur bourru qui nous empêchait de le doubler. À un moment, en surchauffe,

Samy avait déboîté d'un coup de volant et osé un outrage : franchir la ligne blanche. Les roues de gauche avaient frôlé le ravin, Annette sidérée s'était couchée sur la banquette arrière pour ne pas nous voir mourir, la voiture avait opéré une périlleuse queue de poisson et repris son droit chemin, mais à la sortie du virage une surprise guettait. Un gendarme. Il barrait la route. Il avait fait signe à Samy de se garer à l'endroit que le canon de sa mitraillette indiquait. Il avait réclamé son permis, l'avait inspecté longuement avant d'annoncer que, primo, il le lui retirait pour dépassement de la ligne blanche, secundo, il faudrait laisser la voiture sur place puisqu'il n'avait plus de permis… Samy n'avait pipé mot. Il avait fait une espèce d'AVC. Je m'apprêtais à le secouer pour qu'il se défende. On n'allait pas se laisser faire sans réaction. Il avait fauté, soit, mais il aurait dû plaider que la ligne blanche n'était pas si blanche que ça, qu'elle lui paraissait même invisible, en tout cas discontinue par endroits, qu'elle n'avait pas été repeinte depuis le temps de la France… Il pouvait aussi solliciter la clémence. Au Code de la route, c'était sa première offense… Rien. Le processus d'autoflagellation était enclenché dans un délirium qui laissait bouche bée. Il avait fouillé la boîte à gants, égrenant des « voyons donc, permis de conduire, où ai-je bien pu le mettre… » Il l'avait finalement tendu au gendarme en bafouillant que l'on se rendait à Dellys retrouver des souvenirs de la dame américaine assise à l'arrière, Annette Smith, qui arrivait de Malibu, Californie… que les fumées noires du camion allaient certainement l'asphyxier si on ne le doublait pas… J'avais mal pour lui. Pour sa gouverne, faire place au silence eut été plus payant. Je trépignais de prendre l'affaire en main avec des phrases-clefs, des conjonctions de coordination maîtrisées, des arguments définitifs avec sujet-verbe-complément capables de rivaliser avec la froideur grammaticale du gendarme qui, flegmatique, avait penché la tête vers Annette, curieux de voir à quoi ressemblait la Californie de près. Il lui avait adressé un « Bonjour, madame ! » dans un français fort révérencieux, « Je vous souhaite la bienvenue dans notre pays », puis de nouveau avait ciblé Samy en changeant de ton :

— Tu franchis les lignes blanches en France ?

— Ah, jamais !

— Alors pourquoi tu le fais chez nous ?

Il lui avait rendu son permis d'une main chargée de mépris :

— Allez, dégage !

Le pauvre avait démarré, calé, redémarré, les pneus avaient crissé et nous avaient emportés sur les chapeaux de roues comme dans *Alerte à Malibu*.

« Pourquoi tu le fais *chez nous* ? »

La phrase était un clou.

Alors que nous longions la mer en direction de Bougie, Samy brisa le silence qui s'était installé dans la voiture pour vouer aux enfers la clique au pouvoir qui avait pillé le pays depuis l'Indépendance :

— Ils auraient pu au moins construire *un* autoroute entre Bougie et Sétif !

— *Une* autoroute ! rectifia aussitôt Ryme. On dit *une* auto et *une* route, donc ça fait *une* autoroute.

Un tac au tac fort à propos.

Il poursuivit comme s'il n'avait rien entendu :

— Ça aurait servi au transport du poisson… Je fais vieux en disant ça ?

— Non, mais en disant *un* autoroute, oui, réitéra froidement la Barque Moule. Ce n'est pas du français correct.

Bravo !

Il proféra une suite d'injures en français, en kabyle et en italien.

— Ah ça, pour la corruption, les milliards, ils les ont trouvés… Ils ont mangé le pays, les chacals !

Tout à coup, il se rappela qu'il avait une faim de loup et pria pour que l'on tombe rapidement sur un restaurant typique en bord de mer. La perspective me réjouissait également. Pour nous remettre de l'épreuve du *tunnel spaghetti*, rien ne valait une pause sur une plage *dorada*, dans une cabane de pêcheur, les pieds dans l'eau, avec crustacés, dorades, calamars grillés tout juste pêchés qui atterrissent directement sur notre barbecue.

Avec un verre de rosé.

Quelques kilomètres plus loin, devant une cabane-restaurant à l'allure chaotique, nous fîmes halte, l'eau à la bouche. Nous sortîmes de la voiture, les articulations grippées. L'air marin nous rafraîchit sur le coup. Au loin, Bougie scintillait dans un papier cadeau de Noël et semblait se réfléchir dans la main d'un enfant qui tenait un miroir brisé. Polie entre les dégradés d'azur du ciel et de la mer, elle était d'une beauté qui éclaboussait les flancs des navires qui somnolaient dans le galbe de sa baie et faisait ondoyer leur acier. Maintenant, Ryme affrontait la Méditerranée de tout son corps. Elle avait ôté ses chaussures et la prenait, pieds nus. Le face-à-face était sublime. Je la filmais en train de se diluer dans les eaux turquoise. Elle sortait d'un tunnel. Elle était faite pour la lumière, contrairement à Samy, qui s'ingéniait chaque fois à ignorer les pépites sur notre chemin et à traquer les pépins. Derrière nous, en effet, il avait découvert l'envers du décor et s'ébroua de nouveau. Ses yeux étaient tombés sur une décharge sauvage qui balafrait le paysage. Hélas, le littoral de la Costa Blanca servait aussi de dépotoir. Des canettes de bière verdissaient le sable où des jeunes faisaient du camping sauvage, d'autres erraient autour d'une maison en ruine, torse nu, fumaient des lianes et buvaient des boissons énergisantes en se tortillant au rythme d'une musique endiablée tels des soldats déserteurs de l'Apocalypse. Le cannabis et les psychotropes avaient transformé ce no man's land en base de lancement de fusées vers la Lune. Pas de policiers à la ronde, de loi connue, et au milieu du tableau biscornu, deux couples endimanchés se baladaient bras dessus bras dessous en se murmurant des vers romantiques, tandis que les nouveaux hippies de la plage nous encerclaient peu à peu.

« Ne fais pas de photos », conseilla Ryme à Samy qui s'apprêtait à les immortaliser. Intimidé, il remisa l'appareil dans sa poche. Nous nous retirâmes doucement sur la pointe des pieds, laissant la jeunesse dans son état insurrectionnel.

Surplombant le port, la place Gueydon, au cœur de la cité berbère, avait conservé les platanes des temps coloniaux qui prodiguaient encore ombre et fraîcheur aux rêveurs, aux retraités et aux chômeurs. Aux terrasses des cafés bondés, des grappes d'hommes palabraient autour d'un expresso. La révolution et la peau de chagrin qui restait de l'euphorie de l'Indépendance étaient au cœur des discussions masculines. On exigeait de retrouver les milliards détournés par la corruption. On voulait savoir où se terrait le président déchu. Les mots crépitaient, montaient et retombaient autour des tables comme des bulles de savon. Sans réponse. Accoudés à la balustrade qui dominait la baie des bateaux somnolents, des filles et des garçons admiraient religieusement le ballet des grues qui chargeaient les navires de marchandises. Combien rêvaient d'embarquer ? Ici, en mars dernier, un jeune homme s'était suicidé en se jetant dans le vide. C'était un lieu de prédilection pour les hallucinations, car sur le garde-fou se télescopaient brutalement le proche et le lointain, les rêves et la réalité, l'infini et la limite. La possibilité d'un vertige n'était jamais loin.

Ryme s'était faufilée dans la foule muette des rêveurs. Elle avait posé ses mains sur la balustrade et contemplait, béate elle aussi, les préparatifs du voyage. Elle embrassait le grand large. Elle buvait les étendues, bras ouverts, aspirait l'horizon. Je vins m'emboîter derrière elle, comme devant son miroir, ce matin, lorsqu'elle se maquillait. Peu après, sous un platane au feuillage dense, nous retrouvâmes nos amis de Marcel Mouloudji, les deux jeunes frères, Mousse et Amo, aux mines joviales, à l'affût d'une joie effervescente. Juste à les voir, on avait envie d'être leurs frères et sœur. Au troisième café, ils étaient déjà éblouis par Ryme. Ils virent d'emblée qu'elle était de leur côté, de la famille de ceux que les livres délivrent. Un jour ou l'autre, leurs chemins devaient se croiser. Au milieu de leurs conversations, je surveillais d'un œil mon frère déraciné. Ryme le déboussolait. Ses pupilles faisaient la toupie dans leur cavité. Il était sur le point d'alerter nos hôtes, « hé ! les gars, bouchez-vous les tympans sinon elle va vous embobiner », mais trop tard, ils lui proposaient déjà de faire une conférence dans leur village de Leflaye où était né Saïd, le père de Marcel.

Elle n'en revenait pas.

— Moi, une conférence ?

— Évidemment ! Les femmes sont libres chez nous, encouragea Amo.

— Mais… une conférence sur quoi ?

Samy faisait le héron. Son cou dodelinait d'un camp à l'autre comme à Roland-Garros. Dans ses yeux, les toupies tournaient encore.

— Tu pourrais parler de Kateb Yacine et sa *Nedjma*, de Pagnol et sa *Gloire de mon père*, ou de Gogol, tu lisais *Les Âmes mortes*, non ? suggérai-je. L'histoire d'un homme qui rachète aux propriétaires terriens les âmes de leurs paysans défunts…

Gogol ? Alors là, bien sûr, mon frère rigola.

— Gogol, oui, j'aime bien, dit-elle, il y a de la subversion, de l'humour, mais comment dire… Les noms russes sont difficiles à prononcer et à enregistrer, le héros Tchitchikov, par exemple…

Samy s'inquiétait maintenant de savoir si c'était bien cette même fille dont il se moquait la veille, qui prononçait « Barque Moule » et qui à présent avait défait ses nœuds et déjà dompté la Méditerranée. Elle avait en un coup de baguette magique ensorcelé les deux frères. Elle les avait transformés en adorateurs. En face, Mousse se réjouissait d'avoir trouvé un bon thème pour une rencontre au sommet, la corruption des esprits chez les Russes au XIXe siècle dans les services publics, l'arrogance et la servilité des employés, la bureaucratie… Une comparaison féconde pour parler de Lirac. Mais cela nécessitait de la préparation, prévint Ryme. Tous les détails seraient réglés par les deux frères. Ils étaient prêts à aller la chercher chez elle. La géographie n'était jamais un obstacle pour eux, contrairement au manque de démocratie.

Leur noblesse d'esprit était admirable. Cinquante années de pillage de leur pays, de corruption et dix ans de guerre civile effroyable n'avaient pas altéré leur joie de vivre. En permanence, ils inventaient des projets pour garder un pied dans l'avenir. *Un jour, tu verras, on se rencontrera…* La nuit tombera, le jour se relèvera.

En attendant, un œil haut placé nous espionnait sans ciller. Le soleil. Il avait formellement interdit aux nuages le passage devant son champ de vision pour ne rien perdre de notre conversation. Depuis l'Indépendance, il couvrait le pays et il avait vu le désespoir des gens. Ah, s'il avait pu se désaxer et quitter ces cieux corrompus, il y a belle lurette qu'il se serait exilé pour faire sa propre révolution ni vu ni connu, quitte à laisser derrière lui un trou noir. Il aurait requis l'asile météorologique en Scandinavie, là-bas où, durant tout l'hiver et sa lumière sombre, il n'aurait rien eu à faire, sinon se la couler dans l'ombre et se marier avec l'hiver. Heureusement, il était resté. Aujourd'hui, il caressait généreusement nos épaules. Il se plaisait à contraster les nuances de coloris dans les pupilles de Ryme en nous écoutant refaire le monde.

Bienvenue au club des Amis de Marcel Mouloudji !

Les tasses de café tintaient.

J'aimais regarder les deux frères. On se ressemblait intimement. C'est drôle, en les écoutant, je me revis en juillet 1969 devant la télévision en noir et blanc à Lyon dans notre salon de la rue du Sergent-Blandan. Il fallait tenir jusqu'à quatre heures du matin pour voir les Américains marcher sur la Lune. Vers minuit, dans une émission culturelle de Denise Glaser était invité le jeune chanteur Marcel Mouloudji. Sa voix de gavroche m'avait marqué parce qu'elle semblait s'affaisser en chemin par manque de souffle et l'on avait envie de venir à son secours pour l'aider à tenir les cordes vocales jusqu'à la fin de la chanson. Ses yeux lâchaient des éclairs baignés de douceur et de mélancolie. Son teint était clair et ses cheveux châtains naviguaient harmonieusement sur son crâne. Pas un seul n'était frisé, contrairement aux nôtres. Il s'appelait Marcel, mais il avait quelque chose de chez nous. Mouloud-dji. Son nom avait une résonance composée, celle du bled au début et italienne vers la fin, mais je m'en étais accommodé. Enrico Macias, et *Les Filles de mon pays* qui passait aussi dans l'émission, avait la même Méditerranée dans les yeux et le même soleil dans la voix. C'étaient des Français par la langue.

Décontenancé, Samy prit congé. Il avait besoin d'une bonne assiette de thon rouge grillé pour se remettre d'équerre, avec une purée de navets d'El Ouricia assaisonnée de coriandre fraîche. Le bavardage des intellos l'avait certes intéressé, mais épuisé. Il s'approcha des platanes coloniaux, frôla des doigts leurs cicatrices, examina l'écorce, leur glissa des mots de réconfort avant de finir contre la balustrade d'acier surplombant la mer. Il avait détecté les étudiantes au teint cuivré qui se tenaient cambrées sur le bastingage, prêtes à l'envol telles des grives. Dans leurs rêves, il avait décelé leur désir ardent de rencontrer un damoiseau sur l'autre rive.

À l'ombre, j'interrogeai nos amis sur la révolution en cours et ils me relançaient sur l'association Bibliothèques sans frontières dont j'étais parrain. Ils manquaient cruellement de livres dans leurs montagnes à cause de la sécheresse culturelle. Ils disaient que les jeunes d'aujourd'hui rêvaient de prendre la mer pour voir le monde, alors qu'eux rêvaient d'une bibliothèque au village pour faire venir le monde. « Lire délivre ! » lança Amo en riant. J'avais déjà entendu ces mots dans la bouche de Ryme. Mais importer des livres coûtait cher. De plus, ils couvraient les frais de fonctionnement de leur modeste association avec leurs deniers. Mais rien ne les arrêterait.

Déjà perchée au sommet de sa montagne, Ryme enregistrait chacune de leurs paroles. Elle aussi était prête à l'envol. Devant elle, une cigogne passa. Bleu clair, rose et vert.

Les frères nous invitèrent à déjeuner en bord de mer dans un endroit à la mode d'où nous pourrions voir la nouvelle jeunesse en ébullition et nous faire notre propre opinion sur ses promesses. Nous le tenions, notre restaurant design, ses crustacés et son rosé. Dans les ruelles ombragées, Ryme se sentait grisée et se retenait à ma main. Samy était aux anges. Il allait enfin se remplir la panse. Il se planta devant le restaurant Bou la Glace et commença à déguster des yeux le menu du jour : cocktails mauresques et poisson fumé à la bougie de Bougie ou bien « salopes » de veau aux « champions de Paris », tandis que plus loin, nous entrions dans une librairie à la vitrine richement garnie. Elle donnait faim, elle aussi. À l'intérieur, trois hommes aux cheveux blancs évoquaient le naufrage de cette embarcation près des côtes italiennes qui avait coûté la vie à treize jeunes harraga. Les commentaires allaient bon train. Comment un pays pouvait-il inspirer à sa jeunesse une telle rage de partir, quitte à mourir ? Il fallait imaginer le désespoir de leurs mères… Les lamentations parvenaient à Ryme, mais elle restait à l'écart pour éviter l'écho de ces tragédies, hier celle des années de plomb, aujourd'hui celle des brûleurs de frontières qui périssaient en Méditerranée. Je ressentais en direct la force qui la retenait de s'adresser à ces hommes et sevrer leurs oreilles de ses malheurs, crier que cela durait depuis une génération, crier, les nœuds étaient des caillots dans son sang, elle poussait, mais rien ne sortait, l'arête arrêtait ses mots. Qui pouvait imaginer le désespoir d'une enfant à qui l'on avait pris ses parents et son frère naissant ? Fugitive, elle cachait ses yeux dans les livres, plongeait dans leur épaisseur, laissait flotter ses doigts sur les couvertures comme sur un clavier de piano. Elle en ouvrit un, fit une pause sur une page. Je me demandais quels murmures d'âmes mortes elle avait déjà captés en s'enfuyant ainsi depuis des années sur des embarcations de papier.

On frappa bruyamment à la vitrine de la boutique. C'était Samy. Il lança un SOS de lutte contre la faim, le nez écrasant l'inscription « Librairie » pour une grimace puérile. Il interrompit les complaintes des retraités aux cheveux blancs. En le voyant faire le pitre, on pouvait presque penser qu'il était heureux. L'enfant en lui écartait les rideaux de sa chambre noire.

En tout cas, il réussit à dérider Ryme. Elle souriait à présent.

Note sur mon carnet.

J'écrivis : Treize jeunes morts en Méditerranée. Rêves naufragés. Télescopage du virtuel et du réel, des illusions et de la réalité.

J'écrivis : Visa. Retrouver cette récente étude sociologique qui prétendait que moins de vingt pour cent des jeunes d'ici cherchaient à fuir le pays. Sûr qu'ils étaient plus nombreux et de tous âges, y compris les retraités qui n'avaient pas renoncé à croquer la vie et trouver des médicaments et des soins gratuits en Europe. Ici, les plaies restaient ouvertes trop longtemps.

J'écrivis : Lirac = Chirac. Les rimes étaient suggestives. Les gens d'ici avaient une grande estime pour Jacques Chirac. Ils n'avaient pas oublié ce jour de mars 2003 où pour la première fois depuis l'Indépendance, un président français leur rendait une visite d'État. Des milliers de jeunes venus l'accueillir avaient scandé poings en l'air « Des visas ! des visas ! », vibrant du désir de quitter un pays miné par la corruption, où le pouvoir avait gommé toute ligne de fuite de leur horizon. À l'ombre de

Chirac, le président Bouteflika paraissait estomaqué devant sa jeunesse appelant au secours l'ancienne puissance coloniale.

J'écrivis : À propos de son idée de scier le peuplier qui veut accaparer les racines de notre maison, je me rappelle que Samy m'avait dit : « C'est une question de déontologie. » Je n'avais pas prêté assez attention à la force de cette repartie. À explorer…

Le Ciel bleu.

Le restaurant pieds dans l'eau affichait pourtant un nom de bonne espérance. Hélas, son apparence et son mobilier Pepsi Cola tuèrent nos rêves dans l'œuf. Notre enthousiasme retomba comme une méduse morte sur la plage. Au lieu des crevettes, calamars, dorades et autres produits de la mer que nous imaginions grillés et bientôt dans nos assiettes d'artisanat local, les menus proposaient dans de la vaisselle de pique-nique du *fatfood*, des pizzas et du *fatfood*. Un *s* avait sauté en cours de route, mais le résultat était identique. Les menus dynamitaient l'estomac. En outre, la pizza était au prix fort. Mousse se plaignit que deux ans auparavant, elle valait deux fois moins.

L'inflation était l'impôt des pauvres.

Des pizzas ? Samy et moi échangeâmes des regards d'antilopes prêtes à détaler. Les amis insistaient, c'étaient les meilleures du pays, même le journal *Liberté* en avait vanté la qualité, ce que le jeune serveur qui arriva corrobora vaguement.

Ryme lui commanda une pizza au bois pour le titiller.

— Ah non, désolé, regretta-t-il. Au bois, y en a pas. Elles sont congelées maison.

Elle se contenta d'une salade saison.

Pendant ce temps, je glissai en douce à Samy d'aller régler l'addition pour soulager la bourse de nos hôtes, craignant qu'ils ne nous invitent en raclant les fonds de leurs poches vides.

— Ah, le ciel bleu ! soupira Ryme, relaxée.

— C'est ma chanson préférée d'Édith Piaf, rappela Mousse.

— Vous savez qu'elle était kabyle, elle aussi ? nous apprit Amo.

— Y avait le Marcel, y a maintenant l'Édith ! ironisa Samy.

— C'est vrai. Sa mère s'appelait Annetta Maillard, une chanteuse de rue connue sous le nom de Line Marsa, qui était kabyle, poursuivit Amo.

— N'importe quoi ! Édith Piaf, kabyle…

— C'est la vérité. Sa grand-mère s'appelait Aïcha Ben Mohamed. À Paris, dans des cirques ambulants, elle faisait un numéro de puces savantes, précisa-t-il, des puces dressées pour tirer de petits objets dans les cirques miniatures avec de minuscules chaînes… Elles étaient l'attraction du public dans les années trente… On peut voir ça sur Internet…

— Les puces savantes d'Aïcha Ben Mohamed ! rigola Samy. Ça va plaire à mes voisins soi-disant français, les Mazarini…

— Il y en a plein d'autres, ajouta Amo, comme Jacques Villeret, Isabelle Adjani, Dany Boon, Daniel Prévost, même Kylian Mbappé…

Bien que sceptique, Samy finit par admettre que, malgré les dangers de mort pour y accéder, la région était une terre fertile. Il suggéra d'ouvrir un musée à Leflaye pour y exposer les histoires de tous ces *bi* célèbres dans le monde, en commençant par Zidane, ce qui attirerait un public beaucoup plus nombreux qu'une bibliothèque, selon lui. Il fit rire son monde et se demanda bien pourquoi.

Plus tard, à table, un constat s'imposa à nous. J'avais entamé la pizza, mais il m'était impossible de la finir. Résultat : la mixture engloutie avait bloqué mon système de digestion. Mon frère n'avait pas touché à la sienne quand il avait vu la surcharge de fromage et d'huile qui la garnissait. Il avait trouvé une excuse en repoussant l'assiette vers les deux gourmets : il conduisait au retour et ne voulait pas s'endormir au volant dans les gorges avec les deux VIP qu'il transportait ! « Si vous voulez la finir... L'estomac doit avoir un blindage allemand pour avaler pareil étouffe-chrétien ! » Justement, nos amis en étaient pourvus. Ils ne se firent pas prier et transformèrent aussitôt leurs fourchettes en pales d'éolienne tout en graissant leurs plats de larges pelletées de sauce mayonnaise locale. À la fin, repu, Mousse s'excusa de quitter la table pour une urgence. On pouvait s'y attendre. Avec tout ce qu'il avait ingurgité, il était sur le point d'exploser. Samy était allé payer la note qui, bien sûr, avait été réglée. Le serveur revint vers nous, fier de voir nos assiettes nettoyées, et compta sur nous pour créditer la réputation du Ciel bleu par-delà les mers et les océans.

Quand Mousse réapparut, il tenait un sac. Il le tendit à Ryme. « Un petit souvenir de nos montagnes et de notre village. » Je pensai qu'il était retourné à la librairie pour acheter un livre. Elle l'ouvrit et découvrit une pièce de tissu. Elle la déplia. Une robe kabyle. Elle la plaqua contre elle. Elle était en soie, décorée de dentelles et bouclettes, inspirées des motifs berbères, avec une *fota*, un jupon brodé de rayures rouges, orange et noires qui s'attachait à la taille. « C'est modeste, s'excusa Mousse, mais elle représente notre âme éternelle : tradition, symbole et résistance. »

Émue, elle tendit sa main pour remercier, mais il l'enveloppa dans ses bras et l'embrassa chaleureusement. Rendez-vous fut pris pour une « rencontre au sommet » à Pâques dans cette tenue locale.

— Tu reviendras aussi ? me demanda Mousse. Deux invités d'honneur d'un coup.

— Merci pour le chauffeur, railla Samy en lui arrachant le sac qui contenait la robe.

Il l'enfouit dans sa poche.

— Hé ! Donne-le-moi, je vais le jeter, s'insurgea Mousse.

— T'inquiète ! Je ne lis pas, je ne fais pas de conférence, je ne connais pas de Gogol, alors faut bien que j'occupe mes mains…

Sur le chemin du retour, dans les virages des gorges, la pizza s'avéra être un cheval de Troie qui avait contaminé mon estomac. J'avais pris place à l'arrière de la voiture pour étaler mes restes. Ryme était à l'avant. Samy n'avait rien perdu au change. Il l'admirait carrément. La route ne l'intéressait qu'à mi-temps à présent. Il m'étonnait de plus en plus. Je voulais lui rappeler la « question de déontologie », mais je le laissais faire pour voir où il voulait en venir avec elle. À côté, hypnotisée par le velours des paysages et l'aventure qu'elle venait de vivre à Bougie, elle lâchait des soupirs de bonheur. Elle se retourna : « Tu reviendras avec moi, c'est vrai ? » Le téléphone de Samy sonna à ce moment. La nouvelle tomba : l'arrivée de sa valise à bon port. Aigle Azur le confirmait. Elle l'attendrait demain à midi tapant.

— Aujourd'hui est un bon jour, jubila-t-il. Pas trop tôt !

— J'espère que notre vol sera maintenu, dis-je.

— Halte-là ! Ne me porte pas la poisse, se rebiffa-t-il. Moi, je rentre chez moi, tu m'entends ? Dis-le à ta gazelle.

C'est à ce moment-là qu'elle se souleva. Une grina l'avait prise.

— La gazelle te répond que c'est ici chez toi ! Moi, j'espère que le vol sera annulé, qu'Aigle Azur n'existera plus et que vous resterez ici, chez vous, avec moi. Ça suffit, votre exil. Un jour, votre maison va s'écrouler sur moi…

La Marianne était montée sur la barricade. Ses mots avaient fait grand bruit. L'arête dans sa gorge avait bougé. Une fois de plus, j'en restai bouche bée. Cette rafale de paroles avait jailli comme si quelqu'un d'autre en elle était sorti de sa planque et voulait garder le micro sur scène pour raconter en public toute son histoire.

Surpris, Samy cogna son index sur sa tempe.

— Non mais, ça va pas, Barque Moule !

Elle était vent debout.

— Si ! Ça va très bien, monsieur « un autoroute ». On est de la même famille, maintenant.

— Délirant !

Son index frappa de nouveau son crâne.

Elle le fixa.

— Toi, tu peux repartir en France si tu veux, dit-elle avant de me désigner, pas lui. Son pays, c'est moi.

Il en balbutia d'abord, fit ensuite une moue d'homme trahi, puis déporta enfin son attention sur une paysanne qui promenait sa jeunesse au bord d'un chemin.

— Surveille la route au lieu de mater les filles, lui fis-je.

— Occupe-toi plutôt de ta conférencière !

— Il s'occupe déjà très bien d'elle ! lui expédia-t-elle.

Elle était à l'offensive.

Un moment plus tard, il fredonnait la chanson de Piaf qui parlait de l'effondrement du ciel sur elle…

Après un long silence, redescendue des barricades, elle lui dit en souriant :

— Tu as une voix romantique. Si tu étais plus gracieux, tu aurais trouvé une femme gentille et aimante…

À cet instant, il aurait ardemment voulu lui recommander de se mêler de ses propres manquements. L'avait-elle trouvé, elle, l'amant gentil et aimant qu'elle attendait sur son cheval blanc pour l'emmener sur les bords de la Seine ? Mais il était incapable de donner la réplique à cette femme dont les flatteries touchaient ses cordes profondes, là où peu de mots s'étaient aventurés jusqu'alors. Je ne l'avais jamais vu dans cet état d'hypnose. L'enfant en lui qui s'était noyé dans le canal se dépliait. Il ressortait de son abri. Sur son visage, les plis s'effaçaient, les veines dégonflaient, la peau se lissait, ses yeux s'éclaircissaient. Ses cheveux noircissaient. Lui qui avait toujours espéré la reconnaissance d'un père était en train de gagner celle d'une étrangère. L'envoûtement opérait. L'arboriculteur avait les racines à l'air.

Il se remit à respirer normalement.

— J'aime beaucoup cette fille, confia-t-il à son rétroviseur, juste au moment où la guimbarde heurta un ralentisseur qu'il n'avait pas vu.

Il s'arrêta sur le gravier. Le dernier enjoliveur se décrocha, roula en tanguant sur le bitume et bascula dans une ravine. Nous accompagnâmes du regard sa dégringolade vers sa dernière demeure. Autour de nous apparut un petit coin de paradis. Merveilleux havre de quiétude. Les herbes ondoyaient, les arbres bruissaient, deux pies nourrissaient leurs petits dans leur nid, leurs reflets noirs et vert métallique luisaient au soleil. Le moment était à la grâce. Aucun de nous ne trouvait rien à dire ou à redire. Ryme cueillit des fleurs sauvages. Avec la bonne nouvelle d'Aigle Azur, la lumière et les louanges, Samy parvenait enfin à un accord avec la nature. Je les observais tous les deux, en harmonie dans le monde. J'étais heureux pour eux.

La voiture repartit, requinquée. Sans aucun enjoliveur, elle avait même une allure plus équilibrée.

Ryme offrit le bouquet de fleurs sauvages au chauffeur des VIP pour s'excuser de sa sortie.

« Quelle sortie ? »

Il ne se souvenait plus.

— À la prochaine station-service, on s'arrêtera, lui dis-je.

— Pourquoi ? Tu peux faire tes besoins derrière un buisson, on va pas te regarder, répondit-il.

— C'est pour changer l'ampoule grillée de devant…

Ma clairvoyance le surprit.

— Ah, merci de m'y faire penser. Ça m'était complètement sorti de la tête.

— Je le sais. C'est pour ça que je suis là.

Il m'adressa un regard scrutateur dans son rétroviseur pour déceler ce que ces mots cachaient encore comme traquenard.

Cela aurait pu être cocasse comme ironie du sort, si ce n'était pas aussi dangereux en ces temps de convulsions politiques qui secouaient le pays. Sur le portail de notre maison de Beaumarchais, une main scélérate avait écrit en rouge vif : « Dégagez ! » En lettres majuscules. Sans faute d'orthographe et avec un point d'exclamation. La peinture fraîche dégoulinait encore sous les lettres sanguinolentes. L'auteur avait tenu à aiguiser ainsi l'injonction qui nous était faite. Samy était perplexe et inquiet. Qui avait écrit cette menace ? Quel genre de Mazarini ou autre voisin jaloux ? Resquille ou Eddy ? À l'adresse de qui ? Des *bi* que nous étions ou des politiques que le peuple voulait chasser du pouvoir ? En tout cas, il convenait d'effacer vite ce message susceptible de nous compromettre avec les autorités locales qui emprisonnaient à tour de bras lesdits meneurs de Lirac. Au même moment, en guise d'accueil sur leur territoire occupé, les chats sauvages perchés dans le peuplier lancèrent des cris d'enfants égorgés. Ils avaient jubilé ce matin en imaginant que l'on rentrait pour toujours sur nos terres et ils avaient célébré la nouvelle avec leurs frères de gouttière. Leur déception tournait à la furie. Là, dans notre propriété, ils se tenaient toutes griffes dehors, prêts à donner l'assaut final pour nous dégager fissa de leurs terres annexées. Samy promit de se venger de Resquille, qui avait dressé ces mercenaires contre nous. Et dire que je proposais de lui faire grâce des loyers impayés, ressassa-t-il, sous prétexte que nous n'avions pas besoin d'argent. « Tu leur tends une main, ils te bouffent le bras… »

« Et Eddy le fourbe ? » maugréa-t-il en constatant les dégâts causés par le peuplier sur les fondations de la maison. Il avait promis d'avertir les services municipaux pour venir l'abattre ou de le faire discrètement lui-même, en cachette, la nuit, soi-disant que personne ne se souviendrait même de son existence une fois rasé. Résultat : rien de rien. Il n'avait pas levé le petit doigt. Et l'arbre poursuivait sa colonisation souterraine. Aussi méthodique qu'une invasion de termites à bois.

Ryme suggéra de ne pas en faire cas. Pas maintenant. Rien ne devait plus nous empêcher d'apprécier pleinement la merveilleuse journée que nous avions passée. La chance nous éclairait. Dorénavant, sur les chemins parsemés de pépites et de pépins, elle ne voulait cueillir que les pépites. Elle allait résilier le malheur et recracher l'arête. C'était étrange de constater comme sa voix avait rajeuni. Elle s'était raffermie. De sa métamorphose, mon frère était encore surpris. Mais que se passait-il ? De nouveau, il la reluquait avec un intérêt marqué, si ce n'était une gourmandise avouée. J'avais la vague impression qu'il la voyait bien dans sa valise pour son retour vers sa terre promise…

Il laissa aller son allégresse et lui chanta un air de Clooney crooner en la dévorant des yeux.

— Tout à l'heure, quand on était dans les gorges, j'ai remarqué une chose en toi…

— Ah bon ? Et quoi donc ? intervins-je avec fermeté.

— Je ne parle pas à toi, rétorqua-t-il comme à un second.

— Ah bon ? Et quoi donc ? répéta Ryme à ma façon.

— Tu ne te racles plus la gorge. Tu es guérie.

— C'est vrai, merci ! le coupai-je en la serrant bien par la taille pour le décourager de toute tentative d'enlèvement.

Rotation !

Vendredi.

Jour J moins un avant le retour au Groenland.

Jour de la grande manifestation de Lirac.

Samy inspectait sa valise outragée, martyrisée, mais libérée. Il mit de côté une poignée de cerises pourries qu'il allait planter sur la tombe de la maman le lendemain dans la virginité des aurores. Il avait hâte de retourner dans sa rue du Repos, sur le versant nord de son identité, là où les chats étaient de bonne compagnie et restaient à leur place. Encore quelques heures à tenir. Il changea de sous-vêtements, avala un Temesta et fit un bilan. Ce voyage lui avait rogné beaucoup d'énergie. Cependant, il lui avait apporté deux joyaux : d'abord, les mots doux de Ryme qui lui avaient permis de ressentir l'odeur d'aimer sans peur ; ensuite, l'autre, le plus important : être de la même origine que *l*'Édith, *la* Piaf. Cette filiation le comblait d'orgueil comme jamais aucune autre sensation jusqu'à présent. Elle et nous formions dorénavant une seule et même famille. De retour chez lui, il allait saturer les oreilles des Mazarini : « Hé, les ritals, vous connaissez la nouvelle ? La Môme de Belleville est la petite-fille d'Aïcha Ben Mohamed la kabyle ! »

Il dirait le nom composé de la grand-mère avec l'accent du bled, celui des

blédards, des sarrasins, des melons,
des crouilles, des bicots, des troncs,
des bougnoules, des gris et des ratons,
pour clamer sa fierté retrouvée.

« Hé, les Frosinone, ça veut dire quoi, hein ? Qu'une partie du patrimoine culturel français m'appartient. Sans nous, vous n'auriez jamais eu *l'*Édith ! »

En tout cas, de retour dans la vallée du Rhône, depuis les hauteurs des monts du Lyonnais et des Roches-de-Condrieu, il allait claironner la vérité à tue-tête et réclamer sa part de terroir à ceux qui voulaient s'approprier l'exclusivité de la souche.

Forza Francia !

Ragaillardi, il s'allongea sur son lit et s'abandonna dans un flottement suave qu'aucun aléa ne pourrait plus jamais entraver. Il s'était enfin trouvé une place dans ses racines, ce Vendredi saint.

Hélas, comme n'importe quelle trêve, celle-là n'était pas faite pour s'éterniser. Une main gratta la porte et sortit Samy de sa torpeur. C'était Resquille, le locataire fuyant que l'on n'avait pas revu depuis bien longtemps. M'apercevant en train d'écrire, il me demanda s'il pouvait aller déranger le décideur qui dormait. Après mon signe de bienvenue, confiant dans son air tartufe, il s'avança sur la pointe des pieds vers le chef, s'excusa d'avoir été si peu présent ces derniers temps à cause de son travail harassant, puis en vint au fait qui l'avait conduit à interrompre le repos mérité de l'honorable propriétaire des lieux, que Dieu lui accorde Sa miséricorde... Après ses salamalecs de fourbe, il fila droit au but : il était venu solliciter une petite ristourne pour les loyers en retard, qui constituaient, somme toute, un pactole pour le modeste plâtrier-peintre qu'il était.

Samy se redressa tel un ressort et lui fit répéter « Une quoi ? » L'autre réitéra fébrilement « ristourne » et se retrouva dans le marigot avec ce mot qui l'engloutissait inexorablement. Il essaya in extremis un murmure, « ... petite... », son pouce et son index en délimitant modestement la mesure, avant de se prendre une salve dans les tympans :

— Quoi ? Tu paies dix euros par mois, tu ne t'occupes jamais de l'entretien de la maison et tu oses me demander une ristourne !

Loin de plier, le plâtrier avait préparé un argument bétonné.

— Si je n'habitais pas là, la maison serait vide et les pilleurs l'auraient déjà...

— Tu paies ! Jamais tu n'as repeint un mur, colmaté un trou, réparé une marche d'escalier. Tu es plâtrier-peintre, toi ?

On aurait pu croire le requérant plombé sur le carrelage par la contre-attaque du gérant, il n'en était rien. Il plaqua sur la table les atouts qu'il gardait sur sa truelle.

— Ce n'est pas Ryme qui fait la gardienne... Elle ne montre jamais le bout de son nez... (Le bougre insista.) Et elle ne paie pas de loyer...

— C'est pas ton affaire ! menaça Samy. Un mot de plus et tu dégages illico !

Vaincu, le mauvais payeur fourra sa main dans sa poche, sortit l'enveloppe qu'il avait préparée, la tendit à Samy et rebroussa chemin, tête basse.

L'honorable propriétaire des lieux commença à compter les billets, avant de l'interpeller.

— Attends !

L'autre se retourna.

— Tu sais qui a écrit « Dégagez » sur la porte d'entrée ?

— Ah non, moi, je travaille toute la journée. Ça doit être un manifestant de Lirac. Aujourd'hui, il y a la marche en ville... Tout le monde va crier « Dégagez ! » au gouvernement...

— Et toi ? Tu n'y vas pas ?

— Moi ? Non.

— Ça ne t'intéresse pas ?

— J'ai un travail, je nourris ma famille... et de toute façon c'est Dieu qui fait notre destin, pas la politique ou les politiciens...

Jugeant l'argument partiellement recevable, Samy se rallongea sur sa couche en maugréant.

Je repris mes notes.

Vers midi, au-dessus du minaret chauffé à blanc par la lumière, dans la clameur des corbeaux et les roucoulements des colombes, on entendit l'appel à la prière. Eddy entra chez nous en tirant le rideau de la porte. Il apportait un article du journal *Liberté* et le tendit à Samy avec son sourire narquois. « C'est pour ton arbre que tu voulais couper. »

Abattage illicite d'arbre

Un adjoint de l'éducation d'un lycée s'est distingué hier par un acte fort louable de citoyenneté. Ne pouvant supporter l'abattage d'un arbre (un casuarina majestueux de vingt et un ans d'âge) à l'intérieur de l'établissement, A. B., qui avait tenté vainement de dissuader l'intendant à l'origine de l'acte funeste et qui venait d'apprendre qu'un second arbre était dans le programme d'abattage immédiat établi par le même individu, a décidé d'agir au plus vite pour limiter les dégâts. Après avoir mesuré la circonférence du tronc de l'arbre abattu (180 cm), il fait prendre, à ses propres frais, des photos et se rend au district des forêts afin de dénoncer ce massacre. (De jeunes arbres ornementaux avaient déjà été abattus par le passé.) « C'est criminel ! En quoi ces arbres gênent-ils ? », aurait-il dit, révolté, à l'intendant qui a ordonné (et qui est lui-même passé à l'acte en portant plusieurs coups de hache au végétal) aux agents du lycée l'abattage des arbres vigoureux et en pleine sève. Les ouvriers se seraient montrés réticents devant la tâche répréhensible et auraient signifié leur désapprobation à l'économe. Le deuxième arbre est tout de même tombé le même jour, peu après la visite de l'équipe des forestiers. Une enquête a aussitôt été ouverte par le district des forêts, et le tribunal de la ville saisi, le délit tombant sous la loi 84-12 portant régime général des forêts et dans laquelle il est précisé que nul n'a le droit d'abattre un arbre, fût-il planté dans sa propre cour, sans avis et autorisation des services techniques des forêts. L'abattage, dans le cas où il est autorisé, se fait selon des règles précises (qui n'auraient vraisemblablement pas été respectées dans le cas des casuarinas) découlant des lois forestières. Une pétition dénonçant cet arrachage anarchique des arbres du lycée a été signée par trente-deux travailleurs de l'établissement. Voilà qui fera sûrement réfléchir longuement quiconque déciderait de son propre chef de toucher à un arbre ! Le massacre était jusque-là systématique et… impuni.

— Tu as compris ? insista Eddy. Dans notre pays, on ne coupe pas un arbre comme on veut, quand on veut… On n'est pas en France.

— C'est bon, c'est bon, l'interrompit Samy. Je sais lire…

Eddy n'en rajouta pas et sortit l'argent des loyers en retard qu'il avait apporté, lui aussi. À la suite d'un échange avec

Resquille, il avait dû être averti de l'intransigeance du propriétaire sur les questions financières. Toutefois, tout en tendant l'enveloppe, il ne put cacher son irritation devant un spectacle de dépravation : Samy était en short. Ses jambes découvertes laissaient poindre une partie de son anatomie : ses poils. Eddy était gêné, mais il sourit quand même et nous recommanda d'aller mesurer la ferveur des croyants, un jour de prière, pour comprendre ce que « vendredi » voulait dire par ici. Nous allions ressentir les vibrations de sa foi, et qui sait, nous reconvertir avant notre retour en terre chrétienne. Il en serait gratifié en haut lieu par une carte Platinum for Life de Flying Blue pour rejoindre le paradis en classe affaires.

— Oui, c'est une bonne idée, dis-je à Samy, allons-y.

Il se leva en se traînant mollement.

— Il faut se couvrir les jambes, *ici*, le soleil tape fort ! lança le mauvais payeur, mine de rien, en nous voyant sortir.

Samy avala sa langue pour résister à l'envie d'étrangler quelqu'un.

À lui aussi, il demanda qui avait écrit « Dégagez » sur la porte. Le fourbe leva les mains au ciel pour attester son innocence. Il n'avait rien vu, rien entendu. Il n'osa pas sortir sa devise favorite : « Celui qui garde fermée la bouche ne risque pas d'avaler des mouches. » Mais il n'en pensait pas moins.

— Efface le mot, suggéra Samy. Je ne veux pas qu'on croie que nous sommes venus ici pour mettre la pagaille. On ne fait pas de politique, nous…

— Y a pas de problème. Je le ferai.

— Tu es sûr que ça te gêne pas ?

— Absolument. Puisque Ryme n'a pas le temps…

Samy serra le poing et les dents. Il enfila un pantalon et nous sortîmes.

— Attention, cet après-midi, il y a la grande manifestation en ville, ne vous laissez pas prendre dedans, ça va être dangereux… avertit Eddy dans notre dos.

Dès que nous arrivâmes à l'angle de la rue, une agitation nous surprit. Le quartier se noircissait d'hommes et de femmes en tenue traditionnelle qui convergeaient vers la mosquée. Les rues étaient encombrées d'une noria de voitures qui déposaient les fidèles et repartaient aussitôt en chercher d'autres. Dans une salle ouverte sur l'extérieur, des centaines d'hommes attentifs assis par terre écoutaient un prêcheur égrener les bons points qu'un pratiquant pouvait accumuler avec ses louables actions. Dans la rue dézinguée par le soleil, ses litanies tenaient les esprits en éveil. Dieu était le seul espoir immuable sur lequel les gens d'ici pouvaient compter, contrairement au cours du baril de pétrole, celui du change de devises ou des alliances aléatoires de la vie politique clanique. Sous Sa miséricorde, les habitants formaient une famille soudée par des liens forts et intangibles. La foi était leur premier et dernier foyer. Dieu, leur unique phare. Plus le pouvoir politique continuerait à les maintenir dans les ténèbres des mensonges, plus ils se réfugieraient sous Ses lumières.

De l'autre côté de la rue, Samy reconnut les Hell's Angels en scooter qui nous avaient doublés sur la route de Bougie. Ils étaient sortis vivants de l'enfer. Toujours à leurs acrobaties sur leurs engins, ils ne visaient pas le paradis et ses jardins de lumière, eux, mais le nirvana sur la roue arrière. Avec les croyants, ils se toléraient néanmoins sur les mêmes trottoirs malgré leurs convictions contradictoires.

— Chacun cultive son jardin sans piétiner celui du voisin, remarqua Samy. Je trouve que c'est bien...

— Tu as raison. C'est rassurant. Le pain grillé de chacun fait plus de bruit que le tonnerre de Dieu.

Nos voix attirèrent sur nous les regards réprobateurs des croyants, qui devaient se demander pourquoi nous n'étions pas parmi eux à écouter le prêche au lieu de les regarder bêtement comme des touristes égarés.

Nous nous éloignâmes.

— Le pain grillé de chacun fait plus de bruit que quoi... ? me demanda Samy.

— Que le tonnerre de Dieu.

— Celle-là me plaît beaucoup. Les mots sonnent bien. Tu sais quoi ? J'aurais dû écrire un livre sur ma vie, j'y ai souvent pensé... Dommage que le père Clément m'ait dégoûté de l'école...

— L'école n'était pas faite pour toi, tu le sais bien...

— C'est vrai. J'ai toujours aimé les arbres et les plantes, mais le père Clément était quand même un raciste, trop mordu de sa France et de ses châteaux de la Loire...

— Qu'est-ce qui te fait dire qu'il était raciste ?

— Ses yeux.

— Quoi, ses yeux ?

— Je détecte toujours dans les yeux des gens l'hostilité ou l'hospitalité...

— Moi, il m'aimait bien pourtant...

— Ah, toi, toi, encore et toujours... Heureusement que Charlemagne a inventé l'école pour toi... se moqua-t-il.

Nous rentrâmes à la maison alors que les prêches de l'imam dans les haut-parleurs avaient réquisitionné le ciel, lourd et orageux. On n'entendait rien d'autre que sa voix puissante et limpide qui s'emparait des âmes des fidèles pour les élever au firmament, au-delà des turbulences superficielles de la vie temporelle. Un calme s'était installé. C'était un faux calme, en vérité, car bientôt allait commencer la grande manifestation qui durait depuis des mois dans toutes les villes du pays. J'attendais ce jour que les gens d'ici appelaient le « vendredire ».

J'essayai de convaincre Samy de se joindre à moi pour assister à l'histoire en marche au pays de nos ancêtres, sans succès. D'abord, il me fit remarquer que j'étais venu pour Ryme et pas pour Lirac, faudrait que j'arrête de me raconter des histoires, moi aussi, ensuite il me sortit une leçon sociologique radicale.

— Les gens d'ici ne sont pas prêts pour la démocratie. Si tu n'utilises pas le bâton pour les discipliner, ils ne te respectent pas...

— Comme le papa utilisait la ceinture pour t'éduquer ?

Ma réplique le raidit.

— Tu mélanges tout. Éduquer un gamin ou un peuple, c'est pas la même chose...

— OK. Je retire.

— Tu te souviens de qui a écrit « La première chose qui frappe le sauvage, ce n'est pas la raison, c'est la force » ?

— Le Pen.

— Non, Victor Hugo.

— D'où tu sais ça ? m'étonnai-je sincèrement.
— Ta question est méprisante !
— OK. Excuse-moi. Je la retire.
— C'est toi qui me l'as dit. Tu as oublié. Pas moi.
— Tu as une mémoire d'éléphant, bon sang !

C'était vrai. À l'examen du bac, j'étais tombé en français sur *Les Misérables* de Victor Hugo et la prof, Mme Hanin, m'avait demandé de commenter une phrase de l'écrivain à propos de la colonisation et de la civilisation des peuples dits « inférieurs » en Afrique du Nord... En voyant mon nom et ma tête de bronzé estampillée « descendant d'inférieurs », elle n'avait pas résisté à l'envie de savoir d'où venaient mes parents. J'avais avoué. Elle m'avait octroyé une excellente note et félicité après ma lecture d'un paragraphe à haute voix dans lequel j'avais mis toute la verve. À la fin, elle m'avait confié qu'elle était née à Oran, elle était pied-noir. Comme Roger Hanin, né à Alger. Elle souriait en se dévoilant comme pour se faire reconnaître. Nous étions du même pays, des complices, après tout, non ? Quand je lui avais rétorqué que moi j'étais surtout de Lyon, elle avait apprécié la nuance subtile et mon sens de l'humour. Nous n'avions pas le même rapport à la terre, mais nous étions du même soleil.

Rentré à la maison, j'en avais parlé à Samy, tant j'avais senti l'examinatrice impressionnée par ma prestation en français. Ce jour-là, j'avais eu un déclic : j'allais m'en sortir en France par la langue. L'indigène de la Croix-Rousse et de la place des Terreaux, descendant des canuts, n'en serait que plus impressionné et me laisserait emprunter ses traboules pour tracer mon chemin à côté du sien.

Un demi-siècle plus tard, comme moi, mon frère se souvenait de ce moment qui avait balisé mon destin, quand lui était forcé de recopier cent fois sur une feuille « Je suis un crétin ».

— Lirac ou pas Lirac, démocratie ou dictature, demain à cette heure-là, je serai chez moi dans mes arbres.

Il allait tranquillement prendre l'avion pour rentrer dans son pays réel. Dans sa vraie maison, il redeviendrait un bicot normal. « Ça fait du bien de retrouver sa peau. »

Quoi qu'il arrive, aussi vrai que la nuit tombe et que le jour se lève, il repartirait. Son pain grillé ferait plus de bruit que le tonnerre de Dieu.

C'est drôle, mon intuition me disait que ce ne serait pas si simple que ça. Même s'ils parcourent toujours la même distance dans un sens et dans l'autre, les chemins aller et retour ne se ressemblent jamais.

Pour la manifestation, le rendez-vous était fixé à quinze heures devant le Park Mall. À Beaumarchais, dans son appartement dont elle avait encore laissé la porte entrouverte par mégarde, j'allai informer Ryme que j'étais sur le départ. Je frappai avant d'entrer. Avec stupéfaction, dès que je la retrouvai au milieu de ses livres, je fis un pas en arrière. J'assistai en direct à une éclosion, celle d'une chrysalide. Bon sang ! La personne qui était face à moi n'était plus Ryme. Son regard était celui d'une autre. Elle était en partance. Le ciel dans ses yeux était complètement dégagé. À cette révolution à laquelle elle ne croyait pas du tout quelques jours auparavant, elle se préparait à présent comme si elle n'avait jamais cessé d'y penser. « J'y vais ! » annonça-t-elle. Elle s'était déployée, la gazelle blanche. Après la barricade de pavés, la Marianne avait escaladé la statue de la Liberté. L'envergure était tout autre. Cette nuit, à trois heures et quart, elle avait dû croiser ses parents dans un rêve traboulant, c'est sûr, sa marée était montée et les eaux lui avaient livré un message. Elle avait tranché, elle serait du mouvement. Le moment était venu d'écrire *Une femme qui bouge*. Je l'avertis toutefois qu'à cette manifestation populaire, on annonçait des milliers de personnes et sans doute autant de policiers en civil qui seraient chargés d'intimider les meneurs et les participants sous le prétexte de trouble à l'ordre public et d'atteinte au moral de l'armée. Elle courait des risques. Mais aucun doute ne subsistait en elle. « J'y vais ! » L'héroïne de Delacroix qui vivait recluse derrière ses volets à l'abri du monde, la fille chétive qui craignait les foules allait escalader les barricades et sauter de l'autre côté à pieds joints. Avec sa robe aux reflets dorés, sa tenue de mariée avec le peuple, et sa fota, on ne verrait qu'elle sur le pavé, d'autant qu'elle avait fardé ses lèvres de rouge criard comme une révolte. Les caméras de vidéosurveillance allaient la braquer. Je lui bredouillai que sa robe était trop voyante, ses lèvres trop parlantes, n'avait-elle pas peur de… Mais aussitôt, j'eus honte de moi. Depuis que nous étions réunis, je n'avais jamais trouvé les mots justes. Par lâcheté, j'étais lucide, car je réalisais que j'avais surtout peur pour moi, en réalité.

Comble du renversement : c'est elle qui me recommanda de rester incognito, on pourrait m'identifier comme membre du Parti pour la France et m'accuser de vouloir déstabiliser l'État ou l'unité nationale.

— Tu peux rester là, si tu veux, suggéra-t-elle. Ton frère sera rassuré. Demain, vous repartirez chez vous ensemble sans risque…

Elle m'avait carrément poussé sur l'accotement. C'est elle qui posait maintenant les questions : « Alors, tu viens avec moi ? » Je me sentais benêt. Ce n'était plus la paysanne qui attendait que le prince charmant vienne l'emmener sur un cheval blanc. La fille du bled n'attendait personne. Elle n'avait pas besoin de rêver aux châteaux de la Loire. En vérité, elle avait cessé de m'attendre depuis longtemps. Et dire que je l'avais avertie qu'entre les livres et moi, elle devrait choisir. Quel macho nigaud je faisais !

Maintenant, je m'inclinais devant tout ce qu'elle décidait. Elle me tendit une djellaba démodée de mon père qu'elle dégota dans la vieille armoire. « Enfile-la. » La voilà qui m'habillait à présent, pour que je fasse plus local et que je me fonde dans la foule pour protéger ma personne. Je m'exécutai comme un second. Un moussaillon. Je me glissai à l'intérieur du tissu épais et me retrouvai tout à coup à l'intérieur de mon père. On aurait dit qu'il me regardait du dedans et me galvanisait : « Vas-y, fiston, sauve la maison ! » C'était pour nous donner une chance de revenir un jour dans ce pays délivré de ses malédictions et que les sacrifices qu'il avait consentis en exil soient enfin féconds pour notre retour.

Mima aussi m'encourageait de là où elle était : « Prends la main de Ryme et foncez. N'ayez pas peur. »

J'allais franchir le Rubicon, me mêler de ce qui ne me regardait pas, les affaires des gens d'ici. La femme qui bouge m'entraînait dans ses remous. Je glissai nerveusement au fond de la poche mon passeport local pour attester mon identité de papier, me dis-je, au moins celle-là. Ryme embrassa ma joue pour me donner du courage, parce qu'elle avait encore vu l'angoisse assombrir mon visage. J'étais son gentil coquelicot désorienté et elle savait bien que le coquelicot n'en menait pas large, qu'il cherchait à se faire coccinelle pour se cacher derrière son ombrelle.

« Tu es prêt ? » Avant ma réponse, elle déposa un gros baiser rouge cerise sur mon cou. Elle ne voulait pas être en retard. Elle s'élança dehors, les pieds ancrés dans la réalité. Sa fota flottait au bout de sa main comme un étendard.

Au carrefour stratégique de la ville où le cortège devait démarrer, un ballet subreptice inaugurait une mise en scène rodée depuis déjà plusieurs mois. L'agitation allait crescendo. Les policiers étaient plus nombreux qu'à l'accoutumée, des véhicules entraient dans la ronde de la circulation, des vendeurs à la sauvette installaient des étals de gadgets, les croyants sortaient du premier office de la prière et convergeaient vers les lieux du grand rassemblement. Partout, des drapeaux se déployaient et faisaient la claque dans le ciel. À mes côtés, elle planait, ma chrysalide transfigurée. J'étais curieux de savoir si les passants la voyaient telle que je la regardais. Je m'inquiétais encore pour elle, et pour moi. Cependant dès les premiers pas dans la rue, je fus rassuré sur nos tenues. Parmi les groupes de gens qui nous croisaient, pleins de détermination, personne ne décelait notre existence. Invisibles, on marchait ensemble vers le monde de demain, l'âme dans le vent, main dans la main. Une sensation euphorique me portait. Moi aussi, je muais. Mes frontières s'élargissaient. Mes fermetures à glissière s'ouvraient.

J'étais redevenu un gars d'ici comme dans mon enfance, sur la face sud de mon identité. La foule m'avait absorbé.

J'étais elle.

Maintenant, les premiers manifestants étaient réunis à l'ombre du Sheraton Park Hotel, tandis qu'un groupe de personnes se positionnait en face, devant l'entrée de la préfecture protégée par une poignée de policiers. Vers quinze heures, la foule battait le pavé. Trois à quatre mille personnes, hommes, femmes, enfants, jeunes et vieux, valides et invalides, scandaient des slogans, « L'armée et le peuple, frères », « C'est notre pays, *bladi*, on y fait la loi, *bladna* ! » Des frissons me parcoururent le corps. La chair de poule, le long des bras. Liberté, démocratie, vérité... les mots volcaniques du soulèvement fusaient. Ils étaient si bons à entendre, scandés par tant d'espérance. Au pays de mes racines, un peuplier avait poussé et ne courberait plus jamais l'échine. Personne ne l'arrêterait. Le citoyen serrait la main du soldat. L'armée ne devait pas tirer sur les jeunes comme en 1988 où cinq cents innocents étaient tombés sous les balles de la répression. Cinq cents ! Bon Dieu. Comment une armée pouvait-elle assassiner ainsi la jeunesse d'un si grand pays qu'elle était censée protéger ?

Ryme joignait sa voix frissonnante à celle de son peuple. Dans sa gorge, l'arête s'était détachée. Sa voix était libre. L'alignement des planètes qu'elle attendait s'était accompli. Je faisais des photos de son visage explosant sous la lumière, mais soudain lorsque je pressai le bouton de mon appareil, le réflexe du père noua encore ma gorge. Je me mis à redouter que des policiers en civil ne me démasquent en train de le faire sans autorisation. Je savais que sur ces questions ils étaient à fleur de peau, soucieux de minimiser l'ampleur du mouvement populaire afin de garder le contrôle du pays. Elle revenait, la bête. Elle n'était jamais loin. Alors je limitais mes gestes pour réduire ma présence, je me repliais en hérisson merdeux, en escargot frileux, en petit enfant couard qui regarde sa mère se faire battre sans s'opposer. Je mouillais mon pantalon. J'avais beau faire le malin, les chats ne font pas des chiens. Je me croyais casse-cou baroudeur et voilà que Ryme, que je voulais materner avec mes poèmes du Monoprix et du Grand Bazar, ainsi que le peuple autour de moi se révoltaient comme un seul homme et une seule femme. Ils étaient autrement plus braves que moi. Ils écartaient les murs de leur prison, rien ne les empêcherait de défaire leurs menottes, au risque de leur vie. Ils avaient vu que la soif de vivre libre avait eu un effet immédiat sur la peur. Elle l'avait forcée à changer de camp. Le corrompu était rompu. Désormais, le peuple ne craignait plus le pouvoir. Il s'était mis debout telle Mme Rosa Parks à Montgomery s'asseyant au premier rang du bus réservé aux Blancs.

Dans ma tête, j'écrivais déjà un récit. Un peuple s'était élancé, sans chef ni concertation. Il avait fait de chaque individu une foule, conscient qu'il était capable de se gérer sans ingérence, libre, vraiment, indépendant, finalement. Il exigeait la restitution de son pays, sans quoi il continuerait de griller les feux rouges, les stops et les lignes blanches.

Sous mes yeux, de l'oubli, une femme avait jailli. L'orgueil d'un peuple avait sailli. Et je me dis que je n'étais qu'une poussière dans la bourrasque. J'étais heureux de m'en rendre compte. Je remis mes pendules à l'heure. Je repensai à mon père, à qui l'on avait toujours appris à respecter l'ordre établi par les puissants et les lois qu'ils avaient créées pour les misérables comme nous. C'était faux. Il fallait se déplier. Refuser de courber l'échine.

Brusquement, le pépin apparut, celui qui allait ternir la belle harmonie… Mon intuition ne m'avait pas trompé.

Tout commença par des mots. Encore eux. J'entendis des paroles intrigantes dans mon dos. À haute voix, des hommes accusaient la France d'avoir couvert la corruption de la bande au pouvoir et ses achats de somptueux appartements à Paris avec l'argent du peuple. Une voix claire évoqua « un politique français » dans une phrase dont je ne saisis pas le sens, mais qui m'était destinée. Elle était parvenue à moi en serpentant comme une corde. Anxieux, j'essayai de lorgner d'où elle provenait. Un homme m'avait repéré. J'en étais sûr. Habillé en taliban, il avait un air moyenâgeux d'Oussama Ben Laden en plus jeune et avec une plus grosse bedaine, plus robuste et cassant. Son visage ressemblait à la pointe d'un silex et son nez à une patte de poulet. Ses cheveux étaient teints au henné. De ses beaux yeux verts perçait une froide assurance, comme une fine lame de sabre. Faite pour trancher. À l'évidence, il était persuadé de détenir la vérité du tonnerre de Dieu. La pire des espèces pour l'amour et la démocratie.

Je crus comprendre qu'il m'adressait un avertissement à demi-mot, qu'il me suggérait de dégager illico, je n'étais pas dans mon pays. D'un coup, je me sentis mal à l'aise. Hostilité ou hospitalité, je connaissais aussi cette défense immunitaire innée, comme mon frère, qui permettait de détecter un danger dans une intonation, un micro geste ou un regard affûté. Une assurance-vie pour les gens en sursis.

Vite, je cherchai des yeux Ryme à quelques mètres devant moi. J'allais l'appeler à ma rescousse. Il me fallait cesser de jouer au Bel-Ami et de la considérer comme ma fiancée, mais plutôt comme une femme qui allait me sortir de ce sale pétrin. J'étais fragilisé sans elle à mes côtés. Je l'aperçus sur une autre scène, en train de prêcher à tue-tête parmi des femmes avec qui elle avait fraternisé. Elle ne pouvait pas deviner la flèche empoisonnée pointée sur moi. Elle m'avait pourtant averti, c'est moi qui allais être pris pour un espion étranger, un Marocain, un harki, un agent du Mossad infiltré dans le mouvement pour attiser les provocations, abrité derrière ses lunettes fumées et ses mocassins en daim. Tout se brouillait dans mon cerveau. Les lynchages de Noirs en Alabama par les illuminés du Ku Klux Klan avaient traumatisé ma jeunesse. Je me fis un résumé de ma fin proche : un politicien *bi*, déguisé sous une rustique djellaba locale, en possession d'un vrai faux passeport, s'était glissé parmi les manifestants pour déstabiliser la jeune République démocratique… À ses côtés, une femme survoltée avait revêtu une robe berbère subversive. À l'évidence, elle avait adhéré au Parti pour la France, ou rêvait d'en être puisqu'elle défiait le pouvoir qui avait martelé maintes fois qu'il ne saurait y avoir deux drapeaux nationaux. Le trouble à l'ordre public serait établi sans peine par les tribunaux qui allaient la juger.

Sacrebleu, si j'avais eu un hijab intégral, je me serais enfoui dessous pour m'évanouir dans la foule comme à Halloween, je me serais fondu dans l'anonymat, les pieds lestés de plomb pour bien me cacher au fond, mais c'était déjà trop tard. Oussama se pointa vers moi avec deux de ses acolytes barbus de type obtus. Ce type de sectaire harcelait toujours en horde, jamais en loup solitaire.

Il me tança d'un coup de menton :

— Dis-moi, tu es bien le politique français ?

Aucun bonjour. Chaque mot était une balle, les douilles retombaient à mes pieds. Je me défendis en esquivant la charge. Je répliquai que mes racines étaient là, mes parents d'El Ouricia… avant d'essayer de jouer la bonne éducation et la conciliation : « Ça va la santé, les enfants, la famille ? »

Le type grimaça.

— Tu fais quoi, là ? Tu manifestes ?

Sale question dégoupillée.

— Non, non, je suis venu voir…

— Voir quoi ? Ici, les gens en bavent, alors que vous vous la coulez douce chez les colons français, y a rien à voir, dégagez !

Le purificateur était passé du tutoiement au vouvoiement pour englober tous les *bi* dans la même fosse à purin. Nous étions de la vermine, à ses yeux, des impurs.

— Il a mis une djellaba des années soixante pour se cacher dessous, crut deviner l'un.

— Et il se planque aussi derrière ses lunettes noires. Enlève-les ! ordonna un autre, qu'on voie tes yeux.

— Regardez ! Il a du rouge à lèvres sur le cou, cria un troisième.

— Un travesti ! asséna Oussama.

À ce moment-là, je réalisai que j'avais les pieds dans le collet. Et je vis des déménageurs invisibles approcher de mon dos. Je sentais leur transpiration. Ils tenaient en main les vieux fils électriques tressés qui retenaient l'ampoule blafarde du café Le Ballon d'or et qui formaient une corde à lyncher. Les moucherons collés à sa surface me rappelaient *La Nuit essayant d'arrêter le génie de la lumière qui s'efforce d'éclairer la vérité...* Je m'en voulais de ne pas avoir écouté Samy. Mon voyage allait mal se terminer. Le rêve traboulant était une impasse. Un coupe-gorge. Pas une traboule.

Comme entrée en matière, je ne pouvais imaginer pire. La veille de notre retour en France ! Un acte manqué. L'enlèvement des parents de Ryme par les barbares revint hanter mon esprit. J'allais subir le même sort. Dans ces moments critiques, le cerveau s'emballe comme un moteur turbo et gère des équations infinies dans la panique. Soudain, je pensai à essuyer fissa la trace du baiser de Ryme dans mon cou. J'essayai discrètement, pour ne pas attirer l'attention, tout en me demandant pourquoi elle m'avait marqué de la sorte comme un veau. Était-ce pour que la police m'arrête et que je reste à Sétif près d'elle ?

L'étau m'enserrait. La paranoïa me gagnait. Mon sort était devenu aléatoire, tout ce que je détestais, ne plus être maître de mon destin, être réduit à un mouton en attente du sacrifice dans la baignoire.

Le harangueur moyenâgeux augmenta le volume de sa voix de prêcheur, résolument, pour qu'on l'entende à la ronde. Il cherchait à ameuter la horde. Sa hargne me donnait la chair de poule. Comme je redoutais qu'il me frappe au visage et qu'il me livre à la foule pour une lapidation, je plaçai la main devant ma face pour amortir un éventuel coup de tête, comme j'avais appris, adolescent, dans la cité de la Duchère.

J'ôtai mes lunettes pour éviter les éclats de verre.

Le type m'avait l'air d'être un ancien terroriste maquisard converti au commerce de lingerie féminine. D'un coup, j'eus un sursaut d'orgueil. Je crevais d'envie de me faire ma propre révolution, de lui faire remarquer que j'appartenais au parti des « *Nés* en République française », moi, le NRF, pas au PPF, je n'étais jamais *parti* pour la France, et pour cause, j'étais né à Lyon, hôpital Édouard-Herriot, anciennement Grange blanche, dans le IIIe arrondissement. Je n'y pouvais rien. Je n'étais pas un immigré ni un exilé. Encore moins un fuyard. Je n'avais jamais considéré que la colonisation était un bienfait pour mes ancêtres, qu'elle avait « des aspects positifs » comme certains avaient voulu le faire gober à la population. J'avais toujours dit que la colonisation était un viol à main armée. Viol d'un peuple. D'une culture.

Je gardai pourtant ces arguments pour moi. De toute façon, si je m'étais lancé dans cette diatribe, dans quelle langue l'aurais-je fait si ce n'est dans celle de Victor Hugo, qui prenait mes ancêtres pour des êtres inférieurs susceptibles d'être éduqués à coups de bâton dans le dos.

Mais l'heure n'était pas aux supputations. Des gens avaient déjà formé un cercle autour de moi. Ils bloquaient ma repartie imaginaire. Le cercle ressemblait à s'y méprendre à un nœud de corde de lynchage. La dérision gogolienne n'était plus de mise. Des voix qui explosaient, terrorisantes et insidieuses, me parvenaient dans une vaste confusion. Avec un écho, une distorsion qui pouvait me laisser penser que j'étais déjà dans le royaume d'Hadès.

Quel était le problème ? Les commentaires allaient bon train. Paraît que le type est un politique français ? Mais qu'est-ce qu'il trame chez nous ? À ton avis ? Il est descendu au Best Western Hotel ! Il avait un suçon sur le cou, il l'a nettoyé en traître, il a cru qu'on ne l'avait pas vu, il nous prend pour des demeurés. Mais c'est qui, lui ? Un travesti, quelqu'un redit. La pression allait crescendo.

Oussama donna un deuxième coup de menton en l'air :

— Tu nous espionnes ?

— Espionner ? Je suis chez moi ici... *Bladi.*

— *Bladna ! Machi bladek*[1] *!*

Je fis mine de m'éloigner.

— Tu nous filmes ?

— Oui, je filme. La loi l'interdit ?

— Tu es journaliste ?

Il fit un demi-tour pour enflammer la foule avec une posture de tribun.

— C'est un journaliste...

— Il est juif ! gronda un anonyme.

— Mais non, ses parents étaient de Sétif...

— Je l'ai déjà vu à la télé, certifia un autre.

— Oui, chez Ruquier, avec Éric Zemmour le raciste...

— Les Zemmour étaient de Sétif...

Je bafouillai que mes parents étaient enterrés au cimetière d'à côté, mon bras voulait indiquer l'endroit, mais il ne répondait plus, comme le manche de Saint-Exupéry dont l'avion allait s'écraser dans le désert de Libye. Mes commandes étaient

1. « C'est notre pays, pas le tien. »

avariées. J'avais peur maintenant d'une accusation : que l'on me demande pourquoi j'avais écrit « Dégagez » sur la porte d'entrée de notre maison de Beaumarchais. N'était-ce pas une preuve irréfutable que j'étais venu nuire à la stabilité du pays ? Quelqu'un allait chercher à savoir si j'avais des complices. Je me préparais alors à crier que Samy avait repeint notre patronyme sur la tombe de notre père, j'avais des alibis, des témoins, deux cigognes nous avaient vus, ainsi que le gardien au corps de sauterelle. Puis je me dis que l'on allait m'interroger sur qui était ce Samy qui peignait des inscriptions sur la tombe de son père et certainement « Dégagez » sur les murs de la ville. C'était quoi, ce prénom mi-figue mi-raisin qui n'est rien d'autre qu'une vulgaire contraction ? Américain ? Comme Samy Davis Junior ? Pourquoi il n'était pas avec moi, ce mystérieux Samy ? Il avait honte de sa race, de son nom ? C'était bien ça ? Samir n'était pas Samy ! Le boxeur Cassius Clay, légende du monde, s'était fait appeler Muhammad Ali pour retrouver sa dignité et Samir se faisait appeler Samy pour faire le chemin inverse et lécher les bottes du maréchal Thomas Robert Bugeaud, marquis de la Piconnerie ?

Honte à lui.

Le cercle se resserrait autour de moi. Le nœud de la corde caressait à présent la peau de mon cou.

Heureusement je ne dis rien. Les mots ne passaient pas. Tous les indices jouaient contre moi. Une arête s'était positionnée dans ma gorge. Des muscles de mon visage vibraient de nervosité. Je les sentais flotter sur mes joues. Une sensation détestable.

— Regardez, ses narines flottent. Le type n'est pas clair !

— Wesh, ricana Oussama. Tu te sens pas bien chez nous ?

Je posai la main sur mon passeport local, prêt à le brandir en l'air. Je me ravisai aussitôt. Je le remisai doucement dans ma poche. Je cherchais encore des yeux Ryme, que les vagues humaines avaient portée au large.

Je me retrouvai dans la peau de Samy face au gendarme de la ligne blanche bredouillant des onomatopées insensées, cherchant des papiers d'identité dans sa boîte à gants. Pourtant j'avais envie de faire valser mon arête, de redresser l'échine au pays de mes racines, et de bomber le torse devant ces xénophobes haineux tel un peuplier orgueilleux : « Quoi, moi, déstabiliser votre république ? Crétins, vous l'avez fait seuls pendant la décennie noire ! Vous avez tué un pays, assassiné sa jeunesse ! » La grina de Samy me gagnait. Elle charriait une odeur d'œuf pourri et de poudre. Dans deux secondes, mon pain grillé allait sauter du grille-pain. Heureusement, elle arriva, mon gentil petit coquelicot, elle fendit la foule, écarta des coudes les corps en ébullition, monta sur une barricade imaginaire et tonna de toutes ses forces : « C'est mon homme ! »

Ses nœuds s'étaient défaits. Elle essuya sa bouche et suivit l'écho de son cri sur les visages des gens. Celui qu'elle avait étouffé quand on avait raflé ses parents. Elle n'avait pas pu l'expulser depuis vingt-quatre ans. L'arête l'arrêtait. Alentour, des milliers d'yeux avaient mué en une légion de tournesols qui s'inclinaient vers la femme telles des vagues stupéfaites d'un océan en colère.

Les rayons du soleil réglèrent leur focale sur elle.

Il fallait que la lumière éclate.

Que son génie éclaire la vérité.

Son homme ? C'est bien ce qu'elle avait balancé, oui, tout le monde avait entendu. Mais d'où sortait cette pétroleuse ? Ici, c'était Lirac, pas le carnaval de Rio. Regardez sa tenue indigne, son rouge à lèvres insolent ! tança un jeune. Mais où est son père ?

— Et ses frères ? surenchérit Oussama.

J'avais peur que Ryme ne s'en prenne à lui et ne l'écorne comme la mendiante de la rue qui avait maudit ses parents.

Mais non. Elle chercha à canaliser son regard et fixa ses beaux yeux verts criblés d'épines. Elle avait compris que c'était le cracheur de feu et lui opposa son corps ; sa mémoire fondamentale en reconnaissait l'empreinte faciale. C'était un de ces porcs qui balançaient des insanités à son passage lors de ses marches rapides dans les rues, un diable qui trimbalait des fioles d'acide dans la poche pour en asperger les jambes des femmes.

Oussama alluma un feu de broussailles dans ses yeux pour impressionner la femelle en rut. C'était un menteur, ses yeux trop rapprochés l'attestaient. Son regard froid et vert, elle le reconnut. C'était celui du tueur qui lui avait flanqué un pistolet sur la tempe pendant que les autres emmenaient ses parents. Si ce n'était lui, c'était son frère. Un tel regard barbare tatouait une mémoire de manière indélébile. De ses lueurs émanait l'odeur du sang, du soufre et de la poudre.

Elle le mitrailla de mots.

— Tu fais les gros yeux : quoi, tu cherches à me terroriser ?

— Qui es-tu, toi, pour te mêler ainsi des affaires des hommes ?

— Qui je suis ? Moi ? Une femme. Voilà qui je suis, assassin ! Tu peux comprendre ça avec ton âme pleine de pus ?

Ses dents grincèrent.

— Tu me manques de respect !

— Tu me parles de respect, toi qui en manques tant pour mon homme.

Il virevolta vers la foule, le sourire sardonique.

— Peut pas se défendre seul, ton soi-disant homme ?

— Tu te crois mieux que lui ?

— Bien sûr ! Je ne collabore pas avec les Français, moi.

Il voulut embraser la foule pour la rallier à sa cause.

Elle le bloqua net.

— C'est toi qui as tué mes parents, avec tes islamistes de malheur en 1994. Tu te souviens ? Salem et Selma Ben Mohamed. Vous vous êtes trompés d'étage… Tu te souviens ?

Elle flanqua son visage dégoupillé contre le sien.

C'était un face-à-face tonitruant.

Une gâchette.

La grina s'était emparée de son être.

— Regarde-moi dans les yeux, chien : c'est toi qui as mis un canon sur la tempe d'une gamine de seize ans. Regarde ma face si tu as le courage de te regarder en face.

Son enfance était de retour.

Le ressort s'était distendu.

Une petite fille sortit d'elle. Infiniment libre. Sa voix était allée se poster au sommet des montagnes du Djurdjura. On devait l'entendre du fin fond du Sahara.

— Tu m'as jetée dans un fossé.

Hébété, j'étais replongé au marché des poissonniers où les deux samouraïs s'embrochaient. Le sang allait gicler. C'était imminent. J'essayai d'anticiper. S'il la frappait, comment allais-je intervenir ? Serais-je encore la petite poule mouillée de mon enfance incapable de sauver sa mère ?

Et cette foule, prête à basculer on ne savait sur quel versant, était-ce pour nous occire ou nous secourir ?

L'air s'était chargé des effluves d'une lapidation. Le sang bouillait, la lave n'attendait qu'un signal pour s'écouler. La stupeur s'ajoutait à la terreur. Il fallait maintenant lever l'ancre et les voiles, réparer l'avion de Saint-Exupéry écrasé dans les sables, mettre plein gaz, rotation !

« On bouge, je t'en prie ! » suppliai-je la guerrière ressuscitée.

Oussama rit jaune en la toisant. « Tu n'as pas toute ta tête ! » Sa barbe fourmilla. Il était déboussolé, jamais une femme n'avait ainsi attenté à sa dignité de mâle. Il consulta ses acolytes, cherchant une issue, ou un sabre pour nous découper en fines tranches de jambon pollué. Elle et moi, d'un même coup. Ou peut-être un olivier pour nous lyncher à sa branche. Au lieu de cela, il plongea la main dans sa large poche, serra le poing dedans et ne la ressortit pas. Il s'était emparé de sa fiole d'acide, les types comme lui en avaient toujours une prête à asperger le genre féminin récalcitrant. Il préparait une attaque chimique. À ce moment-là, j'eus l'impression de m'être pissé dessus. Jamais je n'avais vu les déménageurs invisibles si près de moi. Si prêts, aussi. Dans le vaste miroir de la salle de bains de Ryme, mon visage me regardait. Il était brûlé au troisième degré. Irrécupérable. Il m'en voulait à mort : « Vois ce que tu as fait, crétin ! Ta vanité ! Ton orgueil déplacé ! »

Je devais fuir tant que la porte était encore ouverte. J'étais un lâche. Je devais aller me cacher derrière ma mère.

J'exigeai de mon cerveau qu'il me dégage du piège, dare-dare, qu'il m'exfiltre séance tenante, avec Europe Assistance s'il le fallait, mais la terreur me glaçait le sang. Elle me clouait au sol. Mes neurones étaient désactivés. La mort me semblait si proche que même ma peur avait peur. Les déménageurs invisibles ne voulaient pas quitter leur barque, parés à virer de bord pour faire demi-tour. Ils attendaient de voir la suite des événements. Je réagis à l'intuition. Pour l'instant, quitte à être immobilisé sur place par la trouille, je me concentrais sur la main du moyenâgeux, tout en empoignant mon téléphone portable pour m'en servir d'objet contondant, un coup-de-poing américain par exemple, lorsque l'occasion se présenterait. Dans la tempête, je réussis à imposer une décision à ma tête : je frapperais l'homme sur la tempe. J'avais repéré l'endroit précis où je porterais le coup. Vers l'oreille droite. Je fixais mon attention dessus comme sur une balle de golf que j'allais fouetter avec une sauvage précision. Ma main ne tremblerait pas.

C'est drôle comme la mort, d'un coup, ne m'inquiétait plus. Sa sensation était froide. Une transformation s'opérait en moi. La peur de la mort, la mienne et celle des autres, m'avait quitté. Elle ne m'intéressait plus. Dans une étrange exaltation, je me sentis devenu un être différent, engagé dans une nouvelle séquence de mon existence où rien n'avait plus de valeur. La mort ne signifiait rien. Pas plus que la vie. Je m'en étais affranchi. J'étais là, c'est tout. Les enchaînements m'avaient entraîné dans leurs remous, j'y participais avec curiosité. Mima avait raison, il arrive un moment où l'on n'a plus peur de la mort. Il faut la laisser faire quand, entre chien et loup, on aperçoit les déménageurs qui attendent dans l'arrière décor.

Dans quelques minutes, j'allais revoir les mêmes croque-morts.

Tiens, l'attitude du barbu se modifia. Au ton de l'effrontée qui l'avait bravé, il vit que c'était du vrai, du charnu, et il imaginait à présent qu'elle puisse avoir des appuis haut placés si elle osait en public une pareille embardée. Sans même être voilée. Il sentit que dans ses propos il n'y avait pas de simulation. D'ailleurs, ils avaient ému la foule, il l'avait bien remarqué chez les manifestants. Les gens d'ici avaient cette corde sensible, parce que les mots de la fille de seize ans à qui l'on avait enlevé ses parents avaient ramené les effluves du carnage, du sang et du malheur de la décennie sauvage, cette vaste zone radioactive où plus rien ne poussait depuis plus de vingt ans. Pas même un coquelicot. Et dans cette désolation, la fille de Salem et Selma avait régurgité ses mots caverneux.

L'essence de la douleur.

L'arête avait giclé de sa bouche.

C'était une sacrée extériorisation.

La rescapée n'avait pas peur de la mort, elle y était déjà passée une fois.

— Quand je pense que le gouvernement a amnistié la vermine de ton espèce, vomit-elle encore sur le purificateur.

— Mesure tes paroles, femme, menaça-t-il, déboussolé. Je te le répète pour la dernière fois. Mesure tes paroles !

Il l'avait traitée de femme. Son injure suprême.

Il feignit d'avoir repris le dessus alors qu'en vérité il chancelait comme un boxeur K.-O. Ses amis le retenaient. De mon côté, j'agrippai mon portable dans mon poing, prêt à défendre ma Marianne, je ne voyais plus que l'oreille droite où je frapperais l'adversaire, son visage entier s'était réduit à cette oreille, toute ma perception du monde s'était focalisée sur ce bout de chair cartilagineuse de quelques centimètres carrés méandreux. Il y avait si longtemps que je ne m'étais pas battu. Je ne saurais peut-être pas faire, mais j'allais quand même le faire. La dernière fois, à douze ans, j'avais frappé d'un coup de poing un copain en plein dans l'œil, parce qu'il m'avait traité de « Putain de ta mère », réveillant en moi la grina ancestrale, et pendant vingt minutes le pauvre criait en courant dans la cour de l'école « Je suis aveugle, y a du feu dans mes yeux ! » Diable, j'avais été terrorisé par sa souffrance de Cyclope devant sa caverne qui appelait Poséidon à le venger, d'autant qu'il avait juré que mes parents allaient payer toute leur vie pour les dommages et intérêts. Des sommes considérables. L'argent de ma famille allait servir à rembourser ma faute. Toute sa vie, mon père allait devoir travailler à cause de moi. Qu'allait-il rester de sa paie à la fin du mois pour nous acheter à manger ?

J'avais juré à Dieu que jamais plus je ne porterais la main sur quelqu'un. Et aujourd'hui j'allais recommencer contre Oussama. Oui, il le fallait. Dieu comprendrait. Cependant, au moment précis où ma main commençait à sortir de ma poche pour frapper, une voix dans la foule contraria mon plan :

— La fille a raison, cria un homme mûr. Le pouvoir a donné aux terroristes des subventions pour ouvrir des magasins, et nous, il nous a laissés crever avec nos morts et notre douleur…

Quelques secondes, un silence s'installa.

— À bas le pouvoir ! relança quelqu'un.

— À bas le pouvoir ! hurla Ryme avec eux.

La foule se mit à conspuer l'autorité. Je ne voyais que des bouches grandes ouvertes autour de moi. Et des rangées de dents.

Je n'en croyais pas mes oreilles.

— Changeons de place, redis-je à Ryme. Ça va dégénérer.

— *Bourquoi* changer de *blace* ? C'est à eux de *bartir*, se révolta-t-elle.

Son *b* était revenu, nom d'un chien, je n'y comprenais plus rien. Je l'observais. Tout ce à quoi je pensais à cet instant c'était qu'elle m'apparaissait resplendissante dans sa robe papillon, en lévitation, et que j'avais envie de l'embrasser sur la bouche, les moyenâgeux verraient nos lèvres humides s'enrouler.

Non, on ne change pas de place. On reste. Voilà ce que je m'étais dit.

Les deux jeunes hommes qui s'approchèrent de nous étaient en chemise-jean-baskets. Ils se posèrent au centre de l'agitation. Ils étaient là pour éviter les dérapages. Sans doute des membres de l'équipe du service d'ordre. Ils suggérèrent poliment à Ryme de s'écarter de la zone en ébullition pour ne pas attiser les convulsions. Devant eux, le groupe de curieux demeura dans une attente silencieuse. Oussama et ses obtus réfrénèrent leur hardiesse, ils comprenaient à présent à qui ils avaient affaire.

« Mon homme est un savant, et un savant vaut mieux que mille croyants de ton espèce ! » balança Ryme à Oussama en postillonnant dans sa direction.

Discrètement, les deux jeunes policiers se présentèrent à nous. L'un d'eux me dévoila une arme de poing calée dans sa ceinture, pour me rassurer, pensait-il sans doute, avant de signifier à Ryme que l'incident était clos, elle devait obtempérer. Alors elle se résigna mollement. Nous nous éloignâmes. Je repris ma respiration. Elle verrouilla ma main pour bien afficher notre union à Oussama et ses ouailles. La revenante qui avait frôlé la mort était là, monstre, plus vivante que jamais et elle te défiait. Devant tes amis.

La partie était gagnée. Toutefois, elle risquait maintenant d'exaspérer la foule qu'elle avait conquise si nous restions main dans la main. Je retirai la mienne. Elle la retint en otage et me traîna sur quelques pas. Je surveillais, derrière nous, les jeunes policiers qui parlementaient avec les barbus. « N'aie plus peur », me rassura-t-elle. Je dis : « Ça va. » Mais c'était l'orgueil qui répondait à ma place, pas moi du tout, car si je m'étais écouté je serais rentré chez nous, jambes à mon cou, avec le petit garçon en moi qui crierait « Cours, sauve-toi, sauve-nous ! »

Mais elle était là, chez elle, chez nous, reluisante, Ryme. Elle tenait la barre, ma porte-parole. J'étais possédé par celle qui, dans un autre temps, voulait m'appartenir. Je lui appartenais.

Sous les yeux ébahis des footballeurs de Barcelone sur l'affiche publicitaire, nous regardions en face de la préfecture la route à présent coupée à la circulation. Dans la foule compacte, des haut-parleurs guidaient les slogans. « Vous avez ruiné le bled, voleurs ! » Ryme reprenait de plus belle. Elle était réactivée, dans l'histoire en marche de son pays. Notre excursion chez les Amis de Marcel Mouloudji l'avait sortie du tunnel. On ne l'impressionnerait plus avec la peur du noir, il faudrait presser la détente à partir d'aujourd'hui pour juguler sa fureur de vivre. Elle avait remarqué sur le toit de la préfecture les deux hommes qui filmaient avec des caméras sans chercher à se cacher. Ils filmaient non pas pour rendre compte de la manifestation au journal télévisé, mais pour intimider les marcheurs. C'était fou de voir comme ils n'inquiétaient personne, surtout pas ce manifestant près de moi, qui répétait à qui voulait l'entendre : « Lirac, c'est comme la harissa, facile à sortir du tube, mais une fois dehors, impossible de l'y faire rentrer. » Les gens étaient filmés par des caméras ? Qu'à cela ne tienne, ils filmaient avec leurs portables au-dessus de leurs têtes, là où les drapeaux officiels et amazigh dansaient. L'armée l'avait redit : elle ne tolérerait pas les provocations, ni les infiltrations, comme celle de l'intrus, là-bas, avec son portable qui chapardait des images aux gens à leur insu. Les militaires l'avaient à l'œil, tout comme l'illuminée enguirlandée dont la bouche touchait ses grandes oreilles à force de lancer des slogans au vent.

Le tumulte de la foule atteignit son apogée à seize heures. Une vingtaine de jeunes déployèrent à l'horizontale un immense drapeau national comme s'ils tenaient désormais leur pays en main. La manifestation s'était muée en une limace qui s'ébranla pour entamer son circuit dans la ville. Les gens se serraient pour être ensemble au chaud et formaient un cortège dense, discipliné, encadré par de nombreux scooters vrombissants, dont quelques Hell's Angels que je reconnaissais et qui faisaient front commun avec les barbus contre le pouvoir corrompu. La révolution réunissait tous les contraires dans une harmonie fraternelle. Elle faisait fi des paradoxes irréductibles. Les caméras sur le toit de la préfecture n'en lâchaient pas une miette. Je fis une nouvelle vidéo, moi aussi, à l'arrache. Soudain, Ryme prit mes mains dans les siennes, ravivant ma crainte que ces effusions ne soulèvent l'ire des moyenâgeux. Elle découvrait avec émerveillement qu'elle était de ce peuple. Ses yeux brillaient d'émotion. Elle avait retrouvé une nouvelle famille d'adoption ; après celle des gens du livre, celle des gens libres. Elle avait redécouvert un pays qui s'était perdu. Elle accompagnait du regard, en pleurant, le cortège qui s'éloignait. Les battements de cœur du peuple étaient ses roulements de tambours.

Le calme revint devant le Park Mall, pour le plus grand bonheur des joueurs de l'équipe du Barça, qui pouvaient à présent ressortir de leur placard publicitaire. Autour de nous, aucun dégât, aucune vitrine brisée, aucun équipement public endommagé. Pas de blessé à déplorer. Des jeunes collectaient les papiers et les bouteilles en plastique abandonnés. Seul un sac noir avait échappé à leur perspicacité. Soulevé par la brise, il prit la direction du grand ciel en dansant. Gonflé à bloc, il vira à l'euphorie à son tour et fila rejoindre le cortège qui passait devant l'hôpital. Là, les manifestants turent leur nouvel hymne pour la liberté en signe de respect pour les malades à l'intérieur.

Ce fut une explosion. Le souffle avait emporté un peuple et une femme. Il avait inauguré une nouvelle forme de révolte populaire : bio, anti-décibels et autonettoyante. Le journal satirique local *La Scie* affirma plus tard que les Gilets jaunes de France avaient souhaité d'ores et déjà suivre des stages de perfectionnement dans ces mouvements propres inédits. L'information prouvait que les gens d'ici pouvaient exporter leurs aptitudes naturelles et construire de leurs propres mains leurs autoroutes et leurs cités populaires.

Faire barrage aussi, si nécessaire, contre les ennemis de l'intérieur.

« Dommage que Samy ne soit pas avec nous. » D'un coup, Ryme éprouva de la compassion pour l'absent. Il était devenu un frère manquant. Elle avait senti la défaillance de père chez lui aussi. Elle voulait l'aider à se recoller maintenant qu'elle avait goûté au parfum de l'euphorie. Quand un garçon trouve une sœur, il a moins peur. Oui, dommage qu'il ne fût pas là, ses fibres auraient palpité quand le cortège était passé devant l'hôpital, et que les malades aux fenêtres avaient quitté leurs lits avec leur restant de batterie et avaient entamé le *Chant des partisans* au passage des manifestants. Certains avaient ri, d'autres pleuré. Samy aurait déplié l'enfant en lui pour le laisser respirer s'il avait répondu présent. Ses fondations auraient cessé de prendre l'eau. Si le cortège était passé près du cimetière, les morts seraient sortis de leurs tombes pour applaudir. Le gardien au corps de sauterelle aurait grimpé sur les ailes d'une de ses deux cigognes pour en être.

Des manifestantes vinrent sympathiser avec Ryme. Elles étaient de la famille des femmes, peu nombreuses mais bien présentes. Elles avaient tant de choses à se dire. Ma mère aurait dû être là, elle aussi, si les cieux avaient accepté ma demande de moratoire.

J'étais un Parisien à la Bastille en 1789. J'écoutais la Déclaration des droits de l'homme. Abolition des privilèges : un bel attelage. Certains mots ont de l'allure quand ils se donnent la main pour former une chaîne humaine.

Samy n'avait pas senti tourner le vent. De sa vie, il n'avait participé à aucun soulèvement, mais un jour son tour viendrait de l'intérieur. Il prendrait les commandes de l'avion de Saint-Exupéry et dirait « rotation », alors tout repartirait comme dans l'enfance avec ses émerveillements. Je le savais. C'était moi l'aîné, maintenant.

Il n'avait jamais été un raté. Notre père ne l'avait pas compris. Il n'avait jamais étudié les sciences humaines pour l'éduquer et il l'avait fait à l'ancienne, la ceinture ou le martinet, pour emmancher de force le savoir dans sa tête. Et maître Clément avait tout faux à l'école. Samy le Petit Prince aurait pu devenir un grand jardinier en chef au château de Chambord, celui d'Azay-le-Rideau ou au parc de la Tête d'Or. Mais il n'avait pas eu ma félicité. Il n'avait pas voulu venir à Sétif le 5 juillet 1964 dans le stade de football archicomble où j'avais assisté avec ma mère à un discours du premier président de nos racines, Ben Bella.

Quel nom ! Je croyais qu'il était italien ! J'en étais fier. Il voulait dire « le fils de la belle », je le savais parce qu'en classe primaire, Gaetano, mon ami sicilien, s'appelait Bella-Dona, belle femme. Tout compte fait, il y avait bien une similitude avec Mouloud et Dji : algérien au début, italien à la fin.

Au stade, j'étais un aficionado de *Belle Bella*. Sa carrure oblongue et massive augurait avec prestance l'entrée d'un nouveau pays dans le concert des Nations unies. Moi aussi, je devenais un membre de l'ONU. À part entière. J'avais un pays. J'avais vibré avec le peuple dans les gradins. Le président portait un costume gris et une chemise blanche. Tout le soleil se jetait dedans. La liberté, c'était donc cela, avais-je découvert : une chemise rayonnante. Quand on l'enfilait, les peuples s'exaltaient. À mes côtés, ma mère soulevait sa voilette à dentelles et lançait des youyous à en perdre haleine. C'était l'une des rares fois où je l'avais vue heureuse à temps plein. Elle avait demandé un crédit à la vie. Ses yeux soulignés au khôl étaient splendides à regarder. J'étais si content d'être son enfant. Ce jour-là, elle m'avait transmis sa flamme dans le stade où ondoyait une ola.

Dans les rues, les klaxons battaient la cadence. Les voitures semblaient heureuses, elles sautillaient sur leurs suspensions en se tenant le pare-chocs comme les humains se tiennent la main. À la sortie du stade, les gens cherchaient à savoir si leur bonheur était réel. Partout, des accolades. Dans les yeux miroitait l'espoir d'un monde de promesses. Ils se reconnaissaient, prenaient conscience qu'ils constituaient une famille de millions de personnes enchantées d'avoir franchi une ligne blanche. Ensemble.

Ce dimanche, Samy aurait dû être là. C'est vrai. Il aurait vu. Il m'aurait entendu annoncer à Mima le métier qui serait le mien quand je serais grand, président de la République. J'étais candidat. Elle avait « pleuré-ri ». Mon fils, président ! Elle m'y voyait, la paysanne planteuse de navets qui n'était jamais allée à l'école parce que la République ne voulait pas d'elle. Elle m'avait serré dans ses bras comme une revanche. Mesdames et messieurs, je vous présente votre nouveau président ! Les gens applaudissaient, les voitures klaxonnaient, les femmes youyoutaient. Le cortège célébrait la rencontre d'un enfant et d'un peuple. Alors, ce beau jour, en rentrant à Beaumarchais, nous nous étions arrêtés dans un magasin de vêtements. Elle m'avait acheté le cadeau de ma vie : une chemise blanche. Rayonnante. À jabot.

Je voulais retrouver ce magasin de chemises miroitantes pendant mon séjour à Sétif, mais à la place il y avait un *store* de téléphonie mobile. Je demandai à un vieux assis sur un banc si c'était bien là que mon commerce de jadis se trouvait. Il siffla « Hou là, tu me parles du temps de Belle Bella ! » Sa tête balança sur son cou pour dire que sa mémoire l'avait quitté depuis belle lurette.

De cette époque, je n'avais jamais oublié qu'à la télévision, Marcel Mouloudji portait une chemise présidentielle identique dans l'émission de Denise Glaser. Le goût de l'indépendance était donc aussi tenace que les souvenirs d'enfance. Quand il s'attachait à un peuple, il ne s'en défaisait plus. Il commençait à remplir les gens et faisait couler l'eau de source pétillante dans leurs veines.

Craindre le pire ou se réjouir. Se réjouir, donc, ce vendredi.

Ryme lâcha ma main. Je nouai mes bras autour de son cou, écrasai ma bouche contre la sienne, à la française. Ma langue alla loin sur son palais, mais elle fut repoussée par la sienne.

Je la retirai. Je fixai Ryme dans les yeux, elle s'éclipsa comme si elle était gênée. Mais que se passait-il ? Ce baiser avait le goût d'un adieu. Elle regarda autour d'elle, soucieuse. Je sentis à mon tour que l'on nous épiait. Je levai la tête vers l'affiche publicitaire de l'équipe du FC Barça. Lionel Messi me fit un clin d'œil : « Souriez, vous êtes filmés ! »

Samedi.

Jour du départ.

Dans son bateau-livres, Ryme s'affairait à mille petits gestes qui ne donnaient rien. Son visage respirait au ralenti, comme un nuage hésitant entre l'éclaircie et la pluie. Elle redoutait les au revoir et l'hystérie des départs. C'est pour cela qu'elle aimait les trains et les gares à l'arrêt. Elle avait appris à voyager sans bouger. Hier, dans la manifestation, mon baiser devant Lionel Messi le révélait, notre séparation lui arracherait un bout d'elle, mais elle ne voulait pas d'excès. J'avais l'impression que notre réconciliation lui suffisait. Dorénavant, elle allait clore un chapitre de sa vie et exister dans un autre, la foule l'avait compris. Les caméras de vidéosurveillance qui nous avaient filmés conserveraient dans les archives de la sécurité militaire le passage de ce drôle de couple libertin que je formais avec elle. Quant à Oussama, il se souviendrait longtemps de cette femme des barricades, dont les seins nets pointaient à l'avant-garde de son corps comme deux poings vengeurs.

La nuit fut blanche, la clarté indécise dans la Voie lactée, mais deux étoiles éclairaient Ryme quand elle m'annonça sa décision : léguer ses milliers d'ouvrages aux Amis de Marcel Mouloudji. Leur projet de monter une bibliothèque au village pour y faire venir le monde était une révélation. Elle aussi était lucide sur les monitions des rêves traboulants qui persistaient au soleil levant. Son père avait envoyé ces garçons bienveillants pour prendre le relais. Ensemble, nous regardâmes une dernière fois ses compagnons de voyage. Eux aussi étaient prêts au grand départ. Ça devait pas mal tanguer dans les histoires entre les feuilles de papier depuis que la nouvelle avait été annoncée.

La marée était haute.

Mes mains soutenant le bas de son dos, j'enlaçai mon héroïne. J'entendis ses déménageurs invisibles qui transitaient par sa poitrine. Sa locomotive avait démarré, aucun train n'en cacherait un autre. Elle ouvrit grand les volets de la maison pour la première fois, peut-être pour essayer de s'imaginer sans ses livres, qui allaient écrire une nouvelle page de leur histoire dans le petit village où étaient nés Saïd Mouloudji et Aïcha, la mamy d'Édith. Quand ils seraient partis, elle ne pourrait plus demeurer dans cette maison vide, délabrée, chancelante, qui allait s'effondrer dans un dernier chapitre.

Contre la sienne, je posai ma joue. « Je reviendrai », lui glissai-je à l'oreille. Mes mots tombèrent au fond d'un puits et prirent le chemin de la Nouvelle-Calédonie aux antipodes. Ils étaient tout faux. Comme les autres. Elle me tendit une bouée de sauvetage, dit qu'elle n'irait plus à la gare des trains invisibles pour rester dans la salle d'attente avec les voyageurs immobiles… Elle allait donner des livres à Fafa, le Marseillais pizzaiolo.

Tout était prévu. Je ne savais plus quoi dire. Soudain, une voix rauque résonna dans l'entrée de la maison.

— Oh, c'est bientôt fini, les bisous ? Magne-toi, sinon je me barre, je lève l'ancre, je largue les amarres. Rotation !

Aux premières lueurs de l'aube, comme il l'avait annoncé, Samy était allé au cimetière planter les noyaux de cerises de Vienne pour la maman. Il avait dû aussi en rapporter une poignée de terre dans un sachet, pour faire pousser là-bas la mémoire d'ici, une fois qu'il serait rentré chez lui. Ainsi n'aurait-il plus besoin de revenir dans ce pays de naissance où il n'était plus qu'un parti pour la France.

— Dis-lui de monter, me fit Ryme.

— Quoi ? Pourquoi ?

— Vas-y.

— Tu es sûre ?

C'était mon dernier mot pour rien.

J'allai me pencher à la balustrade qui surplombait l'entrée de la maison.

— Samy !

— Quoi, encore ? Me dis pas qu'elle veut maintenant aller en France avec toi !

— Monte.

— Pas question. Je mets les voiles.

— C'est urgent.

La gravité de mon intonation le décida.

Il sauta les marches deux par deux et déboucha devant l'appartement, certain qu'un grain de sable de dernière minute s'était résolu à l'empêcher d'accomplir son retour à Ithaque. L'odeur d'encens lui parvint aux narines et le fit grimacer.

La porte de la caverne s'ouvrit doucement, comme mue par un léger courant d'air. Je posai ma main sur son épaule pour accompagner son mouvement. Il y pénétra et aussitôt étouffa un cri. Le courant d'air referma la porte dans son dos, fit onduler les rideaux et tinter les petits objets pendus. On entendit comme des cliquetis de mâts de voiliers amarrés au port.

Joliment maquillée, la gazelle blanche, dans sa robe arc-en-ciel, était adossée contre ses compagnons de papier à la manière d'un paon.

— Pas possible ! lâcha-t-il.

Il abandonna son rictus narquois. Son visage vira à la pastèque percée de deux gros raisins noirs à la place des yeux. Il ne savait plus où il avait mis ses jambes. Il se laissa choir sur son séant, dans la position de la sauterelle.

C'était une reddition.

Sur les rideaux, le tambour d'océan faisait rouler ses billes et jouait la symphonie des sources, des racines et des ailes.

« Je vous ai compris. Je sais ce qui s'est passé ici... », pensait-il à présent. Tout repassait en boucle dans sa tête, les esprits, l'histoire de cette fille depuis son naufrage jusqu'à son sauvetage, les images qu'il s'était faites d'elle, ses railleries, ses préjugés, les louanges qu'elle lui avait adressées... Il était groggy par sa longue nuit dans le tunnel. Il se remit debout, chercha son aplomb et embrassa Ryme. Quatre fois.

— J'aurais aimé t'avoir comme frère, susurra-t-elle.

L'aîné était soulevé.

Ses racines lui nouèrent la gorge. Tous les coquelicots du monde se retournèrent vers lui, comme les tournesols, les coccinelles prirent leur envol et les arbres firent danser leurs feuilles. Il la blottit dans ses bras. Il sentit la douce chaleur de sa poitrine, jamais il n'aurait pensé faire ce geste sans respect de la distance. Un *arborigène*, ça se retient, ça ne s'épanche pas. Par déontologie ! Il avait une petite fuite sur son bitume. Il tangua tel un enjoliveur de voiture courant vers une ravine, s'agrippa aux branches de ses arbres et aux taillis où il se croyait à l'abri. Il voulut se retirer, elle le retint par un bras. De l'autre, elle lui tendit une boîte de Vache qui rit. Avec de la galette chaude qu'elle avait préparée. Son casse-croûte pour la route. Le même que celui que tous les enfants pauvres du monde transportent dans leur cartable le matin en partant à l'école. Là, il rit parce qu'elle avait plus de suite dans les idées que lui. Il voulut se détacher pour aller s'asseoir tout seul sur les escaliers brisés, elle le retint encore. Elle lui offrit un livre, l'histoire d'un escroc arnaqueur macabre qui sévissait en Russie. *Les Âmes mortes* de Gogol. Cette fois, il rigola comme Guignol. Il le tint entre ses mains, le manipula, l'inspecta, fit mine de lire la quatrième de couverture comme s'il était penché au-dessus d'un puits à sec, avoua que les livres, ce n'était pas son truc, lui, c'était le bois, l'écorce, la sève des arbres, le vent dans les feuillages et les rêves dans les cimes.

— Merci quand même. Je te le rapporterai quand je l'aurai lu.

Lui aussi jetait des mots écopés par-dessus bord.

Elle ne détourna pas ses yeux des siens.

— Faut que j'y aille… parvint-il à dire, parce qu'il attendait qu'elle parle pour l'aider à trouver une échappée.

Elle répondit par un simple « Oui ».

Il hésita encore un instant, avant de s'en aller sur la pointe des pieds, aussi léger qu'un cétacé dans un conte de fées.

Il avait le regard fragile, et la tête d'un saule pleureur.

— Prends ton temps, me dit-il en refermant la porte. Je t'attends dehors. Le taxi est déjà là.

Il s'était fendu d'une voix grêle et édulcorée. On aurait dit qu'il l'essayait pour voir ce que ça faisait d'être dans la peau de quelqu'un de nouveau. Le ciel bleu sur lui s'était effondré, la terre s'était écroulée, mais peu importe, maintenant il le tenait, le livre qu'il était venu chercher et qu'il n'avait plus besoin de s'inventer. La sirène l'avait fait plonger dans les eaux limpides du parc du château d'Azay-le-Rideau. Ça devait lui faire bizarre d'avoir une sœur. C'est ce nid-de-poule qu'il avait cherché à combler toute sa vie d'arboriculteur, sur les hauteurs. Trouver une âme sœur avec qui il n'aurait plus besoin d'avoir peur.

Je restai seul avec elle sur le quai. Je lui donnai un baiser sur la joue. Son parfum me traversa comme un souvenir à emporter. C'était un adieu, nous le savions tous les deux. Les rideaux reprirent leur balade mélancolique des courants d'air qui ne faisaient que passer.

Ma fiancée se *désamarra.*

« Vas-y », dit-elle.

Amar voulait dire « aimer » en espagnol.

Desamar pouvait signifier *désaimer.*

Fin de l'histoire.

La marée montait. La barque parvenait à quai.

La fille qui aurait voulu être à moi n'avait plus besoin de ma main et de mon baratin de gamin. Elle n'en avait même jamais eu besoin. J'avais inventé ce conte dans lequel j'étais Pinocchio ou bien Rudolph Valentino. Je la pressais contre moi pour retenir les dernières lucioles de nos retrouvailles, mais les planètes qui s'étaient arrêtées le temps de l'adieu devaient retourner à leur révolution.

« Allez, vas-y », redit-elle.

Maintenant, la barque était amarrée, l'équipage au taquet, les cordages se libéraient, la grand-voile se défaisait. Je m'agrippai à ses mains. « Si je parle, c'est mort », me dis-je. C'est elle qui s'engagea. Elle murmura : « N'aie pas peur de l'amour. »

Alors, alors seulement, je me dénouai.

« Il faut que tu partes », insista-t-elle.

Les mots étaient sans appel. Et pourtant, n'avait-elle pas dit dans la voiture à Samy qu'il pouvait rentrer chez lui, en France, mais pas moi : « Son pays, c'est moi. » La phrase était restée en l'air et n'avait pas éclaté comme une bulle de savon. Mon orgueil avait enflé. Et maintenant je me retrouvais avec ces mots fermés et irréversibles, « Il faut que tu partes » qu'elle avait sortis de son frigo. Glacés. C'était sa revanche sur ma fuite. En tout cas, c'en était une suite. Elle m'avait dédouané de mes propres illusions. Je n'avais plus besoin de me raconter des histoires, comme l'avait dit Samy. Personne ne m'attendait nulle part. Il fallait que je me trouve un arbre à présent dans l'arboretum de Samy, avec une bonne branche pour pendre mes fantasmes crétins et les faire sécher au soleil comme des poulpes.

La vérité était que je n'avais plus de racines ici, mon enfance était passée. L'enfant en moi avait épuisé ses pitreries. Ses parents s'étaient éteints.

Elle ramassa un livre disposé sur un carton de boîtes de Vache qui rit. « Prends-le. » *Le Premier Homme*. C'est ce que je resterais pour elle. Elle s'empara d'un autre qu'elle déplia en éventail contre son visage pour masquer ses yeux. « Maintenant, à trois, tu disparais. *One, two, free !* »

Le voyage était arrivé au bout de la nuit.

Et l'amour avait fui.

Je ne sais pourquoi Francis Taxi parut enchanté de revoir les *bibizarres*. Sa boule à zéro, imitation totale Zizou, dessinait sur son crâne une mappemonde avec des continents bordés d'océans écarlates. Après avoir chassé les chats terrés sous son tacot, il chargea ma petite valise dans son coffre et vint empoigner celle de Samy. « Celui qui danse avec les arbres » lui opposa son tronc sec et rugueux. « Pas touche ! » Il tenait à la placer de son propre chef.

Francis se gaussa de ce personnage fantasque. Émigrer en France et quitter ses racines pour finir dans les branches, quelle idée ! Il ferait tout pour éviter cette erreur d'aiguillage à son fils, pensa-t-il en riant sous cape.

— Tu sais pourquoi il ricane bêtement ? me susurra Samy. Le pourboire, mon vieux, le bakchich. Tu vois : tu lui as trop donné à l'arrivée, maintenant il fait ses simagrées…

Il le compara à Resquille et Eddy.

À Tchitchikov aussi.

— Chez eux, rien ne vient du cœur. Tout est calcul. Zéro sincérité.

— Tu pousses un peu le bouchon, non ?

— Je suis en dessous de la vérité ! Souviens-toi ! J'ai demandé à Eddy d'effacer le « Dégagez » de la porte d'entrée, il m'a répondu y a pas de problème. Regarde : il ne nettoiera jamais rien.

Il faisait de l'allergie à ses semblables, alors que Francis, toujours aussi affable, espérait que notre séjour avait été agréable malgré la chaleur intenable…

— Vous avez eu le temps de visiter le Barque Moule, le Sheraton… ?

— Ah ça non ! s'irrita Samy. J'ai visité quatre fois l'aéroport, oui. Je connais tous les gardiens du parking, les policiers, les horaires des avions…

— Bon, allez, on dégage. Rotation, l'interrompis-je avant qu'il ne reprenne la grina.

Le soleil avait cuit ses nerfs. Ses traits étaient tirés et son sourire en coin éteint. Il avait besoin d'être consolé après la déclaration d'amour de Ryme.

Je levai une dernière fois les yeux vers notre maison d'enfance. Je repensai à mes pauvres parents morts en exil, mais près de leurs enfants. Ryme ne sortirait pas au balcon pour agiter sa fota vers le garçon qui mettait les voiles pour la dernière fois. Il n'y aurait pas d'enlèvement sur un cheval galopant. Ni Resquille ni Eddy n'étaient venus nous dire au revoir. Ils auraient préféré notre départ définitif pour solde de tout compte. Cependant, Samy avait reçu cinq kilos de dattes en cadeau du plâtrier-peintre pour le remercier de ne pas avoir augmenté le prix de la location. Le mauvais payeur avait accepté de faire quatre promesses : assurer l'entretien de la maison, resceller la balustrade, mettre les chats dehors et enfin payer tous les cinq du mois le loyer à Ryme, nommée régente de Beaumarchais par les propriétaires.

Francis démarra. Il roula au milieu de la fuite d'eau sur le bitume. Histoire de faire du blablacar, il se demanda à haute voix jusqu'à quand ils allaient la laisser couler, en prenant un ton de grognard gaulois qu'il nous avait emprunté. Il ne pouvait prévoir l'avalanche qu'il allait déclencher chez Samy :

— Jusqu'à quand ? Mais à tout jamais, mon vieux, à tout jamais ! Dans ce pays, le bitume fuit, le barrage fuit, le robinet fuit, les jeunes fuient, les ministres fuient, les milliardaires, les démunis, les corrompus, la mer, les ânes, les poissons, les singes, le soleil, les étoiles… tout fuit ! Ce pays est une fuite.

Comme à l'aller, il glaça l'habitacle. Francis encaissa. Personne ne lui avait jamais balancé de tels ressentiments sur son pays. C'est dans cette défection générale qu'il allait élever son fils et sa maison.

« Tu veux colmater quoi ? » termina Samy en regardant ses mains. Le temps glissait sur ses doigts tordus en incrustant ses traces incurables.

Devant Le Barbier de Séville, un pigeon gisait, écrasé au milieu de la chaussée. Sa purée rougeâtre entravait salement la ligne blanche. Comme pour un bon dribble, Zidane l'évita en forçant le volant qui s'était coincé dans sa position. Il le redressa et l'amena dans l'axe de la route. L'esquive fonctionna, mais il se mit à réfléchir gravement à l'avenir de son fils. Des nuages ombragèrent son visage et il était clair que l'inquiétude était en passe de convertir son optimisme naturel, tandis que les cendres du *bi* redescendaient en confettis après sa saillie. Ses mots résonnaient encore dans l'habitacle et plombaient l'atmosphère. Alors que je m'étais juré de ne pas le faire, je ne pus m'empêcher de regarder derrière moi. Avec la marée basse, le décor de mon enfance se retirait, recouvert d'algues, laissant dans son sillage des résidus de vagues images de bonheur et de regrets. À Beaumarchais, tant de héros, de conteurs de rue, de comédiens, d'aventuriers et de rousseauistes étaient morts ou portés disparus. Ils n'avaient pas été remplacés. En une semaine, je n'avais entendu aucun cri d'enfant joueur dans notre maison. Seuls résonnaient les feulements hideux des chats annexionnistes, qui détalaient à présent, au fur et à mesure que le taxi de Francis slalomait entre les nids-de-poule. Ils allaient prendre position devant la porte d'entrée. Sous le peuplier. Leur chef ébouriffé escalada le tronc du vieil arbre. Parvenu au sommet, il miaula un strident cri de victoire. Sa horde reprenait possession de nos biens vacants, cette fois pour de bon. Ces bestiaux nous chassaient de chez eux. Ils nous torpillaient de slogans hostiles :

« Immigrés, dégagez ! »

« Immigration choisie, non subie ! »

« L'Algérie, tu l'aimes ou tu la quittes. »

« À bas les *bi* ! »

« Ensemble, sans eux, tout redevient possible. »

Samy et moi encaissions. Les deux rives de la Méditerranée nous avaient pris en sandwich. Nous étions des harraga identitaires soumis aux marées. Là-bas, « les bicots au four » ! ici, « les *bi* au grille-pain » !

« Tu veux colmater quoi ? »

Contre ce néocolonialisme, nous devrions encore lutter en souvenir de nos parents qui s'étaient forcés à croire en leurs propres illusions, en élevant leur vraie maison sur cette terre pour y voir grandir leurs enfants. Il faudrait ferrailler dur pour honorer leur courage, venir souvent repeindre leur nom sur les épitaphes. Il faudrait, en fait, au conditionnel, car au fond Samy et moi le savions, une maison sans enfants était condamnée à la vacance. Ryme en hériterait, je l'avais suggéré à Samy, qui n'avait pas réagi. Il avait besoin de temps pour clore l'ultime chapitre de cette dernière expédition. Mon idée était un bel épilogue, il le savait. Mima s'en réjouirait. Salem et Selma aussi. Et Samy terminerait sa route rue du Repos avec l'âme morte de Gogol sur sa table de chevet qu'il n'ouvrirait jamais.

Il avait laissé près des livres de Ryme l'enveloppe garnie de l'argent des loyers payés par Resquille et Eddy.

Son idée était belle aussi. Je lui dis merci. Il répondit « Y a pas de quoi ».

J'étais curieux aussi de savoir si, en plantant des noyaux de cerises sur la tombe de la maman, un arbre en sortirait un jour. Il me lorgna, l'air de dire : « C'est qui l'aîné ? »

Du sommet de la demeure délabrée, le peuplier aux racines colonisantes et aux reflets métalliques nous regarda libérer les lieux avec une morgue déployée. Il aurait le dernier mot dans la guerre des racines, à l'usure, comme il avait eu nos parents avant nous. Sans courber l'échine. Le temps jouait en sa faveur. Dans un demi-siècle, il serait toujours là, prince sur les ruines de notre château d'*Aziz-le-Rideau* que de modestes ouvriers algériens de France avaient construit en 1962 et non pas en 732.

La fuite sur le bitume continuerait de l'abreuver comme un fleuve détourné.

Le temps est joueur.
Et du vide,
la nature a horreur.

— Je reviendrai le scier à Pâques, promit Samy.

— Ou à la Trinité.

Toujours soupçonneux de mes répliques, il préféra garder la langue dans sa sacoche de cuir avant de dévisager Francis pour faire diversion.

— Toi, tu t'arrêteras aux feux rouges, on est d'accord ?

— D'accord, tonton.

— Et aux stops.

— D'accord, tonton.

— Et tu ne franchiras pas les lignes blanches.

— Ah ça, jamais, tonton ! Seuls les immigrés le font.

La voiture quitta la rue de notre enfance.

— Y a-t-il autre chose pour ton service ? s'enquit Francis.

— Avance.

Adieu, Beaumarchais.

La voiture bifurqua devant l'ancienne maison de Jean-Jacques Rousseau, adieu Amar, quand soudain une ombre familière émergea d'un virage. Le distributeur de gaufrettes au chocolat croisé à notre arrivée se profila sous forme d'un mirage, marchant au milieu de la chaussée. Son pas alerte était celui d'un messager chargé d'empêcher le naufrage de l'humanité.

— Vous le connaissez aussi ? s'étonna Francis. Il est réputé… c'est un ancien instituteur, il a perdu la boule pendant la guerre civile, alors depuis des années il achète avec sa petite retraite tous les livres saints dans les magasins et les dépose sur les murs et les bancs publics, il en offre aux gens…

— On le connaît, dis-je.

— Un indigent, soupira Zidane, qui veut semer sur cette terre des graines d'amour… « Lis ! » C'est ce qu'il recommande aux gens, mais ces paroles sont de la poussière au vent… Plus personne ne lit aujourd'hui puisque tout le monde parle à voix haute.

Le tram nous coupa la route en faisant entendre son ding dong.

M. Zidane freina et sollicita une approbation de son client harnaché à sa ceinture de sécurité :

— J'ai bien, là, tonton ?

— Mais oui, tu as bien. Tu l'auras, ton susucre, murmura-t-il alors que le tacot passait devant le Best Western.

En nous ouvrant la barrière, le gardien du parking de l'aéroport roula sa langue pour humidifier ses lèvres gercées. Il reconnut le *bi* venu l'importuner pour ses histoires de valise et de cerises, cet énergumène à qui il avait rétorqué sans relâche que l'aéroport était fermé, que diable, c'était inutile d'y entrer et de payer le parking pour rien. Mais c'était du passé maintenant, tout est bien qui finit bien. Quoi qu'il arrive, la nuit tombe et le jour se relève.

— Alors, tu l'as récupérée, ta valise ?

Samy indiqua du pouce le coffre du taxi.

— Enfin oui. Elle rentre avec moi au pays.

— Mais c'est ici ton pays, frère, là où sont tes racines.

— Ah non, c'est fini pour moi les histoires de racines. Je n'en mange plus. Je retourne dans mes arbres, dans les cimes. De là, je peux caresser les étoiles.

L'homme se baissa davantage pour mieux voir la tête de celui qui lui avait balancé ces jolis mots.

— OK. Chacun voit midi à sa porte et les étoiles à sa terrasse. Bon retour, lâcha-t-il en refermant la barrière derrière nous.

Devant le hangar des départs internationaux où il gara son taxi, Francis fut submergé par l'émotion. Sa mélancolie saillit. Sa voix trembla. Ses yeux brillèrent. Il observa un instant deux cigognes qui planaient au-dessus des pylônes en pleine course, qui n'avaient pas encore réussi à décoller depuis notre arrivée. Eux aussi semblaient attendre un signal de départ qui leur ferait changer d'air en rompant leurs amarres.

— Vous, vous montez dans les rails du ciel et moi je retourne dans ceux du tram.

— Quel cirque ! Mais quel cirque ! s'agaça Samy. Il ne s'arrête jamais. Pour quelques dinars de plus…

Francis s'excusa, il était toujours comme ça : quand quelqu'un partait, ses larmes arrivaient. Il s'étonna de son hypersensibilité, que sa femme lui reprochait comme une faiblesse.

Samy sortit de sa poche une liasse de billets, certain que la seule vue de son épaisseur aurait la vertu de convertir la tristesse du fourbe en liesse.

— Bon, abrégeons. Combien ? Six cents dinars, ça va ?

— Rien, répondit Francis.

Il pivota pour s'écarter de la main de Samy qui tenait la liasse.

— Comment ça, rien ?

— Je vous offre la course, tonton. Vous êtes de bonnes personnes, ton frère et toi…

— Pas question. Tiens, prends mille et rentre chez toi…

Il s'obstina à vouloir payer, Francis davantage pour refuser.

— On n'est pas de bonnes personnes, comme tu dis ; les bonnes personnes, ça n'existe pas…

— Et moi, je dis que je ne prendrai pas votre argent… Je le jure devant Dieu.

— Tu les donneras à ton fils pour ses six ans… (Désarmé, il me prit à témoin.) J'comprends rien, le type ne veut pas être payé, maintenant… Bon ben, tant pis pour lui, je ne vais pas le supplier…

Il enroula son billet dans un rouleau, ceint d'un solide élastique, et le remit dans sa poche. Il tapa sa main dessus par sécurité.

— Donne-lui les dinars qui te restent, dis-je, nous, on n'en aura plus besoin.

Il s'emporta :

— Donner, encore donner, toujours donner ! Mais tu vas pas bientôt arrêter ?

— On ne reviendra jamais, tu le sais…

— Qu'est-ce que tu racontes ? Bien sûr qu'on va revenir…

— À la Saint-Glinglin…

— Et on sera bien contents d'avoir des dinars !

Il ne voulut plus rien entendre.

Francis nous embrassa. Quatre bises chacun. Bien humides. Il remonta dans son taxi et retourna dans son pays. Je le regardai pour la dernière fois. À la sortie du parking, je le vis passer outre un panneau stop. Je me rappelai qu'en venant à l'aéroport, il n'avait pas grillé un seul feu rouge durant tout le trajet. Et pour cause, ils étaient tous en panne.

Jusque-là, l'enregistrement des passagers se déroulait aussi bien qu'à notre arrivée. Trop bien, même, de l'avis de certains. Sur le qui-vive, Samy opéra une rotation à trois cent soixante degrés à la recherche du grain de sable qui enraierait la machine. Forcément, une défectuosité allait survenir à l'ultime seconde. Forcément. L'aléa pourrait venir d'un guichet anodin, justement, celui où un jeune policier saucissonné dans un uniforme de ninja contrôlait les passeports. Il s'était grimé en cobra pour accueillir ceux du Parti pour la France, et qui, il l'espérait en secret, n'en reviendraient jamais. Il ne supportait plus leur arrogance et leur sabir colonisé par les mots français. De ses yeux aux nuances profondes et tranchées fusait un rayon laser à faire rougir de jalousie les chats de Beaumarchais. Il avait la trentaine frustrée et revancharde. Court sur pattes, une tête en forme de ballon de rugby, crâne rasé au tesson de bouteille. Son visage qui ne présentait aucun pli paraissait botoxé.

Il tonitrua :

— La ligne blanche !

Sa main ferme nous somma de rester derrière la trace dessinée par terre. Derrière, pas devant, dans quelle langue devait-il nous *barler* ?

Le détail n'échappa pas à Samy. Le *p* français était le maillon faible du policier.

Quelques minutes plus tard, son doigt militarisé m'invita à accéder à son guichet. J'avançai, avec un zeste d'insolence binationale, précédant ma petite valise diplomatique, saluai et ouvris aussitôt sous son nez mes deux passeports à double versant identitaire. L'objectif était de lui faciliter la tâche, mais pas certain qu'il appréciât. Il les inspecta une seconde, redressa ses yeux vers moi et catapulta deux mots coupants :

— Carte d'identité.

— Laquelle ?

— Française.

— Je ne l'ai pas.

— Comment ça ?

— Le passeport suffit, non ?

— Il faut la carte d'identité.

— J'étais sûr que le passeport suffisait.

— OK. Récapitulons. Tu n'as pas à être sûr ou pas sûr de quoi que ce soit, c'est moi, la police, oui ou non ?

— Oui.

— Tu es sûr ?

— Oui.

— Bon. Alors il me faut ta carte d'identité.

— Je ne l'ai pas.

Je soutins son regard à armes égales. Il cogna son menton sur la vitre.

— Tu l'as vendue ?
— Quoi ?
— Ta carte d'identité ?
— Laquelle ?
— La française.
Un rictus fusa de ma bouche.
Le type s'étonna.
— Tu ris ?
— Oui. Excuse-moi. C'est nerveux. Je me presse souvent de rire de tout, de peur d'être obligé d'en pleurer.
— Je ne comprends rien du tout à ce que tu baragouines, mais sache que cette pratique est fréquente par ici, quelqu'un pourrait très bien être en train de passer les frontières avec ta carte d'identité que tu lui as vendue...
— Non.
— Non, quoi ?
— Ce ne peut pas être la mienne.
Lui, narquois :
— Ah bon ? Et pourquoi ça ?
— Je suis un ancien ministre français. Alors quelqu'un qui se ferait passer pour moi serait vite repéré...
À ce moment-là, son visage alluma ses pleins phares. Il s'éjecta de son bunker.
Il récapitula :
— Ministre ?
— Oui.
— De quoi ?
— Du gouvernement.
— Français ?

J'acquiesçai d'un signe confidentiel des paupières.

— Avec Sarkozy ?

— Ah non !

— Avec qui, alors ?

— Jacques Chirac.

Il explora l'espace autour de nous comme pour vérifier qu'il était le seul à recevoir cette confidence inouïe, revint vite au cœur de l'information, l'explora davantage pour attester son intérêt pour la science politique française.

— Tu étais ministre de quoi ?

— De l'Intégration.

Mes mots percutèrent son système de perception. Son visage se déplia vers ma bouche. Sa langue dégoulinante de miel susurra :

— Et de la réintégration aussi ?

— Oui ! Intégration, réintégration, c'est kif-kif.

Il entreprit alors de me déverser son histoire par la minuscule fenêtre de son guichet où tant de doigts et de fronts avaient laissé leurs empreintes grasses et angoissées. Il mourait d'envie d'être réintégré dans la nationalité française. Voilà. C'était sincère. Livré en circuit court du fond du cœur. C'était son vœu le plus cher depuis qu'il était né, pour ainsi dire.

Ses parents se trouvaient actuellement dans le Jura, d'après ce que je réussis à comprendre du torrent de paroles qui venait buter contre ses dents.

Soudain, un doute lui serra la gorge :

— Tu entends bien quand je dis « Djoura » ?

— Qu'est-ce que tu veux dire par « entendre » ?

— Tu comprends le mot ?

— Oui, bien sûr que je le comprends, le Djurdjura, je connais les montagnes de Kabylie...

Une petite déception l'emporta et le fit gesticuler. Il se fichait royalement de cette montagne locale, il faisait allusion à l'autre, la délicieuse, la savoureuse, la liquoreuse, celle aux douces collines boisées, parsemées des vignobles de l'Arbois, près de Morteau et ses saucisses, de Saint-Claude et ses pipes, ce terroir en lisière de la Suisse veloutée, la coquette ville de La Chaux-de-Fonds et sa fameuse illustratrice de livres Catherine Louis, ses montres Rolex et Cartier, son fameux comté, sa fondue aux ceps et aux trois fromages...

« Djoura ! » Il prononçait ainsi et ne pouvait faire autrement.

Ah, s'il connaissait le français comme ces enfants gâtés de la bourgeoisie qui étaient scolarisés dans la langue de Molière au lycée international, à cinq cents euros par mois, sa vie aurait été tout autre. Mais voilà, son papa n'était qu'un ouvrier miséreux émigré en France avec sa truelle et sa taloche, analphabète non francophone. Il avait laissé au village des enfants arabophones au teint clair.

Mais la roue tournait aujourd'hui, hein ? Juste retour du destin. Il était face à la chance de sa vie, dans la cabine plastique de la Police de l'air, bien qu'il risquait d'être incompris par une personnalité politique *bi* qui entendait « Djurdjura » quand on lui disait « Jura ».

Il vida son sac et m'expliqua son dossier. Son père, ouvrier à Dôle, avait récemment fait des démarches de réintégration dans la nationalité française. Il martela dans sa cage à poules : « On a le droit. C'est la loi. » Sautillant sur son tabouret, il s'insurgeait contre la lenteur de l'administration, en bon policier rompu aux règlements, canalisant son énergie dans un mot-clef : la loi.

Une revendication venue de ses tréfonds.

Il avoua que ma présence, là, devant lui, à quelques centimètres, était un signe magistral. Puis, changeant de ton, il voulut connaître mon opinion :

— Est-ce que j'ai droit à la nationalité ou non ?

Il exigeait une réponse sur-le-champ.

— Oui, je pense que tu as le droit...

— Tu es sûr ?

— Ah ça, je ne peux pas te répondre...

— Pourquoi ?

— Tu m'as dit il y a deux minutes que je n'avais pas à être sûr ou pas sûr de quoi que ce soit, c'est toi, la police...

— Excuse-moi. J'ai dit n'importe quoi. Mais réponds-moi maintenant : J'y ai droit ?

Il fixa l'intérieur de mes pupilles.

— Bien sûr, le rassurai-je.

D'entendre « Bien sûr » le combla de joie. C'était du sérieux de la part d'une personnalité qui ne jetait pas de mots en l'air à l'instar de ces mythomanes parasites qui polluaient sa vie quotidienne.

— Tu vas m'aider ?

Je lui promis d'examiner son cas s'il m'envoyait une copie des documents. Il sollicita mon numéro de portable. Sans hésiter, je le lui dictai, le vrai, certain qu'il allait m'appeler sur-le-champ pour vérifier son exactitude. Je me doutais qu'il pourrait s'en servir pour me dénoncer au système, recueillir les témoignages de Resquille et Eddy sur ma relation avec Ryme, mes contacts suspects avec les Amis de Marcel Mouloudji, ma participation active à la manifestation du vendredi, l'inscription « Dégagez » sur le mur de ma maison. Toutefois, il était honoré par ma confiance et sa totale sincérité ne laissait place à aucune défiance. Si je lui faisais ce cadeau de réintégration dans la nationalité française, il jura que la prochaine fois que je reviendrais au pays, il se déplacerait en personne pour venir me chercher avec des gants blancs au pied de l'avion et me ferait passer outre les formalités douanières et policières.

Derrière moi, les voyageurs impatients le virent se diriger tout ému vers ses collègues, des policiers rompus à traquer les faux touristes qui s'adonnaient à la contrebande de cartouches de Marlboro achetées à Dubaï et revendues en France deux fois plus cher. Mon nouvel ami alla leur glisser à l'oreille une confidence. Ils avaient en face d'eux, tenez-vous bien messieurs, un ancien ministre français de l'Intégration et de la Réintégration. Surtout de la « réintégration » en fait, une nuance qui lui importait, parce que l'intégration était le cadet de ses soucis, ce mot s'appliquait aux enfants d'immigrés des banlieues délabrées, paumés dans leur grand écart identitaire, en porte-à-faux entre deux eaux et qui saccageaient les villes lors des manifestations. Lui, c'était la réintégration ! Le « ré » faisait la différence entre les *bi* et les gens de sa trempe, respectueux des us et coutumes de la Gaule, des Gauloises et des Gaulois, qu'ils soient bénis, y compris le maréchal Bugeaud, de Gaulle et Sarkozy.

Il émit une profession de foi. La nationalité française devait être réservée aux gens de valeur. Pas aux barbares de l'immigration prolétarienne qui parlaient le français à l'envers, disaient « keuf » au lieu de « monsieur l'agent », « meuf » au lieu de « belle jeune fille » et « wesh » au lieu de « plaît-il ». Pour ces réfractaires à la grammaire du pays d'accueil, il plaidait la déchéance, les coups de bâton dans les genoux pour être pliés en deux, nom de Dieu. Être Français se méritait ! Il fallait aimer madame la France ! Il connaissait le code de la nationalité à la virgule près pour se dénicher un aïeul naturalisé du temps de la colonisation, de Charles X ou de Napoléon III, l'ami intime du célèbre émir Abdelkader. Il ne lui restait plus qu'un détail à régler : parler français en réussissant les yeux fermés, les accords de complément d'objet direct. Cela faisait longtemps qu'il s'exerçait à cette exigence, car il savait que cette plus-value faisait la différence auprès des autorités et que la performance exigeait un entraînement de spartiate :

« Cher monsieur le consul de France, la démarche de réintégration que j'ai entrepri*se*... *ze*..., le complément d'objet direct étant placé avant le verbe, j'accorde le participe passé... »

En entendant le *ze* prononcé avec les égards dus à la règle de la grammaire nationale et républicaine, tout consul de France, d'Annaba à Oran, devrait être indulgent avec le requérant.

Les policiers gardaient le regard braqué sur moi. J'informai le premier devant qui je passai que je n'avais pas le moindre euro sur moi, si c'était cela qu'il traquait. Il murmura « Ça va, c'est bon », il ne cherchait pas à en savoir plus, vu mon statut. Un autre me demanda mon passeport. Il le tamponna sans hésitation en fixant mon ami jurassien qui m'indiquait fièrement que la voie était libre pour moi, aurais-je eu un million d'euros dans mon caleçon, plus cent kilos de cannabis, des paquets de cigarettes Marlboro de contrebande sous les aisselles, des psychotropes dans le buffet, des armes à feu dissimulées sous mes semelles... J'étais un VIP dispensé de contrôle. Il ne saisit pas pourquoi je m'obstinais à répéter que je n'avais pas d'euros sur moi et que mes papiers n'étaient pas contrefaits. En vérité, je tenais à attester combien je refusais les passe-droits en toutes circonstances, notamment en cette période révolutionnaire qui secouait le pays où le peuple réclamait l'abolition des privilèges. J'avais participé à cette abolition en France en 1789, j'étais toujours incorruptible en 2019. Malgré tout, les policiers ne pouvaient s'empêcher de m'ouvrir le passage presque au garde-à-vous. Devant eux, je franchis la zone de sécurité, port de tête altier, conscience tranquille et poches vides.

La légèreté ! Un art d'être libre.

Un peu plus tard, dans la salle d'embarquement, la tension du passage de frontière était retombée. Je me trouvais en grande conversation avec deux *bi*, dont l'un, sac de routard au dos, planifiait de faire du tourisme vert dans ce vaste pays où il avait encore l'espoir de concevoir un avenir. L'autre était désespéré. Il portait une casquette de basketteur des Lakers de Los Angeles. Il y reviendrait quand les poules auraient des dents. Tout ce qu'il y avait vécu pendant un mois lui avait fait passer le goût des racines. D'ailleurs il ne supportait plus le mot « racine ». « Des conneries, tout ça. » Il ne mangerait plus jamais la mie de la nostalgie. Ici, tout était bouché et percé, clama-t-il. Il comprenait pourquoi les jeunes voulaient fuir à l'étranger, quitte à périr en Méditerranée sur des bouées crevées, comme les treize jeunes au large des côtes italiennes qui venaient de défrayer la chronique.

« Passagers pour Lyon ! » annonça une voix dans le haut-parleur. Deux policiers ouvrirent les portes qui menaient sur la piste où l'on apercevait l'avion qui nous attendait, toutes ailes déployées. La foule des voyageurs qui trépignaient sur les bancs s'agita d'un coup et se précipita vers l'appel d'air. Devant moi, un chibani utilisait astucieusement sa canne pour dissuader la jeunesse de tout dépassement irrespectueux par ses flancs. Une queue se forma, multiforme, sans ordre ni logique. Elle se pressa en accordéon contre les parois vitrées. L'angoisse que les portes ne se referment devant soi de manière arbitraire était palpable chez chacun, alors mieux valait être le plus tôt possible hors de portée d'un grain de sel qui viendrait à faire du zèle.

Mon nouvel ami jurassien repassa furtivement devant moi et me fit un signe d'au revoir, le visage illuminé comme celui d'un policier de l'Air qui avait été gratifié par le ciel. J'étais son dernier espoir de quitter sa cage de plastique. Son crâne rasé scintillait de mille étoiles. Il leva discrètement sa main alors que je commençais à marcher sur le tarmac derrière Samy, qui gardait le cap fixé sur l'avion sans se retourner.

Bye bye, Algeria.

Le Boeing d'Aigle Azur avait une heure de retard, mais qu'importe, le compte à rebours était désormais engagé. Ce n'était plus qu'une question de minutes. Le protocole de l'embarquement était irréversible, à présent, et le départ imminent. Le commandant de bord allait bientôt prononcer le mot « rotation ! » et l'avion deviendrait le seul chemin de l'échange entre les étoiles et nous. Le camion-citerne avait assuré le plein de carburant. Il s'éloigna de la zone des réacteurs. Samy en suivit les méandres avec soulagement, ses passeports bien calés dans sa sacoche de cuir avec les cartes d'accès à bord. Plus rien ne nous ferait barrage. Il restait à attendre, non plus un de ces trains parés à ne jamais partir, mais un avion qui allait décoller sous peu, c'était indéniable, n'en déplaise aux grains de sable et autres pépins. L'*arborigène* allait retrouver la rue du Repos à Vienne.

Nous embarquâmes en expirant. À bord, en guise de bienvenue, on nous offrit des bonbons à la menthe et des serviettes rafraîchissantes. Nous prîmes place sur nos sièges attribués, qu'aucun passager étourdi n'avait indûment occupés. J'avais le hublot pour moi. Tout était parfaitement réglé. Un peu plus tard, quand l'élégante hôtesse se pencha sur lui pour l'aider à redresser son fauteuil, Samy aspira d'un grand souffle avide son parfum musqué pour en chiper une bouffée. Repu, il se détendit et boucla sa ceinture de sécurité. Clic ! Il se délecta de la minutie de ce bruit sec et précis qui faisait le succès mondial de l'automobile allemande.

« Ce fut un enchantement », c'est ce qu'il affirma avec ironie à l'hôtesse qui lui demanda comment s'était passé notre séjour au pays. « Une semaine, c'est tout ? » fit-elle. « Moi, ça m'a paru une éternité… » assura-t-il. Il inclina son siège vers l'arrière, avala un Temesta. Les commandes, les ressorts, les bruitages fonctionnaient à merveille. Tout était en ordre impeccable, comme dans son garage. Je le vis s'endormir sur ses lauriers, replié sur lui-même telle l'écorce d'un vieux chêne. L'enfant en lui ressortit une dernière fois de son nid et pointa son nez dehors. Voyager clandestinement lui plaisait. C'était un sans-papiers qui aimait la fantaisie. Il me fit un clin d'œil, chut ! pour que je garde bien le secret avec lui. La marée monta. Elle recouvrit Samy, que le sac et le ressac avaient plongé dans le grand sommeil de l'oubli. Il ne craignait plus la mort. Il était ma dernière famille, mes ultimes racines. L'arboriculteur de la tribu.

Les vapeurs de chaleur qui fusaient de l'asphalte firent tressaillir la piste étalée devant nous tel un serpent écrasé. Elle me paraissait toute molle, prête à fondre. Mais l'avion s'y engagea sans appréhension. Après un roulage sur le tarmac désert, il décolla sans heurter de cigogne blanche ou de pylône géant.

Vue du ciel, la terre ocre du grand pays blanc m'éclaboussait. Le front collé au hublot, j'essayais d'apercevoir le cimetière où reposaient les miens, la terre de mes ancêtres, et je voyais que plus le monde avançait, plus ma matrice s'éloignait. Un jour viendrait où mes racines n'auraient plus de raison d'être, les monticules de gravier sur les sépultures seraient aplanis et l'épitaphe de la mémoire des morts s'effacerait de l'écorce terrestre. Une question me traversa l'esprit à ce moment précis : où serais-je inhumé ? Ici, loin de mes enfants, ou là-bas, loin de mes parents ?

Je revis une dernière fois Mima, petite fille, dans les champs de son village, cueillant des navets avec son père, mon grand-père que je ne verrais jamais. Elle se redressa pour voir cet avion qui fendait le ciel et traçait une ligne blanche dans ce bleu à n'en plus finir, emportant ses enfants à venir. Elle pensait à son avenir. Elle n'avait pas de gaufrettes au chocolat pour son casse-croûte, elle ne savait pas qu'elle en mangerait par paquets entiers quand elle serait plus grande, avec ses deux fils qui la défendraient et la combleraient du bonheur qu'elle n'aurait pas trouvé ailleurs.

Elle se demanda quand j'allais revenir pour enlever Ryme, parce qu'elle ne comprenait pas pourquoi je m'enfuyais encore dans cet avion sans elle. Elle ignorait que sa protégée avait enfin trouvé sa propre voie.

Le Boeing vira en douceur et retira la maison de Beaumarchais de mon enfance. J'aurais aimé la retenir. Ryme serait montée en courant sur la terrasse pour m'apercevoir une dernière fois, elle agiterait le bleu, le rose et le vert clair de sa jolie robe, mais l'avion filait trop vite et la ville se fondit dans l'indistinction. Les brumes s'épaissirent. Les images se floutèrent, puis s'effacèrent. Nous survolions la Kabylie, Bougie, avant d'attaquer la Méditerranée. Huit cents kilomètres de mer me séparaient de mon versant français, une petite distance, le temps de parcourir un court roman que j'avais gardé à portée de main. *Le Premier Homme*. Quand je l'ouvris, une coccinelle s'en échappa. Elle s'envola à tire-d'aile. Mes yeux essayèrent de la rattraper.

Trop tard. Elle avait fui.

Composition et mise en pages
Nord Compo à Villeneuve-d'Ascq

MIXTE
Papier issu de
sources responsables
FSC® C003309

L'éditeur de cet ouvrage s'engage dans une démarche
de certification FSC® qui contribue à la préservation
des forêts pour les générations futures.

Pour en savoir plus :
www.editis.com/engagement-rse/

CET OUVRAGE
A ÉTÉ ACHEVÉ D'IMPRIMER
SUR ROTO-PAGE
PAR L'IMPRIMERIE FLOCH
À MAYENNE EN AOÛT 2021

Dépôt légal : août 2021
N° d'édition : 62340/01 – N° d'impression : 98691
Imprimé en France